世界族裔文学研究丛书

本书为教育部人文社会科学研究青年基金项目“美国桂冠诗人娜塔莎·特雷瑟维诗歌的历史书写研究”（19YJC752003）结项成果

LISHI SHUXIE YISHU YU WENHUA SHIJIAN：
NATASHA TELEISEWEI SHIGE YANJIU

历史书写艺术与文化实践：娜塔莎·特雷瑟维诗歌研究

陈虹波 著

華中師範大學出版社

新出图证（鄂）字 10 号

图书在版编目（CIP）数据

历史书写艺术与文化实践：娜塔莎·特雷瑟维诗歌研究 / 陈虹波著. --武汉：华中师范大学出版社，2024.9. --ISBN 978-7-5769-0697-4

Ⅰ. I712.072

中国国家版本馆 CIP 数据核字第 2024E8U702 号

历史书写艺术与文化实践：娜塔莎·特雷瑟维诗歌研究

责任编辑：刘满元　　**责任校对**：童　雯　　**封面设计**：胡　灿

编辑室：高等教育分社　　**电话**：027-67867364

出版发行：华中师范大学出版社有限责任公司

社址：湖北省武汉市洪山区珞喻路 152 号　　**邮编**：430079

电话：027-67861549（发行部）　　027-67867353（传真）

网址：http://press.ccnu.edu.cn　　**电子邮箱**：press@mail.ccnu.edu.cn

印刷：湖北恒泰印务有限公司　　**督印**：刘　敏

字数：200 千字

开本：710mm×1000mm　1/16　　**印张**：14.50

版次：2024 年 11 月第 1 版　　**印次**：2024 年 11 月第 1 次印刷

定价：69.00 元

欢迎上网查询、购书

序

陈虹波博士的专著《历史书写艺术与文化实践：娜塔莎·特雷瑟维诗歌研究》即将付梓，这是国内首部系统研究美国当代著名非裔诗人特雷瑟维的专著，值得祝贺！

这部专著的出版，在一定意义上，见证了虹波在英语文学研究领域的学术成长。她早期在我的指导下攻读英语文学硕士学位，以优秀成绩毕业后进入湖北大学任教，三年后通过博士生招生考试重回母校，继续跟随我攻读博士学位，前后跨度十年，足见其求学之志坚定。虹波颇具有文艺气质，这是她在硕士和博士阶段都选择研究英语诗歌的优势所在，也是她读研期间学术训练的重点所在，因为要达到在艺术思维与学术思维中自如切换，或者能够合理利用艺术思维和学术思维各自的优势开展学术研究，是需要加强理论学习和实践训练的。令人欣喜的是，她成功做到了这一点。

从硕士到博士阶段，虹波的学术兴趣都聚焦在美国非裔女性诗人研究上。她的硕士学位论文以美国当代非裔诗人索尼娅·桑切斯（Sonia Sanchez，1934—）的诗歌为研究对象，探究其诗歌的自然化特征。这一命题即便对于美国学界而言也非常具有创新性。她从桑切斯诗歌的音乐形式、题材选择以及主题思想方面探讨了其诗歌的自然化，揭示了桑切斯以诗歌诠释崇尚生命、平等、和谐的自然精神的诗学探索，并从道德伦理和社会政治角度探讨了桑切斯的自然化诗歌所蕴含的社会文化意义。虹波在博士阶段则从活跃于 20 世纪中后期的桑切斯转向了 21 世纪的代表性美国非裔女诗人娜塔莎·特雷瑟维（Natasha Trethewey，1966—），探讨其诗歌的历史书写艺术与文化实践。她对两代美国非裔女性诗人的研究使她对当代非裔诗歌发展有了更加全面的把握和更深的理解，从而拓展了她的学术视野，为她顺利获得教育部人文社会科学研究青年基金项目资助、完成这本即将付梓的专著打下了坚实的基础。

作为我国第一个系统研究特雷瑟维诗歌的成果，虹波的这本专著选择以特雷瑟维的诗歌为研究对象，反映了她精准的学术眼光和高度的学术敏觉力。娜塔莎·特雷瑟维是21世纪最杰出的美国非裔诗人之一，先后担任密西西比州桂冠诗人（2012—2016）和第19任美国桂冠诗人（2012—2014），2019年当选为美国诗人学会会长，曾获普利策诗歌奖、古根海姆基金、美国国家艺术基金、洛克菲勒基金等奖励和资助，现任美国西北大学英语教授。早在20世纪90年代中期，特雷瑟维的诗歌才华便已显露，被美国学界视为未来美国非裔诗歌的代表人物，与苏珊-洛瑞·帕克斯（Suzan-Lori Parks）、伊丽莎白·亚历山大（Elizabeth Alexander）一道构成美国非裔诗歌新声音新景观（Trudier，232—238）。在21世纪之初，特雷瑟维被布莱恩·瑞德（Brian Reed）、查尔斯·亨利·罗威尔（Charles Henry Rowell）等当代美国诗歌批评家认为是黑人艺术运动以来第三波具有强烈独特性的美国非裔作家群（Reed，728）和黑人美学之后的“后灵诗学”（post-soul poetics）的代表人物之一。

特雷瑟维及其诗歌的学术价值不只是因其独特的文学地位，更是由于其卓越的诗歌成就。特雷瑟维是一位视野开阔、目光深邃、创新性强的作家，迄今发表诗集6部、杂文集1部、编著1部。特雷瑟维的第一部诗集《家庭工作》（*Domestic Work*，2000）通过还原有关反映20世纪上半叶美国黑人劳动照片的拍摄现场，质疑了照片所呈现历史的真实性，揭示了作为历史话语的照片背后的权力操纵。第二部诗集《贝乐克的奥菲利亚》（*Bellocq's Ophelia*，2002）以20世纪早期一位叫做贝乐克的摄影师在新奥尔良红灯区拍摄的系列照片为题材，展示了一位黑人女性的独白。诗集《本土卫队》（*Native Guard*，2006）叙述了组建于1862年路易斯安那州的美国军事史上第一个黑人军团为联邦政府英勇战斗、最终却被白人军官射杀的故事。《奴隶》（*Thrall*，2012）通过对奴隶制时期黑白混血人物肖像画的观察，通过对跨种族家庭内部种族关系的审视考察美国非裔历史的源流。第五部诗集《会众》（*Congregation*，2014）将《超越卡特里娜：密西西比湾区沉思录》（*Beyond Katrina：A Meditation on the Mississippi Gulf Coast*，2010）中的诗歌与新诗集结单独印刷，在卡特里娜飓风过去九年之际再次审视这次灾难在社会学和心理学意义上的巨大破坏。第六部诗集《丰碑：新旧诗选》（*Monument：Poems New and Selected*，2018）将非裔劳动女性、混血妓女、内战期间的黑人士兵、卡特里娜飓风受害者、绘画作品中的拉丁裔混血儿等底层人物的故事串联起来，挖掘和重构被掩埋的历史。

特雷瑟维的诗歌体现了鲜明的个性特色和独特的艺术创新。特雷瑟维善于以家族历史书写民族历史，将历史挖掘与当下反思深度融合，善于用跨越种族界限的视角审视本民族和人类，彰显出人性温暖和社会情怀。就艺术而言，诗人善于在摄影、绘画、不同诗体之间进行跨艺术写作，通过考察有关美国非裔普通民众的照片和绘画作品的形成过程以及在将商籁体、维拉内尔体、三行体等欧美传统诗歌形式与美国非裔文化形式进行融合或并置而形成新文本的过程中，来考察历史话语的形成机制，挖掘历史真相，重构历史话语。这种将诗歌艺术创新与宏阔的思想表达进行深度融合的特点，正是特雷瑟维诗歌最大的亮点，也是国内外学术研究比较薄弱的地方。特雷瑟维在20世纪90年代就已经令美国学界瞩目，中国学者近年来也开始关注。多数学术论著都关注其诗歌主题，从不同角度探讨其诗歌中的历史书写、南方书写、女性书写、灾难书写；也有不少学者探讨其诗歌的艺术创新，如诗歌形式杂糅、跨艺术写作等。不过，国内外学界在对其诗歌艺术创新与思想情怀的关系的研究上还比较单薄，有深度的系统研究还不够，而这正是虹波博士这部专著最突出的价值所在。

虹波的专著探讨了特雷瑟维诗歌艺术与历史主题之间的关系，用四章的篇幅分别探讨了“元摄影”“元绘画”艺术对历史话语的解构、个人叙事策略与公共历史书写、空间书写与个人主体性重建、“非个性化”艺术风格与族群文化身份重建，认为特雷瑟维的诗歌艺术实践实际上是诗人的文化实践。专著聚焦于诗人将艺术与主题思想深度融合的创作机制，彰显了特雷瑟维长期执着追求的诗学理念，呼应了美国诗人协会主席大卫·圣·约翰（David St. Johns）的评价：特雷瑟维是"我们的形式大师之一，精致细腻而又沉着，总是揭露我们国家种族和历史上的不平等，以及这些不公正让个人持久付出的代价"。

关于这一问题的论述，虹波的专著可以说是迄今最为系统的，同时也不乏具有深度的创见。这首先表现在她对特雷瑟维跨艺术实践的考察。虹波在全面梳理诗人的跨艺术创作的基础上，创造性地以"元视觉艺术"来指涉诗人的跨艺术写作策略，即诗人在"全知性视角下对诗歌中视觉艺术作品内容及其创作过程的历史发掘及想象，目的是为了颠覆视觉艺术作品本身传递的意义及背后的创作者意图"（陈虹波，24）。在她看来，特雷瑟维不只是以诗歌对摄影和绘画作品进行跨媒介书写，更是回到摄影和绘画作品形成的历史现场，并呈现视觉作品的建构过程，由此揭示视觉作品之外的全貌和创作者的意图，展现视觉作品的局限与偏狭及其以"真实"表象所掩盖的不真实。这正是对凯文·扬（Kevin Young）所说的特雷瑟维诗歌通过将视觉艺术与诗歌艺术统一所产生的特殊张力（Young，205—207）及其效果的阐释。虹波将特雷瑟维诗歌中对有关美国非裔的摄影和绘画作品视为一种美国社会关于非裔民族的主流话语，而诗人以"元摄影""元绘画"等"元视觉艺术"策略回到历史现场，实际上是从美国话语的源头对话语及其形成机制进行考察与反思，从而颠覆主流话语、重构民族话语。虹波对特雷瑟维跨艺术策略的阐释无疑印证了安妮特·德波（Annette Debo）的观点，后者在评论《贝乐克的奥菲利亚》时认为，这部诗集是一种修正性的神话制造，恢复了历史上被刻板化的、沉默的黑人女性的鲜活生命（Debo，201—214）。

其次，这部专著的创见也表现在对特雷瑟维诗歌艺术杂糅的论述上。从某种意义而言，虹波对特雷瑟维诗体杂糅艺术的探讨可以说是她关于诗人"元视觉艺术"策略考察的延展。对诗人而言，诗歌形式本身也是话语建构方式和话语本身。诗人将商籁体、维拉内尔体、三行体等欧美传统诗体、标准英语以及个性化诗歌形式融合的诗歌创作与"元视觉艺术"写作策略一样，也是诗人反思西方话语、重构民族话语的策略。不过，虹波将诗人的诗体杂糅作为一种话语策略进行考察，也取得新的发现。她认为，特雷瑟维将商籁体等欧美经典诗体与美国非裔经验相结合，在基于欧美话语模式进行文本生产的初始就植入民族文化元素，将欧美话语模式进行时代化民族化改造，既有利于促成边缘族群的文化身份崇高化和生活经验普遍化，又能唤醒本民族之外的读者的心理认同。这种写作技巧使不同文化、不同肤色的人群都能感受到作品中人物和相关事件的鲜活和客观（谭惠娟、罗良功，641)，从而凸显了诗人的民族平等信念和民族自豪感。

此外，虹波的专著从空间视角对特雷瑟维的论述也颇具创见。专著对特雷瑟维诗歌中的物理空间、心理空间、社会空间进行了较全面的梳理和考察。她认为，空间化是特雷瑟维诗歌的重要创新之一，而这一点也是该专著的重要创新之一。在专著中，虹波开创性地提出了"物理空间的虚化""心理空间的具象化"等概念作为特雷瑟维诗歌空间化艺术的核心特征，认为诗人在诗歌中的"空间书写以个体为轴心，由个体存在的物理空间虚化出精神空间，或将人物和言说者情感进行物理具象化表达，抑或关注个体与社会空间的关系"（陈虹波，122)，并从多维度探讨诗人的空间书写策略对个人主体性的表达与重建。专著创造性提出的"物理空间的虚化""心理空间的具象化"等概念，既是对特雷瑟维诗歌艺术的精准提炼，又体现出高度的理论自觉，对特雷瑟维诗歌研究以及文学批评的空间理论建构都具有启示意义。

该专著特别值得关注的一个显著特点是：基于诗歌本体研究诗歌主题思想。该专著将诗歌文本作为核心研究对象，并特别关注特雷瑟维诗歌不同于其他艺术形式和文类的独特艺术特征，包括诗歌的语言、声音、视觉文本。这一点难能可贵，因为当下中国的诗歌研究常常无视或没有足够重视诗歌文本，尤其是诗歌作为特殊文学形式的差异性没有得到应有的重视。在理论意义上，"诗歌文本实际上由三个次文本构成，即文字文本、声音文本、视觉文本。……一方面，诗歌三重文本之间的对话、对抗或从属的关系形塑了诗歌的意义生成机制和美学机制。另一方面，上述三重文本各自或作为一个内在互动的整体与文本之外的社会文化文本相连通，因而具有了丰富的表意可能和广阔的释义空间”（罗良功，93）。在诗歌批评实践中，尽管2012年以来，“国内学者在英语诗歌研究中逐渐开始聚焦于诗歌文本，尤其是文字文本、视觉文本、声音文本，探讨诗歌的主题思想，以及具体诗人、流派、文化圈层的个性化诗学理念及其创作实践”（罗良功，82），但是，诗歌文本，尤其是诗歌独特的艺术形式及其意义，仍然没有得到充分的关注。在这一意义上，可以说，虹波的这部专著通过给予诗歌文本及其独特艺术特质应有的尊重，展现了诗歌研究应有的姿态和方向，而这也正是我始终强调并推崇的诗歌研究路径。

尽管这部专著并不完美，但是作为一位青年学者的首部专著，仍然值得肯定、值得期待。这不仅因为它富有创见而又不乏深刻的学术思想和基于文本与艺术差异性的研究方法，也因为它作为中国首部关于特雷瑟维诗歌研究专著所彰显的中国在21世纪美国非裔文学研究方面的拓展，还因为作者以踏实的治学态度和精微的学术敏锐力所昭示出的学术前景。我坚信并衷心期待虹波在未来的学术岁月中不断精进、锐意进取、前程辉煌。

罗良功
华中师范大学外国语学院教授
2024年11月5日

目　　录

绪　论 …… 1

第一节　诗人娜塔莎·特雷瑟维 …… 1

第二节　国内外研究现状 …… 11

一、从历史书写视角进行的研究 …… 12

二、从跨媒介视角进行的研究 …… 14

三、从种族及种族混血视角进行的研究 …… 16

四、从身体书写、灾难书写及其他视角的研究 …… 16

第三节　研究思路及方法 …… 20

第一章　“元视觉艺术”对历史主导权的解构 …… 24

第一节　特雷瑟维诗歌中的“元视觉艺术” …… 25

一、视觉艺术的创作过程书写 …… 25

二、创作者心理描写 …… 29

三、历史人物的“面具化表达” …… 34

第二节　视觉艺术作品中的权力建构 …… 40

一、视觉艺术作品中的创作者意图 …… 40

二、视觉艺术作品中的权力合法化 …… 45

三、视觉艺术作品中的权力类型 …… 49

第三节　“元视觉艺术”作为权力解构的策略 …… 53

一、生活真实与艺术表象的对峙 …… 54

二、权力主体的置换 …… 58

三、时空互文对权力的消解 …… 61

小　结：跨媒介书写对历史表演的批判 …… 65

第二章　个人叙事与公共历史重构 …… 69
第一节　公共历史背景下的美国非裔个人叙事 …… 70
一、非裔个人战争经验 …… 70
二、非裔家庭日常生活史 …… 76
三、新非裔移民创业史 …… 81
第二节　非裔失声个体的发声 …… 85
一、失声个体的故事讲述 …… 85
二、失声个体的历史入场 …… 90
第三节　个人日常叙事对非裔历史的重构 …… 94
一、基于史实的日常生活想象 …… 94
二、历史补缺与颠覆 …… 99
第四节　个人叙事的多重历史文本 …… 106
一、身体、视觉和语言形式的历史书写 …… 106
二、历史的流动性与多元性 …… 112
小　结：读者认同、多文本历史与诗歌流通 …… 117
第三章　多元历史空间与个体主体性重建 …… 121
第一节　诗歌中的空间迁移与交互 …… 122
一、物理空间的虚化 …… 122
二、心理空间的具象化 …… 128
三、聚焦于媒介的空间交互 …… 134
第二节　空间建构下的主体性强化 …… 140
一、现实身份的逃逸 …… 140
二、情感表达的自由 …… 143
三、对社会空间的改造 …… 148
第三节　对抗性社会空间中的主体生存 …… 153
小　结：历史建构中的主体性观照与主体自觉 …… 157
第四章　“非个性化”风格与族群文化身份重塑 …… 160
第一节　“非个性化”的诗歌风格 …… 161
一、客观冷峻的语言风格 …… 161

二、传统诗体的沿用 ………………………………………………………… 166
第二节　边缘族群的崇高化 ………………………………………………… 175
一、十四行诗与底层黑人叙事 …………………………………………… 176
二、语言的客观性与恐惧感的崇高性 …………………………………… 180
三、族裔诗人的崇高化 …………………………………………………… 183
第三节　特殊经验的普遍化 ………………………………………………… 188
一、标准语言与多元形式 ………………………………………………… 188
二、边缘群体的文化认同 ………………………………………………… 194
小　结：美国非裔民族的文化身份建构 ………………………………… 197
结　　语 ……………………………………………………………………… 201
参考文献 ……………………………………………………………………… 209
后　　记 ……………………………………………………………………… 217

绪　论

第一节　诗人娜塔莎·特雷瑟维

娜塔莎·特雷瑟维（Natasha Trethewey，1966—　）是美国当代最具代表性的非裔女性诗人之一。1996 年，在美国权威的非裔文学文化杂志《卡拉卢》（*Callaloo*）推出的“崛起的美国女性作家”专号中，特雷瑟维与帕特丽霞·鲍威尔（Patricia Powell）、苏珊-洛瑞·帕克斯（Susan-Lori Parks）、伊丽莎白·亚历山大（Elizabeth Alexander）等诗人并列，被誉为 21 世纪美国非裔诗人的重要代表之一[①]。早在 2000 年，美国著名非裔女诗人丽塔·达夫（Rita Dove）提名特雷瑟维的首部诗集《家庭工作》（*Domestic Work*，2000）获得科尼姆诗歌奖（Cave Canem Poetry Prize），特雷瑟维由此在美国非裔诗坛崭露头角。2007 年，特雷瑟维凭借诗集《本土卫队》（*Native Guards*，2006）斩获美国普利策诗歌奖（Pulitzer Prize for Poetry）。该诗集中，诗人将言说者母亲的个人历史与有关黑人本土卫队的美国内战历史进行并置，展现了她对民族历史的关注和她重访和建构历史的独特路径。作为成长于后黑人运动时期的新生代美国非裔诗人，特雷瑟维继承了美国非裔诗歌传统中的历史意识，同时在历史书写技法和表达策略上表现出突破线性追溯和单一文字媒介的大胆创新。特雷瑟维于 2012 年被任命为密西西比州桂冠诗人，同年担任美国国家图书馆第

---

① 参见谭惠娟、罗良功：《娜塔莎·特雷瑟维简论》，《美国非裔作家论》，上海：上海外语教育出版社，2016 年，第 635-644 页。

十九位桂冠诗人，并于第二年获得连任。2019 年，特雷瑟维被选举为美国诗人学会（Academy of American Poets）会长，诗人大卫·圣·约翰（David St. John）评价她为“美国的诗歌形式大师”。特雷瑟维之所以得到美国主流诗坛和文化界的高度认可和推崇，很大程度上得益于她在诗歌表达艺术上的不断突破。

特雷瑟维出生于种族隔离制度严苛的二十世纪六十年代的美国密西西比州。她生于 1966 年 4 月 26 日，恰为美国南方邦联政府纪念日（Confederate Memorial Day），这似乎暗示着诗人与美国南方历史的深度连结。特雷瑟维的父亲艾瑞克·特雷瑟维（Eric Trethewey，1943—2014）是一位来自加拿大的白人，在霍林斯大学任教授，同时也是一名诗人。其母格温朵琳·安·特恩博（Gwendolyn Ann Turnbough）是一名生于密西西比州的非裔美国人，从事社会工作。1966 年，二人为躲避密西西比州的反异族通婚法（Anti-miscegenation Laws）[①]，赴俄亥俄州结婚，婚后居住在位于密西西比州格尔夫波特（Gulfport）的特雷瑟维外祖母家。在这个位于墨西哥湾出海口临近密西西比河的小镇，特雷瑟维度过了她大部分的童年时光。婚后，其父艾瑞克赴新奥尔良大学（University of New Orleans）攻读文学硕士学位，其间特雷瑟维经常随其母前去探望。特雷瑟维六岁时，其父母离异，她随母亲居住在佐治亚州亚特兰大市，也时常去父亲所在的路易斯安那州新奥尔良市。离异后，其父母分别组建了新的家庭。1985 年，特雷瑟维的母亲被其第二任丈夫在亚特兰大的家中枪杀身亡，特雷瑟维时年十九岁。挣扎于美国社会文化边缘的家庭

---

① 美国反异族通婚法（Anti-miscegenation Laws）：又称为异族通婚法案（Miscegenation Laws），指美国各州颁布施行的禁止跨种族婚姻及性行为的州级法律，是美国国家法律体系的一部分，最早可追溯到建国之前。该项法律禁止黑人与非黑人通婚，同时也禁止亚裔人、印第安人等与其他人种通婚。1967 年“弗吉尼亚拉弗案”（*Loving V. Virginia*）中，美国最高法院宣判此项反异族通婚法违背了联邦宪法。各州废除该项法律的进程不一，俄亥俄州 1887 年废除该法，加利福尼亚州于 1948 年废除该法，而密西西比州直到 1987 年才废除此项法案。截至 2019 年，美国仍有八个州的法律规定跨种族婚姻须获得许可。

生活经历让特雷瑟维对非裔个体的生存经验有了独特的体悟，也对美国南方这片将她“放逐”、令她既爱又恨的故土有着欲说还休的复杂情感。

虽然饱受南方种族隔离和黑白混血儿边缘化身份之苦，特雷瑟维却从得天独厚的家庭文学教育和正规的学院教育中获得了诗歌创作的基本训练，铺就了她的文学成长之路。作为诗人的父亲成为她文学启蒙的老师。父亲经常为年幼的特雷瑟维诵读和表演《贝尔武夫》（*Beowulf*），激发了她阅读故事和诗歌的热情。特雷瑟维甚至在小学三年级就创作了一本诗集，被她所在小学的图书馆收藏。七年级时，她开始阅读父亲的作品。高中和大学期间，特雷瑟维展现出对文字和句法超乎寻常的兴趣和领悟力，并一直热衷于文学的学习。母亲遇害后，特雷瑟维将情绪诉诸笔端，创作了一首诗歌，但是她的父亲和同为霍林斯大学教授的继母却对这首诗给予了毫不留情的批评，这让特雷瑟维认识到，诗人不能受主观情绪的“挟持”，而应追求对生活和事物的客观书写，而这一诗学立场影响着特雷瑟维之后的诗歌创作。

特雷瑟维可以说是一位在主流文学教育中成长起来的学院派诗人。她分别从佐治亚大学（University of Georgia）获得英语学士学位，从霍林斯大学（Hollins University）获得英语和创意写作硕士学位，从麻省大学阿默斯特分校（University of Massachusetts，Amherst）获得诗歌艺术硕士学位，并先后从密西西比州三角洲州立大学（Delta State University）和霍林斯大学获得荣誉博士学位。完成学业后，她于1997年起就职于奥本大学（Auburn University），2001年起就职于艾默瑞大学（Emory University），2005年至2006年被杜克大学（Duke University）和北卡罗莱纳大学教堂山分校（University of North Carolina at Chapel Hill）联合聘为文献与美国研究方向的雷曼·布拉迪联合讲席教授（Lehman Brady Joint Chair Professor），2009年担任耶鲁大学拜内克图书馆（Beinecke Library）美国非裔研究中心研究员，现任美国西北大学（Northwest University）英语系教授。1994年，在阿默斯特求学期间，她加入了“暗房子诗社”

(Dark Room Collective)。在“暗房子诗社”创作和交流的经历，让特雷瑟维在一种拥有共同的诗歌理想，同时又对各种创作理念兼容并包的环境中获得了巨大的成长①。同时期，特雷瑟维对摄影产生了兴趣，这为她后来的“艺格符换诗”（ekphrastic poetry）② 创作提供了理论基础。这些求学和活动经历直接塑造了特雷瑟维自己的诗歌实践。总的来说，特雷瑟维虽然着力表现美国尤其是美国南方非裔底层个体的生存经验，但是她诗歌创作的艺术手法倾向于欧洲文学传统，呈现出一种客观、内敛、讲求形式规范的诗歌风格。正是在这种沉稳内敛的诗歌创作中，诗人传递出了一种接纳诗歌、文化和民族多样性的广阔气象。

幼时的成长经历和长期的文学教育让特雷瑟维以书写美国非裔民族的历史作为自己的使命。因此，她书写了以外祖母为代表的黑人女性和底层黑人劳动者的生活、密西西比州所经历的两次飓风灾害、种族隔离制度下跨种族婚姻家庭所面临的家庭伦理困境，等等。特雷瑟维从二十世纪九十年代开始诗歌创作，迄今发表诗歌集和诗歌选集共

---

① “暗房子诗社”（Dark Room Collective）：1987 年，时为哈佛大学学生的托马斯·塞亚斯·爱丽丝和沙伦·斯坦哲（Tomas Sayers Ellis and Sharan Strange）在麻省剑桥发起了系列读书活动，后来这些参与者组成了该团体。这一团体以艺术和政治自由为理念指导，支持了许多位美国非裔作家的成长。从中走出来的作家有凯文·杨（Kevin Young）、娜塔莎·特雷瑟维（Natasha Trethewey）、约翰·基尼（John Keene）、梅杰·杰克森（Major Jackson）和卡尔·菲利普斯（Carl Phillips）等。该组织对当代美国非裔诗坛产生了积极的影响。1994 年，当时正在麻省大学阿默斯特分校攻读硕士学位的特雷瑟维加入了该团体，1998 年和“暗房子诗社”其他诗人一起出现在视频选集《狂怒的花朵：美国非裔诗歌 1960—1995》（*Furious Flower: African American Poetry 1965-1995*）中。1966 年，在与吉尔·佩蒂（Jill Petty）的访谈中，特雷瑟维讲述了自己的这段经历，认为它大大鼓励了自己的诗歌创作。(See Hall, Joan Wylie. Ed. *Conversations with Natasha Trethewey*. Jackson: UP of Mississippi, 2013, pp. 16-17.)

② ekphrastic poetry：本书借用了欧荣等学者的译法，即“艺格符换诗”。此译法更突出“不同艺术文本、不同符号系统之间的动态转换”（欧荣等，2022：10），这与本章所关注的诗歌叙事与摄影叙事的关系问题更为贴近。

五部、非虚构作品一部、回忆录两部。美国南方非裔历史是贯穿其每一部作品的重要主题和题材。她的独特言说视角和多样化的历史写作技巧构建了一部与美国主流历史并置的美国南方非裔历史。在特雷瑟维的诗歌所构建的南方非裔历史中，底层个体尤其是女性个体成为历史的主角，这在《家庭工作》、《贝乐克的奥菲利亚》（*Bellocq's Ophelia*，2002）等作品中得到集中体现。

特雷瑟维的第一部诗集《家庭工作》由著名非裔女诗人丽塔·达夫（Rita Dove）提名，获科尼姆诗歌奖，同时获得了2001年密西西比州艺术与文学学会图书奖（Mississippi Institute of Arts and Letters Book Prize）及丽莲·史密斯诗歌奖（Lillian Smith Award）。这部诗集以其外祖母——一位生于二十世纪初的美国南方黑人女性为创作原型，讲述了二十世纪前民权运动（Pre-Civil Rights Movement）时期以黑人女性家庭工作者为代表的美国非裔劳工阶层的工作生活经历，表现了她们的劳动品质和生活智慧。该诗集由四个部分组成，分别从四个角度反映了主题，即历史照片中的美国南方非裔劳动者的劳动生活场景，以外祖母为代表的坚韧、热爱生活且自我意识强烈的南方黑人女性的工作生活经历，以诗人母亲、父亲等其他家庭成员为原型的非裔家庭生活经历，以及家庭记忆和社区文化记忆。

2003年，诗集《贝乐克的奥菲利亚》获美国图书馆协会当年最受关注图书奖（ALA Notable Book Award）。该诗集以活跃于二十世纪初的白人摄影师约翰·厄内斯特·约瑟夫·贝乐克（John Ernest Joseph Bellocq，1873—1949）在新奥尔良红灯区斯托利维尔（Storyville）所拍摄的黑白混血妓女照片为素材，对照片中的人物进行想象，虚构了妓女奥菲利亚从初入新奥尔良找工作受挫，不得已成为妓女，后又成为贝乐克的拍摄对象到自己学习照相技术、购买照相机，进而奔向自由人生的故事。来自南方农业区的女孩奥菲利亚在社会地位上的沉沦与她的黑白混血身份有关。事实上，在美国南方令人窒息的种族隔离制度下，黑白混血人处于两个社群之间，缺乏对任一方的归属感，因而成为社会底层。

特雷瑟维对南方社会底层个体的关注，引发了关于导致个人生存困境的政治文化原因的思考，在作品中表现为对超越个人历史或与之并置的公共历史的观照。在《本土卫队》、《超越卡特里娜：密西西比湾区沉思录》（*Beyond Katrina：A Meditation on the Mississippi Gulf Coast*，2010）、《奴隶》（*Thrall*，2012）、《纪念碑：新诗及诗选》（*Monument：Poems New and Selected*，2018）等作品中，特雷瑟维的观察视野逐步扩大，在进行个人历史叙事的同时引入了与之构成互文和参照的公共历史书写，只不过在切入点的选择上依旧保持着个人化的视角。

2007年普利策诗歌奖获奖作品《本土卫队》将诗人母亲的故事与美国官方历史所遗忘的黑人战士内战经历并行讲述，将母亲和黑人战士的个体经历置于宏大的历史事件之中，揭露了国家话语对黑人等弱势个体或群体声音的忽视。而诗集中言说者作为底层个体的讲述正是在官方历史的视野中重构了一部更为鲜活具体的国家和民族历史。特雷瑟维在论及该作品的创作灵感时提到，有一次她与祖母在外就餐时偶然得知了家乡格尔夫波特市的“船岛”（Ship Island）及内战中岛上不为人知的故事。这个小岛在南北内战时期曾是北方军队关押南军战俘的监狱，当时驻扎在这里负责看管工作的是属于北方联邦军的路易斯安那州本土卫队第二军团。而如今，他们的历史痕迹却几乎完全被抹去，官方历史也鲜有提及。岛上的纪念碑只铭刻了南方联盟军白人的名字，而对黑人本土卫队的存在绝口不提。由此，特雷瑟维通过查阅文献和走访，深入挖掘了美国南北内战中黑人本土卫队的历史，并将已故母亲的人生经历与被历史遗忘的本土卫队历史并置，为母亲、黑人本土卫队战士等被国家宏大历史遗忘的人保留了言说的权利。诗集开篇的《时空理论》（“Theory Time and Space”）一诗表达了一种时空融合、变迁永恒、时不往复、旧迹难寻的历史幽思。诗集的第一部分，诗人主要回忆了亡母的生活场景，并由此表达了对母亲的怀念之情。第二部分从人物的个人视角讲述了美国内战及重建时期的美国南方历史。其中与诗集同名的诗《本土卫队》（“Native

Guard”）由十则黑人卫队战士的日记组成，讲述了战争的残酷以及黑人卫队受到的不平等待遇甚至杀戮。第三部分则书写了诗人对家乡南方既爱又恨的复杂情感。

诗集《奴隶》中言说者的个人家庭生活和心理感受与西方启蒙思想史脉络纠缠交叠，互为印证。诗集共五个部分，特雷瑟维围绕自己和白人父亲的关系以及种族歧视观念的启蒙思想源头，对与父亲有关的家庭记忆和体现相关主题的视觉艺术作品进行了再现和解读。第一部分是一首写给仍健在的父亲的悼词，定下了诗集表现种族观念笼罩下的畸形家庭亲缘关系的立意基调。第二部分通过描写记录黑白种族关系历史或传说的绘画，以及反映跨种族家庭生活的照片，追溯了种族主义观念的启蒙思想源头和演变。第三部分进一步聚焦于种族观念影响下白人父亲和混血女儿割舍不掉又充满隔阂的微妙父女关系。第四部分诗人讲述了历史上混血家庭的案例和诗人自己的家庭关系。最后一部分则由跨种族家庭问题延伸到关于幸福和历史的哲学思考。表面上诗人是在表达由家庭关系纠葛引发的挥之不去的创伤感，而实际上，个人创伤只是对西方以白人为中心的启蒙思想传统和种族主义观念批判的一个佐证或注脚，她所要揭示的是几百年来美国黑人和混血群体所遭受不幸的思想史根源。

《超越卡特里娜》是一部非虚构作品，其中的两个部分分别写于2007年与2009年，记述了卡特里娜飓风爆发时，被主流媒体遗忘的密西西比湾区受灾区在飓风前后的经济和民生状况。在讲述地区历史的同时，特雷瑟维选取了自己家庭历史的视角，以个人与公共视角并行叙述，二者互相映射和佐证。在记录和感怀中，诗人反思了飓风灾难发生的社会经济原因，以及由这次飓风灾难及灾后应对所折射出的美国更深层次的社会问题和生态问题。这部作品中包含了诗集《本土卫队》中的《时空理论》、《天意》（“Providence”），诗集《会众》（*Congregation*）中的《圣餐仪式》（“Liturgy”）、《会众》（“Congregation”）、《祈福》（“Benediction”）共五首诗歌作品，分别置于纪实散文叙述中。诗集《会众》发表于2014年，其灵感来自诗人在卡特里娜飓风过后重返故乡密西西比湾区的所见所闻，同年该诗集获得威廉·梅瑞狄斯奖（William Meredith Award）。诗歌记录了灾后黑人社区积极面对灾难，在信念的感召和本土智慧的支持下积极地治愈灾难创伤的故事。在这次的灾后重访中，诗人重新认识了密西西比家乡以及家乡的人民，找到了作为一名湾区非裔的身份归属。

无论是对底层个体生活经历的讲述，还是对美国国家官方历史的质疑，抑或是对整个西方社会思想内核的批判，所有的历史书写与思考都沉淀在特雷瑟维本人对家乡南方的深沉情感之中。新近出版的诗歌选集《纪念碑》似乎是对诗人前期创作与思考的总结。该选集融合了美国南方历史书写、黑人女性、种族关系、飓风灾难等主题，诗人以诗歌为那些不被官方历史铭记的人们树立起了一座座纪念碑。该诗歌选集共有六个部分，前五个部分选取了之前出版的五部诗集中的作品，第六部分“发声”（“Articulation”）则收录了《悔改》（“Repentance”）等十首新作。在这一部分中，诗人由绘画作品和日常生活场景引出白人父亲对自己的种族偏见、母亲被继父杀害等人生经历给她带来的精神伤痛，以及充满种族歧视和选择性遗忘的南方历史给整个国家留下的文化创伤。个人记忆与国家历史相交织，引发了诗人关于时间、记忆、历史等命题的哲学思考。“发声”这一部分可以视为特雷瑟维在反思其特殊的人生经历之后，将个人和家庭历史融入更为广阔的国家历史范畴，对萦绕在自己心灵深处的矛盾与创伤所进行的一次全面的诗歌表达。

在诗歌艺术层面，特雷瑟维有意识地进行了诗歌创作手法的创新，最为突出的特点是她将视觉艺术引入诗歌语境，不仅将其作为诗歌的写作对象，而且从视觉艺术创作的技术属性和本质特点出发，以诗歌文本对视觉艺术作品进行了解构性的阐释，从而拓展了诗歌的表现范围。这一类艺术实践几乎在她所有诗集和非虚构作品中都有体现。被诗人纳入诗歌题材的视觉艺术作品包括历史文献中的照片、艺术照片、家庭照片、传统画作等各种样式，同时这些作品也呈现出了巨大的时间跨度，最早可追溯至十七世纪西班牙画家胡安·德·帕雷贾（Juan de Pareja）的油画作品。她在传统“艺格符换诗”的基础上借鉴了“元叙事”的艺术特点，深入视觉艺术的创作过程，从而挖掘出平面艺术作品之下不易被人察觉的深刻内涵和社会现实。

特雷瑟维诗歌在艺术上的另一大特色在于她趋于保守的文体风格与大胆的主题探索之间构成的强大张力，这在诗集《本土卫队》中得到了集中体现。这部诗集是诗人高超诗歌技艺的最佳证明，获得了2007年美国普利策诗歌奖。该诗集主要关注的是被历史遗忘的个体和群体，包括诗人死于暴力犯罪的黑人母亲和内战中的黑人本土卫队战士等。对于如此令人悲叹唏嘘和震撼不平的诗歌题材，特雷瑟维在语言上保持了一贯的克制平稳风格，形式上更是遵循传统的西方美学标准，使用了各种传统诗歌体裁。其中与诗集同名的诗《本土卫队》更是以一个底层黑人战士的口吻写出了形式精巧的皇冠十四行体诗（crown sonnet），用来记录黑人眼中不为人知的内战历史。同时在传统诗体的采用方面，诗人选取了来自不同民族的各式诗歌体裁，包括在美国不太常见的盘头诗（pantoum）、加萨诗（ghazel）等。在套用这些诗歌形式书写个体或特殊群体生活现实和情感经验时，特雷瑟维不仅对形式规则进行严格把控，并且在主题内容上也大致保持了与诗体原有主题倾向的一致性，表现了对这些传统诗歌体裁的尊重。在诗歌文体上，诗人构建了多种张力，如冷峻语言与人物情感的张力，高雅诗体与叙述者身份和叙事内容的张力，主流形式与边缘形式之间的张力，等等。这些都是对诗歌文体风格背后的文化内涵进行探索的突破口。

总的来说，特雷瑟维在艺术手法上体现了新世纪美国非裔诗人的美学发展，即“没有局限于美国本土的非裔传统，……表现出对其他传统的开放”[①]。与“黑人艺术运动”（Black Arts Movement）中强调

---

① 参见罗良功：《美国非裔文学：2000—2016》，《社会科学研究》，2017年第6期，第174、175页。

诗歌艺术黑人性的前辈诗人相比，她突破了非裔民族性对艺术技法的束缚，获得了更大的创作自由。她既在诗歌中呈现出了遵循西方古典美学标准的优雅风格，也通过构建形式与内容的张力来凸显族群的困顿境遇，还融入了后现代文化语境中的解构性，将其他艺术门类的话语引入诗歌文本中。因此，特雷瑟维的作品在诗歌艺术技巧上具有独特性和新时期的代表性。每一种艺术技巧都是诗人的精心设计，其背后蕴含的仍然是特雷瑟维对族群甚至一般边缘群体所处现实的回应。她以诗歌艺术技巧为媒介，挖掘了包括美国非裔在内的人类边缘个体和群体的真实历史，揭示了其中易被人忽略的部分，在对其民族历史的建构过程中探寻这些群体所遭遇的社会、心理和文化困境的根源，并在诗歌语境中暗示对困境的消解之法和文化斗争的策略，这就是诗人特雷瑟维的文化实践。这一文化实践所针对的现实范畴主要是美国非裔个体、群体的生存困境，但不局限于此，而是辐射到普遍意义上处于被西方文化和价值中心视为他者的边缘群体。

特雷瑟维的诗歌创作具有强烈的现实指向。美国南方非裔群体的历史及生活经验是特雷瑟维诗歌创作的灵感来源和一贯的关切之处。她不仅关注到这些非裔个体的日常生活和内心世界，从多个侧面深入挖掘相关的历史真相，而且作为诗歌技艺纯熟的当代诗人，她采用了个人化写作和跨媒介诗歌等艺术手段，来探索对各种题材的恰当表现方式。她将强烈的个人情感约束在优美的诗歌形式之中，又将诗歌言说与未言说内容之间的张力悉数传达，在看似自我抽离的讲述中，将读者瞬间拉回历史的某一时刻，于是，关于这个民族的文化记忆被再次唤醒。历史书写是特雷瑟维诗歌创作的重要维度，因为它串联起美国非裔群体生存经验的各个领域，同时又为一系列现实问题提供答案。美国非裔诗歌的创作由于其特有的历史社会背景和民族文化特点，形成了一套相对独立的文学范式传统和美学价值标准，美国非裔学者海兹·阿奈特·厄文（Hazel Arnett Ervin）在《美国非裔文学评论：1773—2000》（*African American Literary Criticism：1773-2000*）一书的序言中指出："美国非裔文学发展的动力来源于西非的艺术功能概念（*art functionality*）——即文学与现实生活的关联。”[①]这意味着从诞生之日起，美国非裔文学就背负着反映现实、观照生活的使命，而这主要集中于对本族群的生存现实的关注。非裔诗歌作为更具有先锋性的文学类别，更是如此。二十世纪代表性的美国非裔诗人如兰斯顿·休斯（Langston Hughes）、阿米力·巴拉卡（Amiri Baraka）、索尼娅·桑切斯（Sonia Sanchez）等都强调诗歌应该展现美国非裔尤其是底层非裔的真实生活和精神现状，揭露现实问题，并参与到对不公现实的改造中。进入二十一世纪，“9·11”事件、卡特里娜飓风、奥巴马当选为美国首位非裔总统等对非裔社会产生重大影响事件的发生更加激发了非裔诗人对族群现实的关注和思考[②]。特雷瑟维在访谈中多次讲到自己“为被遗忘的群体言说”的创作初衷，她的诗歌主题也集中反映了美国底层非裔的历史失声、黑白混血群体的伦理困境、南方飓风灾难中的自救等美国非裔群体面临的深刻现实问题。在此意义上，她依旧秉承了对族群现实进行揭示和改善的诗人社会责任。她在诗歌中所建构的非裔民族历史，将参与到整个美国甚至世界非裔流散群体的话语建构之中，进而在各种文化力量抗衡的当下提供一种自我彰显且互相包容的路径。

第二节　国内外研究现状

特雷瑟维的诗歌在二十世纪九十年代即引起学界关注，二十一世纪之初，随着她诗集的出版，学界对特雷瑟维的关注逐渐发展为学术研究。而随着诗人2007年获普利策诗歌奖、2012年被任命为美国桂冠诗人，她逐渐成为学术界的研究热点之一。目前以特雷瑟维其作品为研究对象的学术论文达到百余篇，出版访谈录一部。国外对于特雷

---

① See Ervin Hazel Arnett. “Introduction.” *African American Literary Criticism*, 1773-2000, Ed. Hazel Arnett Ervin, NY: Twayne Publishers, 1999, pp. 1-20.

② 参见罗良功：《美国非裔文学：2000—2016》，《社会科学研究》，2017年第6期，第168-176页。

瑟维及其作品的研究在时间上呈现起步早、不断升温的特点。特雷瑟维从二十世纪九十年代开始进行诗歌创作，作品发表于《卡拉卢》等杂志。早在1996年，该杂志就推出“崛起的美国女性作家”专号（春季号），其中刊发的两篇论文在广泛进行学术考察和论证的基础上，不约而同地肯定了特雷瑟维的诗歌才华，认为她将成为二十一世纪美国非裔诗人的重要代表①。其第一部诗歌作品出版于2000年，自此，特雷瑟维的作品逐渐引起越来越多学者的关注，相关的研究文章也紧跟其后。随着特雷瑟维作品的获奖，对其作品的专门性学术解读逐渐增多，到2010年之后，其诗歌作品成为研究热点。学术期刊《南方季刊》（*Southern Quarterly*）在2013年推出特雷瑟维研究特刊（夏季刊），收录了八篇学术论文、一篇访谈及其诗歌作品，学者们从种族历史、个人记忆和跨种族身份、互文及艺格符换诗技巧三个方面对特雷瑟维的作品进行了解读。这一时期对特雷瑟维作品的研究呈现出多样化且有侧重的特点。学者们从历史记忆、视觉艺术、跨种族研究等视角对其作品的主题和艺术手法进行了探讨。下面选取其中代表性的论文，从四个主要研究视角对其进行梳理。

一、从历史书写视角进行的研究

美国南方非裔历史是特雷瑟维诗歌最重要的主题之一，她的历史书写呈现出明显的个人化特征，即聚焦于小人物的平凡日常生活，以此拼接出与宏大历史并置的民族历史。学者乔治亚·德·森佐（Giorgia De Cenzo）在其文章中就总结了特雷瑟维作品中体现的公共历史和个体家庭历史相交织、文化记忆和私密记忆相交融的特点②。对于特雷瑟维历史书写艺术特征的探讨指向了诗人写作意图的深入挖掘，在此方面成果颇丰。例如，学者纳格亚尔蒂·沃伦（Nagueyalti

① 参见谭惠娟、罗良功：《美国非裔作家论》，上海：上海外语教育出版社，2016年，第635-644页。

② See Cenzo De Giorgia. “Natasha Trethewey: The Native Guard of Southern History.” *South Atlantic Review*, vol. 73, no. 1, Winter 2008, pp. 20-49.

Warren）认为特雷瑟维的历史书写意在揭露美国官方历史书写背后隐藏的权力关系[①]。也有学者意识到特雷瑟维历史书写的文化建构作用，如学者威廉姆·M·瑞姆斯（William M. Ramsey）通过将同为美国南方非裔诗人的泰伦斯·海伊斯（Terrance Hayes）和特雷瑟维进行对比，认为他们诗歌的历史书写是对南方历史文化传统的重新阐释，对重建美国南方新历史文化身份具有重要意义[②]。

在已有的对特雷瑟维诗歌历史书写艺术进行的研究中，除了对其个人化特点的关注，也不乏文化记忆、空间书写等新颖的研究视角。学者凯瑟琳·R·海灵格（Katherine R. Henninger）就注意到了诗歌中成年人视角的儿童记忆书写，并进而论证了该视角对于表现美国的种族关系、地方性等主题的积极作用[③]。丹尼尔·克罗斯·特纳（Daniel Cross Turner）则结合美国南方非裔诗人尤瑟夫·科曼亚卡（Yusef Komunyakaa）的作品发掘了这两位南方非裔诗人作品中所共同体现的对“血缘记忆”（“blood memory”）的关注，并进一步分析了社会历史原因对这一“前记忆”的干预[④]。学者戴斯特尼·O·伯德桑（Destiny O. Birdsong）则从文化记忆的角度探讨了特雷瑟维诗歌所表现的诗人和母亲的对抗性对话及其喻指意义，并在心理学、生物学和社会学范畴突出了种族记忆的母系传承[⑤]。特雷瑟维诗歌中的

---

① Warren, Nagueyalti. “History, Memory, and Nostalgia in the Works of Natasha Trethewey.” *Southern Quarterly*, vol. 50, no. 4, Summer 2013, pp. 75-98.

② See Ramsey, William M. “Terrance Hayes and Natasha Trethewey: Contemporary Black Chroniclers of the Imagined South.” *The Southern Literary Journal*, vol. 4, no. 2, Spring 2012, pp. 122-135.

③ Henninger, Katherine R. “What Remains: Race, Nation, and the Adult Child in the Poetry of Natasha Trethewey.” *Southern Quarterly*, vol. 50, no. 4, Summer 2013, pp. 55-74.

④ Turner, Daniel Cross. “Lyric Dissections: Rendering Blood Memory in Natasha Trethewey's and Yusef Komunyakaa's Poetry of the Black Diaspora.” *Southern Quaterly*, vol. 50, no. 4, 2013, pp. 99-121.

⑤ Birdsong, Destiny O. “Memories that are (n't) mine”: Matrilineal Trauma and Defiant Reinscription in Natasha Trethewey's *Native Guard*.” *African American Review*, vol. 48, no. 1, 2015, pp. 97-110.

时间感和空间感相互纠缠，甚至构成互文，这在其诗歌《时空理论》（“Theories of Time and Space”）中早有体现。因此，空间纬度的历史写作也不失为探讨特雷瑟维历史书写的别致路径。学者奥加·杜甘（Olga Dugan）在文章中结合艾薇·肖克利（Evie Shockley）和萨迪厄斯·戴维斯（Thadious Davis）等学者关于美国非裔诗歌创新和种族历史书写空间维度的论述，分析了特雷瑟维诗集《奴隶》中的多元文化历史写作，认为诗人以诗歌的文学空间重构了美国南方历史空间[①]。此类研究，不一而足。

二、从跨媒介视角进行的研究

特雷瑟维在其诗歌中引入了大量绘画和摄影等视觉艺术作品题材，使其诗歌呈现出明显的跨媒介性。学者对这一艺术特征进行研究的切入点较为多元。其一是对诗歌中基于视觉艺术作品的想象性描述所进行的内涵分析。如安尼特·德波（Annette Debo）聚焦于诗集《贝乐克的奥菲利亚》中美国南方新奥尔良红灯区的黑白混血妓女奥菲利亚，探讨了这一影集中的人物所讲述的美国南方混血女性历史，并揭示了官方历史缝隙中隐藏的深刻的社会和意识形态问题[②]。珀尔·艾美利亚·麦克汉尼（Pearl Amelia McHaney）对特雷瑟维的“艺格符换诗”作品进行了探讨，分析了诗人如何将被抹杀、遗忘和忽视的个人历史和公共历史通过诗歌曝光于读者的视野之下，并在个人和公共历史叙述之间进行游刃有余的转换[③]。杰瑞·沃德（Jerry Ward,

---

① Dugan, Olga. “Renegade Poetics, Southscapes, and the Poetry of History in Natasha Trethewey's *Thrall.*” *The Journal of African American History*, vol. 98, no. 2, 2013, pp. 304-319.

② Debo, Annette. “Ophelia Speaks: Resurrecting Still Lives in Natasha Trethewey's *Bellocq's Ophelia*.” *African American Review*, vol. 42, no. 2, 2008.

③ McHaney, Pearl Amelia. “Natasha Trethewey's Triptych: The Bodies of History in *Bellocq's Ophelia*, *Native Guard*, and *Thrall*”. *Southern Quarterly*, vol. 50, no. 4, Summer 2013, pp. 153-172.

2013）发表于《外国文学研究》中的论文《视觉呈现与娜塔莎·特雷瑟维的诗歌》也以该诗集为例，深入分析了视觉呈现和诗歌主题的互动[①]。其二则是对摄影、绘画等视觉艺术技巧在诗歌创作中的借用和化用进行创新性解读。如萨迪厄斯·戴维斯从摄影作品对记忆和时空的平面化捕捉方式出发，探讨了空间想象对诗歌言说者视觉艺术想象的关键作用，阐明了诗歌中虚构性和自传性的互动，同时还探讨了特雷瑟维诗歌中言说者主体性与视觉解读的关系[②]。金伯里·沃里斯-桑德斯（Kimberly Wallace-Sanders）则基于特雷瑟维《家庭工作》、《贝乐克的奥菲利亚》和《奴隶》三部诗集中的视觉艺术指涉，提出可将摄影作品视为一种基于现实和虚构之间的"元叙事"，以此深入探讨摄影术在其诗歌中的作用[③]。其三是对特雷瑟维诗歌文本形式的空间性进行探讨。如杜伊娃·梅塔·琼斯（Duewa Meta Jones）在文章中列举了特雷瑟维常用的艺格符换诗、书信体、面具诗、沿用规则诗体等艺术技巧所包含的视觉和"封闭"空间的隐喻，认为她提供了一种观看历史和社会的新视角和新方式[④]。

特雷瑟维的跨媒介诗学具体体现为"艺格符换诗"的创作。这一古老的诗歌样式源于古希腊时期，特雷瑟维对这一诗歌艺术传统的沿用是在有别于西方传统的新的文化语境中进行的，即美国非裔诗歌传统和当代跨媒介诗学，这意味着特雷瑟维的"艺格符换诗"其内涵与指涉需要在新的理论和文化框架内进行界定。学者们已经意识到这一点，纷纷对其诗歌中的跨媒介艺术手法进行历史、政治和文化纬度的

---

① Ward, Jr., Jerry W. "Representation and Natasha Trethewey's Poetry." *Foreign Literature Studies*, vol. 2, 2013, pp. 20-26.

② Davis, Thadious M. "Enfoldments: Natasha Trethewey's Racial-Spacial Phototexting." *Southern Quarterly*, vol. 50, no. 4, Summer 2013, pp. 37-54.

③ Wallace-Sanders, Kimberly. "'Your Eyes Returning my Own Gaze': Distortion and Photography as Meta-Narrative in Trethewey's Poetry." *Southern Quarterly*, vol. 50, no. 4, Summer 2013, pp. 173-188.

④ See Jones, Meta Duewa. "Reframing Exposure: Natasha Trethewey's Forms of Enclosure." *ELH*, vol. 82, no. 2, Summer 2015, pp. 407-429.

思考。然而，基于某一艺术手法的意义探讨尽管丰富，却容易陷入因问题过于发散而无法对诗人创作意图和诗学理念进行发掘的困境，所以对此方面的探讨需要以诗歌主题中的根本问题为导向，从而解释其思想内核。

三、从种族及种族混血视角进行的研究

特雷瑟维诗歌的言说者或者所刻画的人物有很多都是黑白混血儿，如作为言说者的诗人自己、虚构人物妓女奥菲利亚、诗集《奴隶》中卡斯特画（casta painting）中的人物等，他们独特的生存体验和心路历程可以作为切入特雷瑟维作品研究的有效视角。如约瑟夫·米里切普（Joseph Millichap，2013）对诗集《奴隶》中体现的白人父亲与黑人女儿的矛盾关系进行了关注，在历史语境中探讨了造成亲情隔膜的种族主义思想根源[①]。然而，对于跨种族问题的研究并不充分。学者马林·佩雷拉（Malin Perrira）论证了目前从跨种族研究角度来解读娜塔莎·特雷瑟维作品的局限性，主张跨种族研究其实触及了特雷瑟维作品的核心关注，因此应该多做这方面的研究[②]。

四、从身体书写、灾难书写及其他视角的研究

特雷瑟维在诗歌中以近乎白描的手法对人物的身体进行了描写，如诗集《本土卫队》中对其母亲遇害后身体细节的呈现和内战中阵亡战士死况的陈述，等等。有学者注意到了这些身体共同的弱者属性，即他们都是社会底层被压迫的个体。吉尔·戈德（Jill Goad）在其文中解读了特雷瑟维诗歌中对这些被抛弃的身体的书写，包括黑人士兵、农民及家庭工作者等，认为她所代表的当下美国南方黑人身体书写是对过去种族类型化的超越，并结合帕崔莎·雅阁（Patricia

---

① Millichap, Joseph. "'Love and Knowledge': Daughters and Father in Natasha Trethewey's *Thrall*." *Southern Quarterly*, vol. 50, no. 4, Summer 2013, pp. 189-207.

② Pereira, Malin. "Re-reading Trethewey through Mixed Race Studies." *Southern Quarterly*, vol. 50, no. 4, 2013, p. 123.

Yaeger）关于被抛弃身体的理论及朱迪斯·巴特勒（Judith Butler）的摄影理论，探讨了导致这些身体被抛弃的深层原因，即南方社会意识形态[①]。美国非裔的主体性丧失是从他们的身体被剥夺开始的，对这一族群来说，身体承载着沉重的文化内涵，而特雷瑟维的身体书写有独特的艺术特点，诗歌冷静客观的文体风格与被抛弃的身体这一主题之间的张力启发了研究者对此进行深入探索和解读。

期刊和网络上还有对特雷瑟维作品的书评，有些研究篇章被收入著作。如杰瑞·沃德在美国非裔民族历史的背景下考察了其非虚构作品《超越卡特里娜》，认为特雷瑟维的诗歌超越了灾难本身，成为一种历史书写[②]；凯文·杨（Kevin Young）认为，特雷瑟维第一部作品《家庭工作》体现了诗人善于用家庭日常生活书写来象征公共历史中某些群体的遭遇，在作品中体现了时间流动和定格的张力等[③]。W·T·帕弗雷（W. T. Pfefferle）在其所著访谈纪实著作《诗人与地方》中谈到了美国南方地理和历史环境对特雷瑟维创作的巨大影响，如诗人的实地调查为诗集《贝乐克的奥菲利亚》的创作带来了极大帮助，他认为其诗歌中所描述的自然地理环境都被刻下了人为印记[④]。

除了期刊论文，国外迄今已有近十篇学位论文涉及特雷瑟维的作品，研究者分别从历史、社会学、身体研究和比较研究等视角对特雷瑟维作品的主题和艺术进行了探讨。这些学位论文大多将特雷瑟维置于作家群中或与其他作家进行对比研究，未见对特雷瑟维作品的专门研究。

---

① Goad, Jill. "Throwaway Bodies in the Poetry of Natasha Trethewey." *South: A Scholarly Journal*, vol. xlviii, no. 2, Spring 2016, pp. 265-282.

② Ward, Jr., Jerry W, "Historicizing Hurricanes—*Beyond Katrina: A Meditation on the Mississippi Gulf Coast*." *Southern Quarterly*, vol. 49, no. 1, 2011.

③ Young, Kevin. "Review: *Domestic Work*." *Ploughshares*, vol. 26, no. 4, Winter, 2000/2001, pp. 205-207.

④ Pfefferle, W. T. "Natasha Trethewey—Decatur, Georgia South", *Poets on Place: Tales and Interviews from the Road*. Logan: Utah State University Press, 2005, pp. 163-167.

目前，国内学者对特雷瑟维的研究尚处于起步阶段，产出了一篇著作篇章、四篇期刊论文和两篇硕士学位论文。《美国非裔作家论》(2016) 中收录了罗良功撰写的关于娜塔莎·特雷瑟维的简论，这是国内对特雷瑟维作品及其研究最早的综述性文章，文章对诗人生平及作品、作品主题、已有研究成果及诗学观等方面进行了全面介绍，为笔者的研究提供了重要借鉴。此外，程昕 (2021) 在其综述性文章《娜塔莎·特雷瑟维简论》中对特雷瑟维诗歌中的各类主题、题材以及艺术特色进行了整理[①]。陈虹波 (2021) 在《论娜塔莎·特雷瑟维诗歌中个体叙事的历史化》一文中对特雷瑟维诗歌的历史书写艺术进行了提炼分析[②]。李涛 (2019) 在《论娜塔沙·特里瑟维诗歌中的历史记忆书写》一文中，从创伤书写和文化记忆视角对特雷瑟维诗歌的记忆共同体构建问题进行了论述[③]。杜寅寅 (2018) 在论文《抒情进程的可能：论娜塔莎·特雷瑟维〈本土卫队〉中的物权力》中分析了"物的书写"对诗集《本土卫队》抒情进程的推动作用[④]。以特雷瑟维的诗歌为研究对象的硕士学位论文有两篇：陈寅初 (2022) 的硕士学位论文《娜塔莎·特里瑟维诗歌中的历史书写》对其诗歌中的美国南方黑人群体与个体历史进行了梳理，并总结了诗人所用的艺术策略[⑤]；程昕 (2014) 的硕士学位论文《〈家庭工作〉：娜塔莎·特雷瑟威历史书写中的时间与空间》探讨了其第一部作品《家庭工作》中历史书写的时空特点、时间的空间化，以及由此体现的诗人的历史意

---

① 程昕：《娜塔莎·特雷瑟维简论》，《外国语文研究》，2021 年第 4 期，第 22-28 页。

② 陈虹波：《论娜塔莎·特雷瑟维诗歌中个体叙事的历史化》，《外国语文研究》，2021 年第 2 期，第 30-37 页。

③ 李涛：《论娜塔莎·特雷瑟维诗歌中的历史记忆书写》，《当代外国文学》，2019 年第 4 期，第 53-59 页。

④ Du，Yinyin. "A Possibility of Lyrical Progression：An Analysis of the Thing-power in Natasha Trethewey's Native Guard." *Forum for World Literature Studies*，vol. 10，no. 2，2018，pp. 286-301.

⑤ 陈寅初：《娜塔莎·特里瑟维诗歌中的历史书写》，山东师范大学硕士学位论文，2022 年。

识[①]。国内已有的研究成果主要关注了特雷瑟维诗歌中的历史等主题，对诗歌的艺术技巧没有作专门系统的探讨。

就目前对特雷瑟维诗歌艺术的研究而言，在主题和艺术手法研究方面切入点丰富，关注到了其中的历史书写、跨媒介书写、身体书写、灾难书写等各个方面的题材和视角。学者们大多从诗歌文本入手，梳理了主题内容和艺术手法，并试图结合历史文化语境对诗人写作意图进行探讨。诸如此类的研究为特雷瑟维作品的多角度阅读和剖析做了大量的个案基础，也是笔者研究思路的重要借鉴。

虽然，特雷瑟维诗歌中的主要题材和艺术特征在已有的研究成果中都得到不同程度的观照，但是仍存在着两个方面的问题。首先是缺少对特雷瑟维诗歌作品主题与艺术技法的整体性、综合性研究。如上文所述，学者们往往选取某一视角作为特雷瑟维诗歌研究的切入点，进而结合相关语境对其某个书写侧面或艺术手法进行意义探讨。此类研究虽然也能在某种程度上揭示诗人的写作意图和美学追求，但是不可避免地陷入对单一主题或艺术手法的局限性思考。其实，特雷瑟维在诗歌中所表现的各种主题和艺术手法在具体作品中都互相纠缠交叠，并无明显分野，如其诗歌中的跨媒介写作既涉及个人化的历史叙述，也涉及对白人主导权力的揭露与反抗，以及弱势个体心理的自白，等等。如果只是聚焦于视觉艺术作品引入的表现效果，就会顾此失彼，失去对诗人作品进行完整解读的机会。其次，对于特雷瑟维创新性艺术技巧的探讨目前多局限于跨媒介书写方面，而忽略了诸如文体风格方面的设计等其他艺术成果。作为一位有过诗歌创作专门训练背景和诗歌技法娴熟的当代诗人，特雷瑟维在其诗歌创作中展现出来的艺术技巧远不止“视觉艺术与诗歌艺术的融合”这一个方面，在叙事、空间建构和文体风格等方面，她也形成了独到的表意方式。这些看似分散独立的艺术手段，其背后都蕴藏着诗人统一的文化价值观和诉求。

---

① 程昕：《〈家庭工作〉：娜塔莎·特雷瑟维历史书写中的时间与空间》，华中师范大学硕士学位论文，2014 年。

基于此，本书试图在已有研究的基础上提炼出一个能够串联起特雷瑟维诗歌主要的主题关注和艺术技巧的逻辑框架，将对具体主题与表现手法的研究统一于对诗人整体写作意图和艺术追求的探讨。从以上总结的历史书写、跨媒介研究等多角度的研究成果看，目前主要研究成果集中在有关诗歌历史书写研究一类，这源于特雷瑟维诗歌作品中体现的强烈的历史意识。历史书写其实是贯穿她几乎所有作品题材的线索。已经发表的每一部诗集都体现了诗人某一方面的历史关切，包括二十一世纪前民权运动时期美国南方底层黑人劳动者的生活史（《家庭工作》），十九世纪末二十世纪初美国南方混血妓女的生存史（《贝乐克的奥菲利亚》），美国内战时期黑人战士的战争史（《本土卫队》），启蒙运动以来西方中心主义意识形态下混血儿的受压迫史（《奴隶》）以及美国南方黑人社区的灾难史（《会众》、《超越卡特里娜》），等等。

更为重要的是，历史书写也是特雷瑟维各种艺术创新的目的指向。就历史写作本身而言，特雷瑟维的书写方式具有明显的个人化特征，这一叙事技巧及其文化内涵具有深入探讨的价值。在其他的艺术技巧方面，如“艺格符换诗”的创作中，诗人所选的摄影及绘画作品大多为历史题材，对于美国非裔民族历史真相的揭示也是其题中应有之义。又如对弱势个体心理空间的探微实为对个体主体性变化的捕捉，对空间描写的执着也是诗人时空观的体现，是以空间写时间、以对非裔个体生存的空间现实的描摹建构起个体主体性丧失与重建的脉络，因此可以理解为对民族历史的文化心理建构。“非个性化”的语言文体风格则是特雷瑟维历史态度的艺术体现，诸如此类。所以，历史书写研究可以作为对特雷瑟维诗歌艺术探讨的进路，以期窥见诗人表达策略和艺术追求的本质。

第三节 研究思路及方法

本书从历史书写和文化研究的视角，对特雷瑟维的五部诗歌作品和一部非虚构作品[①]中的诗歌进行主题和艺术策略的整体性研究，通过提炼诗歌中历史书写的艺术技巧，探析诗人的表达策略，进而分析其文化意图，在此基础上探讨特雷瑟维诗歌历史书写这一文化实践的现实意义和美学价值。

特雷瑟维的诗歌具有突出的跨媒介性，历史题材的摄影和绘画等视觉艺术作品及其技法是诗人进行多维度历史书写的重要媒介。在第一章中，这种突破性的诗歌艺术特征被界定为一种“元视觉艺术”手法，即言说者对绘画、摄影、雕塑等视觉艺术作品的创作过程和社会历史背景进行想象，揭露视觉艺术背后的权力，并在诗歌场域内对其进行解构。特雷瑟维诗歌中的“元视觉艺术”具体通过视觉艺术创作过程书写、创作者心理描写和人物的“面具化表达”来实现。这些表征方式都指向视觉艺术作品背后的创作者意图，即权力的合法化。特雷瑟维的这一艺术手法不仅揭露了艺术作品背后权力的操控，而且在诗歌艺术层面对这种权力建构进行了讽刺和消解。

在对国家官方历史及其背后的权力操控进行消解的基础上，特雷瑟维通过表现美国南方底层非裔个体日常生活和内心挣扎的个人化的历史叙事对民族历史进行了重新建构。个人化的历史叙事既是诗歌历史书写的重要题材，更是一种对美国南方非裔群体进行历史观察，进而构建与公共历史相对的新历史话语的有力视角和艺术策略。本书第二章即聚焦于特雷瑟维诗歌历史书写个人化这一最为凸显的题材和艺术特征，梳理个人历史叙事的具体内容，深入探讨这一叙事策略的内涵与功用。内战中黑人战士的讲述、以外祖母为代表的南方劳动女性的生存经验和言说者家族成员创业的过程都展示了具体而真实的美国南方非裔民族历史的新版本。针对主流文化对非裔群体的“历史健忘症”（historical amnesia），历史化的个人叙事使非裔失声群体实现了历史入场，其个人日常叙事对非裔历史进行重构，并以多重文本的历史讲述验证了历史的流动性与多元性。

---

① 非虚构作品《超越卡特里娜》虽然是散文、照片、诗歌等多种文体的杂糅，但是诗歌在其中起到了串联和总结各部分叙述的作用，所以在本书中，这部非虚构作品也纳入了诗歌研究的范围。

特雷瑟维在诗歌历史书写技艺上的探索不仅突破了个人历史与公共历史之间、多种艺术领域之间的疆界，而且还突破了时间与空间的划分，从而表现出一种历史的空间化特点，即追溯个体的某个记忆时刻，建构起这一时刻所处的空间环境。这一艺术手法使诗歌在重构美国南方非裔民族历史的过程中引入了个人主体性的纬度，以此深入到超越物理空间的心理、文化等空间范畴，捕捉到民族历史更为细节感性的部分。本书第三章对这一艺术特征进行了阐释和解读，深入到非裔个体的内心世界，窥探宏大历史背景下这些弱势个体进行历史主体性重建的机制。诗歌中个人记忆与环境的联结使其空间建构呈现出物理空间和心理空间互相交融转化的特点，正是这种空间的多元性与不稳定性为非裔个体的主体性伸展与强化提供了可能，从而在受压制的环境中得以生存。

本书对特雷瑟维诗歌历史书写艺术特征的梳理与提炼，从研究诗人以艺格符换诗作为揭露美国官方历史虚伪性及其权力属性的策略开始，进而探寻诗歌中以个人化叙事对民族历史进行建构的机制，最终落脚于历史洪流中的弱势个体主体性重建，而诗人所使用或创造的各种艺术手段为这些本质性问题的揭示提供了向导和答案。这些诗歌引导读者将历史阅读的目光从公共历史叙事转移到如美国南方底层非裔这般弱势群体的言说之上，不仅是具体的日常生活，还有背后的操控力量，以及这些弱势个体给出的生存答案。至此，特雷瑟维诗歌中的历史表征与本质探索告一段落。

在诗歌整体语言和形式风格层面，特雷瑟维的创作呈现出“非个性化”的特点，这体现出她将诗歌作为历史客观呈现手段的文学观和平等包容的文化理想。本书第四章在前三章具体历史书写艺术手法提炼的基础上，从整体诗歌风格的角度对特雷瑟维诗歌的美学和文化价值进行探讨。该章从语言和形式两个方面阐释其“非个性化”的具体表现。以此为依据，分析这一文体特征所蕴含的诗人实现边缘个体崇高化和特殊经验普遍化的意图。由此，特雷瑟维历史书写的意义指涉不再局限于美国南方非裔群体，而是辐射到包括他们在内的世界所有处于文化边缘地位的弱势群体。作为一位被主流文化认可的美国非裔诗人，特雷瑟维的历史书写根植于本民族生存经验，却以极具开放性和兼容性的艺术手法将个人和民族经验投射到更广阔的世界文化版图中，伸张了有别于欧洲中心主义文化价值观的平等包容的文化理想。

第一章　“元视觉艺术”对历史主导权的解构

跨媒介写作是特雷瑟维诗歌历史书写的主要艺术手法之一，历史题材的绘画、雕塑、摄影等视觉艺术作品是其诗歌创作的重要题材。这一创作手法主要体现在《家庭工作》、《贝乐克的奥菲利亚》、《本土卫队》和《奴隶》等诗集中。特雷瑟维在诗歌中对视觉艺术作品的呈现并非对摄影叙事单纯地再现，而是通过文学想象、细节扩充、视角转换、修辞等手段赋予了它们更为立体甚至是全新的解读。同时，在诗歌叙述视角上呈现出多样性特点，包含了视觉艺术创作者、人物以及观赏者在内的多种主体身份。可见诗人的关注点并不局限于视觉艺术作品本身，而是扩展到了该艺术创作的整个过程。这些特点使特雷瑟维的摄影书写超越了仅针对视觉艺术作品所呈现内容本身进行的文字描述，而是具备了本书中所提出的“元视觉艺术”（meta-visual art）的特点。“元视觉艺术”一词由“元小说”（metafiction）技巧生发而来，后者“宽泛地用于描述小说在叙述层面的‘反身指涉’（self reflexivity）或‘自我意识’（self-consciousness）特征，……（它）指向故事的虚构性以及叙述的不可靠性”①。“元视觉艺术”在本书中作为一种诗歌叙事技巧，将“元小说”中所包含的对创作过程的“反身指涉”迁移到了视觉艺术领域，呈现出诗人全知性视角下对诗歌中视觉艺术作品内容及其创作过程的历史发掘及想象，目的是为了颠覆视觉艺术作品本身传递的意义及背后的创作者意图。

---

① 王丽亚：《“元小说”与“元叙述”之差异及其对阐释的影响》，《外国文学评论》，2008 年第 2 期，第 35 页。

第一节　特雷瑟维诗歌中的“元视觉艺术”

在本书中，“元视觉艺术”指的是，诗人从视觉艺术作品本身出发，利用视觉艺术的技术属性，探寻其创作过程，特别是其中创作者与人物（模特）之间的关系，进而揭示出视觉艺术呈现内容之外的其他事实和环节，如创作的社会历史背景、创作过程和期待受众等，从而揭示创作者的真实意图。相对于仅对视觉艺术作品内容进行想象性描述的“艺格符换诗”，诗歌的“元视觉艺术”则将写作对象从艺术作品本身扩展到其创作过程，重点关注作品创作中各个主体即创作者和人物之间的关系细节。实际上，该艺术手段使诗人作为视觉艺术观赏者获得了穿越时空的能力，站在艺术作品中人物的立场，以诗歌的方式帮助其进行言说，以揭示艺术作品之外更全面的真实。根据特雷瑟维诗歌中涉及的视觉艺术作品类别，此处“元视觉艺术”具体可分为“元摄影”（meta-photography）和“元绘画”（meta-painting）两种形式。在具体写作中，诗歌的“元视觉艺术”表现为对视觉艺术创作过程、创作者心理和人物的“面具化表达”三个方面的叙述。

一、视觉艺术的创作过程书写

在诗歌语境中，特雷瑟维在对艺术作品本身进行“细读”、历史考证和艺术想象的基础上，由平面静止的摄影、绘画作品构建了人物所在的立体的生活时空。这一时空能够在诗歌叙事中被构建出来，首先得益于诗人对视觉艺术作品创作过程的描写。

特雷瑟维使用“元摄影艺术”的诗歌中对摄影过程的书写关注了背景选择、人物造型、摄影师指令等元素。诗歌《卖白菜的小贩》（“Cabbage Vendor”）呈现了拍摄者发出指令和人物进行回应的过程，诗中写道：

自然点，他说。
他想要我怎么样？

他穿过那个孔望着我——
他的灵魂暗盒——
看着我卖包菜
想要拍一张照片
定下这个瞬间，永远。
没有什么自然的东西
能永久不变。
……
但是他就是要保留这张照片，
扭扭捏捏就像矫揉造作的爱情。
……　　(*Domestic* 7)[①]

这首诗歌的叙事视角为一名卖菜的黑人女商贩，她在心中默默讲述了白人摄影师对她的工作场景进行拍摄的过程。诗歌开头就引述了摄影师简单而直接的指令——“自然点”，正是该指令触发了被拍摄者即黑人商贩的有关“自然”的一连串联想与反驳。在摄影师看来，商贩在照相机前的“自然”摆拍，就是他心中想要呈现的照片内容，然而这一指令的发出意味着摄影师已经对人物的真实生活进行了干预，毕竟他所要呈现的所谓的“真实”与人物的生活实际相去甚远，这从商贩的独白中可以得到证实。只是，这种对“真实”的分歧并非来自白人摄影师无心的误解，而是一种有意为之，因为黑人商贩并未被给予言说的机会，只能在内心默默反驳。这沉默的反驳也只有在诗歌语境中才被读者听到。

对摄影过程进行全面描述的尝试集中体现在诗集《贝乐克的奥菲利亚》中。该诗集第一、二部分有关摄影的题材为二十世纪初美国白人摄影师贝乐克拍摄的新奥尔良斯托利维亚红灯区混血妓女影集。第三部分“斯托利维亚日记”（“Storyville Dairy”）则将写作对象扩展到

① 此处诗歌引自《家庭工作》（*Domestic Work*），简写为 *Domestic*。其他诗集作品的引用也遵此法，以首词代替。

照片背后的拍摄过程。在这些日记中，被拍摄者奥菲利亚以第一人称口吻记录了自己从被迫充当模特到逐渐学习摄影技术，并最终拥有相机、成为拍摄者的全过程。摄影技术的掌握让她感受到了“（照相机）转化真实的强大力量”（*Bellocq's* 44），如在标题为《自画像＃1——1911 年 7 月》（“Portrait＃1—July 1911”）的日记中，奥菲利亚写道：

现在，我要看起来很惬意，甚至
邋遢，但是要显示我还是闺房的主宰。
一个貌似是偶然拍下的瞬间——
画框斜挂在旗杆上，报纸
摊开在梳妆台上，一点白丝绸
从抽屉中溢出，衬裙漏出
我洁白的肩膀，低颈露肩装，
黑丝袜，双腿随意交叉就像男人一样。
所有这些都被设计好，除了
印花的墙面占据了背景
压向我，我的手
停在膝盖上，翘起了
一根手指，身体倾斜向照相机——一个开口说话前的
姿势，在第一个词蹦出之前。（*Bellocq's* 41）

这首诗以人物自我言说的方式描述了一次拍摄过程。奥菲利亚点明了摄影师的设计——要展现一个偶然截取的惬意的闺中生活画面。于是遵此初衷，房间背景和人物着装等都按照摄影师的意愿进行调整。摄影师为了凸显女性房间的舒适自在，将房中的画斜挂，报纸随意摊开，甚至还故意将一段丝绸留在抽屉外面，这些都与“惬意的私密环境”相符合。此中人物奥菲利亚则被要求穿着一件露肩上衣和黑色丝袜，将双腿随意摆放，尽可能突出她“是这个房间的主宰”。可见，出现在照相机前的所有细节，包括物品和人物都处在摄影师贝乐克的严密掌控之下。然而，诗集中奥菲利亚关于其生存现实的自述与照片

中所呈现的场景形成了强烈反差。作为一名妓女，她对这里的任何人和事都没有主宰的权力，所谓私人闺房，充其量只是她日常工作的场所。一名妓女的生活根本就与“自在惬意”无缘。从人物视角对摄影活动过程的描写揭露了照片背后不为人知的摄影“生产”过程，具有差异性的摄影叙事和诗歌叙事使摄影师的创作意图不言自明。

特雷瑟维诗歌中的“元绘画艺术”则更加多维。首先，与诗歌的“元摄影艺术”相似，此类诗歌通常着眼于再现绘画作品创作的过程与创作者的心理活动。如《血统》（“Blood”）一诗中写道：

一定是观看者将仁慈的凝视
投掷于她，让她像是被安置在画作的
浪漫色彩中……

与背后在田间劳作的黑皮肤亲人相比
她被渲染得如此不同。
如果不是仿佛是来自画布之外的一束光，
我们可能错过他们……（*Thrall* 34）

这首诗以观看者的视角想象了绘画过程。画面中的这位黑白混血女子被置于画面的前景中，仿佛置身于浪漫的色彩，可见画家以明亮的色彩着重描绘了这位女子。女子所在的背景与之形成反差，背后俯身在田地里劳作的黑人农民色彩暗淡模糊，不能凸显个体神态。诗中透露，这个女子和身后的农民其实是亲人的关系，他们本应该在一致的环境中，然而画家却因为人物肤色的不同作出了主观取舍，他对这位肤色较白的混血女孩格外青睐，给予她更多的光线和色彩，并将其置于画面的前景中心位置。对皮肤白皙混血女的前置化和重点描摹，以及对黑人劳动者作为背景的暗化处理都凸显了白人至上观念对艺术创作过程的影响。

除了从绘画的技术层面对绘画的构图、光线、色彩等元素进行描写外，运用了“元绘画艺术”的诗歌还对一些特殊的绘画技法如“原笔画再现”（“pentimento”）进行了演绎，以挖掘画家对作品的修改重置过程。绘画中的“原笔画再现”指的是画家在创作中改变想法后用新画覆盖住原画，而原始笔触或颜色仍然可见的现象。特雷瑟维诗歌中的“原笔画再现”不再是单纯的绘画技法，而被化用为一种诗歌表达方式，即根据绘画中的原画复现情况，想象画家绘制原画而后进行修改的创作过程，以此表现画家的情绪和心理变化，从而更好地挖掘其创作意图。特雷瑟维在诗歌《悔改》中就对荷兰画家约翰内斯·维米尔（Johannes Vermeer）的画作《瞌睡的妇人》（*A Maid Asleep*）进行了“原笔画再现”，描述了维米尔对画作进行修改覆盖的过程。诗人介绍道，这幅画原本呈现的画面是：一个女人头压在一侧胳膊上，伏于桌面，桌上果盘装着水果，高脚杯被推倒；画面背景中一个男人站在门口，脚边是一条狗。如诗人所说，这一画面表现的是女人在经历爱人或丈夫的背叛后，暗自神伤的情境。而后诗人描述了经过修改后的画面：门外的狗和男人被画家抹去，变成了一面镜子和一个墙边桌。诗人揣度画家维米尔原本想表达背叛的主题，后来却改变主意想要以“忠诚”替代原来的主题，所以作了修改。通过对这幅作品的“原笔画再现”，诗人揭露了绘画作品传递意义的不稳定性，画家的主观情感和观念决定了画面呈现的内容，所以即使是对现实进行描摹的写实性绘画作品，它们所呈现的“现实”与真实的情形也可能相去甚远，甚至前者可能是对后者的颠覆。

对摄影和绘画等视觉艺术创作过程的关注和再现是特雷瑟维进行“元视觉艺术”写作的主要途径之一。对创作过程的发掘主要从创作者视角延展了摄影和绘画作品的表现时空，类似于背景介绍和细节补遗的过程叙述为艺术作品的诠释提供了更多依据。

二、创作者心理描写

摄影和绘画等视觉艺术作品是创作者心理的间接反应。从对视觉艺术作品创作过程的探索和想象中，可以在一定程度上窥见创作者的内心世界。在想象性的过程再现中，诗人还特别聚焦于创作者的心理活动，选取有利视角，对其进行直接描写。

特雷瑟维的作品中对创作者心理描写最具代表性的是诗歌《日记1901年4月》（“Daybook April 1901”），诗中这样描述：

在这里遇到他们是多么幸运！
通过镜头，我看着他们
绷直了身子，站立不动

等待我的快门打开又关闭——
两个黑人男子，衣着像是去参加礼拜，
在树林中采摘鲜花，

松树针和常青藤缠绕在周围。
我想着就叫它《献给爱人的花束》，
脸上充满祝福的意味

尽管他们几乎没有表情。然而，
他们是多么完美的拍摄题材啊。
总是容易摆出姿势，

具有孩童般的稚趣。
这处藤荫多么恰到好处
——一个亲密的场景

树枝包裹着我们
就像兄弟。在这里发现他们
是多么幸运啊

而不是在远处的
陈旧墓地
那里满是新坟

还没有鲜花。(*Domestic* 6)

这首诗歌以白人摄影师的口吻描述了《献给爱人的花束》这幅摄影作品的场景选择过程。他在林中偶遇了两位黑人男子，他们衣着讲究，正在采摘鲜花，并且“愿意拍照”，于是这位摄影师就安排两位黑人在树丛环绕的“温馨画面”中拿着鲜花静止站立，并将画面命名为《献给爱人的花束》。然而，诗人在后面的叙述中暗示，这一切都只是白人摄影师的主观设计，因为这两位男子并不是在为爱人采摘鲜花，采摘鲜花也不是为了甜蜜幸福的爱情，而是为了献给远处墓地里躺着的逝去的爱人和母亲。但是，摄影师却自顾自地选择了适合他内心想表达的幸福温馨的背景，并强迫两位黑人配合。本来天衣无缝的背景安排和人物摆布与摄影作品的立意一致，而诗人却从人物“没有表情的脸”开启了拍摄过程的叙述。由此可见，摄影师在拍摄活动中享有绝对的主导权。在他一厢情愿的主观设计下，照相机捕捉的瞬间定格很有可能是对真相的刻意隐藏。

对画家创作心理活动进行描写也是特雷瑟维“元绘画艺术”的一个突出特点。在诗歌《白化病黑人与西班牙人之子》（“Torna Atras”）中，诗人描述了本身嵌套着绘画场景的一幅画作，这样的叙事结构与视角使诗人可以穿行于该作品绘画者与画中的绘画者两个层次人物的内心世界，展现出了富有张力的人物心理。诗中这样描述：

这个不知名的艺术家将画中的父亲刻画成了一个画家，所以
我们可以看到他正在工作：为他的妻子绘制肖像——
……
他把她描绘成了居家的状态，
与画布后的母亲完全不同，她
穿着上世纪的衣服，一个黑色斑块——美丽的标记
如新月一般——在太阳穴处
如果我说这幅画还未完成，他还要将她画得
更美，以匹配她优雅的发卷，

……

如你所见，
也许是为了炫耀自己的技巧——
画家让这位父亲显得技艺不精，以至于不能捕捉
他妻子的美。或者，父亲根本看不清母亲：他理性的眼睛
将眼前的妻子自动降格为画中的样子，仿佛是揭示她
肉体里固有的幻灭。（*Thrall* 48-49）

诗人以画家的视角描述了该画作的内容，即一位白人父亲在为黑人白化病妻子绘制肖像，但是父亲笔下呈现的并不是这位母亲本来的样子，而是将这样一位具有黑人血统但因为白化病而显现白肤色的、一身白人贵族妇女装扮的女人，描绘成了一个朴素家庭妇女的模样。于是诗人揣度，这种对现实的明显歪曲到底是因为父亲技术上的缺陷，还是意识形态的偏见？诗人发出这种设问，实际上是为了强调第二种可能，即父亲内心根深蒂固的对黑人血统的藐视使他时刻穿透妻子的外在容貌和装扮，直达其黑人血统及其所谓的血统的劣根性，所以即使妻子完全成了高贵的白人女性的样子，他内心所看到的仍然是一个只配做普通家庭妇女的黑人。这幅画看似表现了画家炫耀自己绘画技巧的自得心理，实际上揭示的是画家未觉察到的，抑或是画家自身所固有的种族观念。

与《日记 1901 年 4 月》一诗所描述的摄影师内心独白类似，诗歌《奴隶》（"Thrall"）以西班牙黑白混血画家胡安的口吻讲述了自己的经历，通过对经历的"客观描述"暗示出其心理变化。胡安先是观察其白人主人（生父）迭戈·维拉斯奎兹（Diego Velazquez）为自己作肖像画：

我睁圆了眼睛
　　望着他

肩膀上搭着蕾丝衣领

就好像我生来
高贵
出身的轭
从我身上撤去了
……
多年以来，我看着这幅画
就像一个人照着镜子 （*Thrall* 59-65）

诗中所述，维拉斯奎兹认为绘画是属于高等人的享受，因而禁止胡安学习，所以胡安只能在背地里自己练习。在维拉斯奎兹的眼中，胡安是低贱的，但是在为他作肖像时，却安排胡安穿上了贵族的衣服。胡安自己作为被藐视、被装扮的对象，只能静静地看着这一切。他看着自己的肖像，仿佛看着镜中的自己，渐渐的，胡安和肖像中穿着贵族衣服的自己融为一体。这实际上非常隐晦地暗示出胡安的自主性在不断成长。这一点在后面他为自己作自画像的过程中得到印证，在下一节中，他叙述道：

于是
在《圣马修的召唤》中
我将自己
画成了一个 自由人
在海关
等待纳税
…… （*Thrall* 65）

在这里，胡安摆脱了维拉斯奎兹施加在他身上的血统自卑，他不再只是被装扮成一个自由人，而是从自己内心真正成为一个独立的自由人。两幅画作都将胡安刻画成高于其真实身份的人，这也许都不是胡安真实的身份状态，但是随着岁月的积累和自己绘画技法的精进，胡安的内心已经从卑微的服从者彻底转变成了一个自主行为者。这一关键性的心理转变通过胡安的行为细节描述被间接暗示出来。

在以摄影和绘画作品为写作题材时，诗人因其游刃有余的写作视角，成为穿梭于视觉艺术作品内外的主体，能够透过视觉艺术作品本身，深入到创造者内心。有时从视觉艺术创作者的视角，以内心独白的方式，完整再现他们的心理活动；有时以人物为视角，展示他们对创作者意图的反应；有时又以全知视角，同时观览人物和创作者不同的心理活动。无论通过哪种方式，都体现了特雷瑟维不满足于视觉艺术作品本身呈现的内容，而执意于挖掘其背后事实真相的强烈意图。

三、历史人物的“面具化表达”

本书中，诗歌的“面具化表达”相较于“使用虚构身份的言说者”进行讲述的“面具诗”[①] 有两处差异：其一，前者既指摄影或画作中的人物，也指诗人从人物立场或模仿人物所进行的表达[②]；其二，前者既包括言说者的语言表达，也包括非语言的动作、表情等方式的表达。艾兹拉·庞德（Ezra Pound）认为，面具化的言说者兼具了真实性和虚构性，这种虚构性使其相较于作者拥有更大的言说能力，甚至可以代表一个群体[③]。特雷瑟维在诗歌中所选取的面具化言说者来源于摄影或绘画作品，同时在各种文学修辞的加持下，其表达范畴超越了镜头攫取的瞬间和平面，被赋予了更大的言说自由。

特雷瑟维基于视觉艺术作品虚构的人物呈现出两个特点：一方面，他们都在镜头下或画家凝视下被平面化、物化处理，以及被剥夺发声机会从而无法讲述自己的生存经验，如从事底层家庭工作的美国南方黑人妇女、卖菜小贩、混血妓女、采棉工、奴隶等；另一方面，

---

① See Baldick, Chris. Ed. *The Concise Oxford Dictionary of Literary Terms*. Oxford: Oxford University Press, 2009, p. 190.

② 参见吕国庆：《论自由间接引语与乔伊斯的小说构造》，《外国文学评论》，2010 年第 3 期，第 72-83 页。

③ Diggory, Terence. “A Live Tradition: Ezra Pound.” *Yeats and American Poetry: The Tradition of the Self*. Princeton: Princeton University Press, 1983, p. 57.

他们也表现出反凝视冲动或行为，与镜头和画家凝视进行了主体性对抗，这种对抗又分为隐性的神态和动作，以及显性的付诸语言的内心独白或自我讲述。这两点在诗歌《劳动中妇女的姿态——源自一幅照片，1902》（“Gesture of a Woman-in Process—from a photograph”, 1902）中得到了集中体现：

> 在照片前景，两个女人，
> 她们斜视的眼睛和脸庞
> 融入了照片的纹理——
>
> 深深的释然——线条
> 就像手掌的纹路
> 如果我能触摸，我便能将它们阅读。
>
> 她们周围，是日常琐碎：
> 被挂着的亚麻布压到下垂的晾衣绳，
> 一堆绿叶菜和白薯，
>
> 几桶等待去皮的豌豆。
> 一个女人在镜头前静止。
> 另一个则拒绝停下。
>
> 即使现在，她的手还在画圈，
> 她的围裙留下白色光斑，
> 仍在移动。(*Domestic* 3)

诗歌从观赏者视角再现了一幅画作的内容，画中两个黑人妇女正在从事家庭劳动。虽然诗人点明这两个劳动者是被前置于画面的中心位置，但是通过随后对画面背景的描写，诗人推翻了摄影师妄图将人物前置的意图，因为周围杂乱的工作环境实际上喧宾夺主，早就将这两个劳动者淹没。这就是劳动的物质环境对人的侵蚀或同化。整首诗歌没有视角转换，只是平铺直叙的画面再现，但是诗人着重突出了一个细节，即围裙留下的白色“光斑”（“blur”），这是整幅画面中不和谐的一点，其暗示的人物状态被诗人捕捉并放大。“光斑”意味着在曝光的瞬间，人物没有配合摄影师的指令，擅自挪动了位置，再结合她们“斜视的眼睛”，可以判定整个拍摄过程中，两位劳动者没有真正地进行配合。也许她们没有拒绝拍照的权利，但是却通过自己微小的表情和身体语言申明了自己的意志。多年之后，这份微弱但倔强的反抗被诗人捕捉到，并进行了深入的挖掘。

与这两位家庭工作者相比，《卖白菜的小贩》中那位黑人卖菜妇女的反抗又有所加强。这名小贩被要求展现“自然一点”的姿态，于是她在内心充满鄙夷地全面反驳了摄影师对“真实”的偏见，并宣称了自己来源于日常生活的“真实理论”：

> 没有什么自然的东西
> 可以永久保存。当我在菜园里
> 从地里扭下这些包菜
> 听到它们破裂的尖叫，
> 我的手指
> 沾满泥土——那才是自然。
> 或者当我在厨房里
> 煎炒咸猪肉
> 拌着这些包菜，
> 它们在锅里相遇
> 就像亲戚一样——那才是自然。
> 成熟的包菜和炒熟的包菜
> 都不能保存。
> ……
> 我可以自己动手，
> 把那个东西（照相机）转过来

让他去看自己
就像看着我一样…… (*Domestic* 7)

由照片中商贩的样子和整个场景，诗人想象了她的内心活动，实际上是戴着人物的面具进行自我观点的表达。在这幅照片的拍摄过程中，占据主导地位的仍然是摄影师，但是在这首诗中，诗人却几乎略去了摄影师的存在，他只以一句人物转述的简短口令出现。诗歌绝大部分内容都是小贩在坦陈自己内心的观点，以自己有说服力的日常生活经验给予了摄影师完整的反驳，而且她还进一步想要推翻摄影师用于凌驾于自己之上的工具——照相机，扭转它的镜头，改变拍摄者与被拍摄者的位置。可以说，诗人给予了这位言说者以极大的表达自由和空间。

最为彻底的人物与视觉艺术家的对峙则体现在将“话语权”直接交于人物的自述诗歌。《贝乐克的奥菲利亚》全书无论是书信还是日记都是以第一人称自述的形式写成，针对与白人摄影师的互动部分，奥菲利亚直白地表达了对照相术本质的看法以及对被摄影者身份的不满。她写道：

我熟知了照相机——它的危险
之处，它告诉人们的部分真实（*Bellocq's* 30）

我并不蠢
我知道我们创作的这张照片
会印上你的名字，而不是我的（*Bellocq's* 39）

我朝不同于镜头的方向望去，让自己看起来
很端庄……
我又褪变成不是自己的某个人（*Bellocq's* 40）

从这些自白中可以看出，奥菲利亚并没有全然受白人摄影师的摆布，而是保持了清晰思考的能力。她认真地思考自己，思考摄影术的技术属性。所以在贝乐克的要求下，无论自己的装扮如何改变，她都清楚地知道，装扮出来的样子"都不是自己"；全然知晓在摄影活动中自己处于绝对的被动，只能服从于摄影师的意志；也明白照相机并不是全然中立，它展现现实的同时有选择性地隐藏现实，其背后操纵的仍然是拍摄者的意图。所以，她决心自己学习摄影、购买相机、独立进行摄影活动，最终掌握了摄影这种技术，并以此为出口，追求自主的人生。与之类似，诗歌《奴隶》中的主人翁黑白混血画家胡安则自述了自己不为奴隶身份所限，坚持私下学习绘画的人生经历。能够从容完整地讲述自己的经历，这本身就是一种主体性的体现，奥菲利亚和胡安在对自己人生体验的自述中直面自己受束缚和压迫的身份现实，并直白地表达了对现状的不满，同时记录了争取独立身份的实际行动，这无疑展现了个体主体性重建的过程。特雷瑟维诗歌的"面具化表达"真正使诗歌的书写者与书写对象跨越文本和视觉媒介的限制，融为一体，实现了对视觉艺术作品中的人物最大程度的想象性改造。

与艺术作品创作者的心理活动描写相似，人物的"面具化表达"实际上是诗人主体附着于摄影和绘画作品中的人物主体，代替他们进行言说，或者直接交给他们进行自我言说的权力。人物的言说在特雷瑟维的"元视觉艺术"手法中占据主要部分，可见，诗人在揭露创作者意图的同时，更关注在视觉艺术创作过程中处于劣势的人物的真实表达。

对视觉艺术创作过程的书写，创作者心理的描写和人物的"面具化表达"等"元视觉艺术"特征的实现都是以诗人作为观赏者和阐释者的极大自由度为前提的。这种时空穿梭的能力突破了摄影和绘画作品创作固有的时间维度，将它们通过主题维度进行重新联结，形成了穿越时空的互文。摄影术可以定格流动时间中的点或片段，摄影艺术的这一时间特点"使世界成为一系列毫不相干和自由存在的分子；历史，过去和现在的，成为一系列的奇闻逸事"[①]。这让照片中的人和

---

① Sontag, Susan. *On Photography*. New York: Rosetta Books, 2005, p. 17.

事从时间刻度上解放出来，“逃离拍摄者的意图”①。特雷瑟维利用互文、想象和视角转换等文学手段消除了作为历史文献的照片的时间纵深顺序，所有过去的人和事都在诗行中被激活，在恰当的时刻被诗人想起、书写或重新解读。例如，她在诗歌《密西西比历史纪录片中的画面》（“Scenes from a Documentary History of Mississippi”）中以未来观赏者的视角将反映1907年美国密西西比州棉田丰收场景的照片与两年之后南方致命棉虫灾害的历史事件进行并置，明确了南方的棉花经济与黑人贫穷状态之间的关联。该历史时期的绘画作品也在诗人主导下构建起超越时空的意义互文。如诗集《奴隶》中通常以组诗的形式在同一首诗歌中提及不同作者和历史时期创作的“卡斯特画”（“casta paintings”）②，并指出将这些画作进行并置的原因是：

> 总是这样，黑人身体被切割开来；总是这样
> 一个人被治愈，他的病肢被换下，
> 放到另一个人的坟墓里：一条白人的腿
> 埋在一具尸体旁，或附着其上就像
> 它本来就在那。（*Thrall* 10）

此外，特雷瑟维还打破了摄影术和绘画艺术之间的界限，将主题相关的艺术作品置于同一首诗歌中进行解读，彼此之间产生互相印证凸显的历史互文效果。贝乐克镜头下的妓女奥菲利亚在与约翰·埃弗里特·米莱（John Everett Millais，1829—1896）和莎士比亚笔下的奥菲利亚（Ophelia）产生互文之后，就凸显了男性对女性的权力凝视超越时空的普遍性（*Bellocq's* 3）。特雷瑟维在其诗歌中将这些如碎片漂浮在历史时空中的视觉艺术作品串联起来，以便于发掘它们背后共同的意义建构机制。

---

① Sontag，Susan. *On Photography*. New York：Rosetta Books，2005，p. 110.

② 卡斯特画（casta painting）：最早见于十八世纪上半叶的西班牙殖民地墨西哥，通常一幅作品分为十六个部分，分别描绘混血父母和孩子，然后按照肤色种族和社会地位贵贱从上至下排列。（详见 https：//notevenpast. org/casta-paintings/）

第二节　视觉艺术作品中的权力建构

视觉艺术作品如摄影、绘画等作为由人的意识主导的艺术创作活动具备技术和社会双重属性。爱德华·W·萨义德（Edward Waefie Said）在论及东方学具有客观性与否时指出，艺术家和学者的创作并非自由和客观，而是受制于“文化传统、现实情境和学校、图书馆、政府等在社会中起着稳定作用的机构”[①]。视觉艺术创作者必然受制于这些“外在因素”的影响，因而其创作的艺术作品也具备了技术属性之外的社会属性。“元视觉艺术”写作深入到视觉艺术作品的生产过程，提供了揭示这些作品的技术属性以及社会属性的可靠途径。技术属性通常作为视觉艺术显性的固有特点，掩盖了隐藏于作品背后的创作者意图及其代表的社会属性，而实际上，正是这些技术属性打开了揭露其社会属性的缺口。正是在各种艺术手段的包裹下，权力在视觉艺术作品中实现了它们的合法化。视觉艺术作品因而成为权力持有者操控历史建构的有效工具。

一、视觉艺术作品中的创作者意图

对视觉艺术创作过程、创作者心理活动和人物“面具化言说”的书写等“元视觉”艺术手法使诗歌描述深入到视觉艺术创作的具体过程，对易于被观赏者所忽略的细节进行了发掘，提供了对这些视觉艺术作品进行重新界定的可能。在此基础上，诗人从视觉艺术固有的技术属性和被建构的社会属性出发，进一步揭示了视觉艺术作品中创作者与人物之间的主体性关系，进而暗示出这些主体关系的本质。

视觉艺术作品的技术属性在特雷瑟维的诗歌中主要体现在三个方面：物质性的技术要素，如光线、色彩、构图等；创作的多主体性，即创作者意识主导，作品中的人物意识并存；作品的瞬时性和平面

---

① 爱德华·W·萨义德：《东方学》，王宇根译，北京：生活·读书·新知三联书店，1999年，第270页。

性。摄影和绘画都是光影的艺术，光线、色彩和构图是艺术创作者传达思想意图的艺术语言。特雷瑟维在其描写视觉艺术作品的诗歌中，对这些视觉艺术的要素进行了关注。如她在组诗《美国人》（“The Americans”）的第二首《血统》（“Blood”）中写道：

> 她像是被安置在画作的
> 浪漫色彩中，她忧郁的美丽
> ……
> 画面的前景中，她正坐着休憩
> ……
> 如果不是仿佛是来自画布之外的一束光，
> 我们可能错过他们——不远处的三个人影，
> 小如附加之物。(*Thrall* 34)

在乔治·弗勒（George Fuller）的这幅画作《四分之一混血儿，1880》（*The Quadroon*，1880）中，其中的白肤色混血儿被置于构图的前景（foreground），被投以“浪漫”的明亮光线和色彩，相比之下，其他的黑肤色拾麦人被放置在暗淡的背景中，显得灰暗且渺小。从自然角度来讲，同一画面中混血女孩和稍远处麦田里的黑人拾麦者虽然有前景和背景的位置区别，但是在光线反射上不应该有如此大的明与暗的距离，色调也不会呈现“浪漫”和“暗淡”的本质差异。之所以有这些差别，其实是绘画者有意为之，其突出、抬高这个白肤色混血女孩的意图可谓呼之欲出。她与背景中的劳动者有亲缘关系，因此同属一个阶层和种族，他们唯一的区别就在于皮肤的颜色——即哪个更靠近白种人，即使只是表面上的浅肤色也足以使绘画者如此另眼相看。这位白人画家自以为艺术手段可以掩饰自己内心的取舍，殊不知技术的语言直白地泄露了他内心的种族主义观念。

特雷瑟维在其诗歌中通常关注以人物为表现对象的视觉艺术作品，因此艺术作品中的人物成了与创作者矛盾统一的另一主体存在。作为视觉艺术创作过程中多个主体的一员，被定格或描摹的人物主体性往往屈从于隐藏于作品背后的创作者主体性，但有些情况下，二者并不完全一致，以致于产生了主体间的张力。特雷瑟维对人物摄影作品和绘画作品中的主体张力尤为关注。如《劳动中妇女的姿态——源自一幅照片，1902》和《洗衣女工》（“Wash Women”）等诗歌中，诗人注意到，女工“斜视的眼睛和脸庞”、“围裙留下的白色光斑”，“她们没有笑容，/嘴唇呈一条直线/连接起每张平静的脸”，等等，人物的表情动作以不言说的方式展现了她们独立于拍摄者的主体意识。在《奴隶》一诗中，诗人将西班牙白人画家维拉斯奎兹为他的奴隶和私生子、黑白混血画家胡安所做的肖像画与后者的自画像并置叙述，胡安讽刺了前者的肖像画中将自己装扮成白人贵族模样的做法，同时自述了在自己的自画像中将自己描绘成有独立法律身份的自由人的内心想法。作为两幅画作中均被装扮成自由人身份的人物，由于绘画者的置换，胡安的主体身份意识得以凸显。人物画和人物摄影作品中多主体的客观存在以及主体间的不平等关系使得人物与创作者的主体性呈现一种间性，诗歌语境中两者此消彼长的动态关系为视觉艺术作品提供了更为广阔的解读空间。

摄影和绘画作为平面视觉艺术作品，通常只能以平面成像的方式定格一个瞬间的事物或人物状态，因此视觉艺术作品具备天然的瞬时性和平面性。在《贝乐克的奥菲利亚》一诗中，诗人再现了画家米莱斯的画作《奥菲利亚》：

> 在米莱斯的画作中，奥菲利亚仰面死去，
> 眼睛和嘴巴张开就像被想要说出的最后一个词
> 或是呼吸的气流噎住了，花儿和芦苇
> 从水塘中生长起来，漂浮在她周围的
> 水面上。这位充当模特的年轻女子
> 躺在水中数小时，颤抖着，
> 受着冻，也许在想象鱼儿
> 穿行于她的发丝或吸吮着她白皙的皮肤上
> 冒出的痣。奥菲利亚最后的眼神

望向天空，手掌弯曲着摊开
好像刚刚说出，带走我。

这幅油画最终固定的画面是唯美的，精确生动地再现了奥菲利亚溺死水中那一瞬间凄美的样子，观赏者大多只停留在对这一刻画面的唏嘘，却不会想到绘画创作背后的过程。而诗人却由此进行了想象：模特为了让画家捕捉这一刻的灵感，浸湿在水中达数小时，任由鱼儿、草叶游荡在周围，忍受着寒冷。这段关于模特的想象印证了绘画作品的平面性，即画的意义只在于它所锁定的那一瞬间，至于背后有什么故事，观赏者其实并不在意。正是基于这一点，画家或摄影师就可以以一瞬间的“美好”掩盖背后累积的悲伤或丑恶。

摄影师对“瞬间平面”之下内容的刻意隐藏在诗歌《蓝皮书——1911 年 6 月》（“Blue Book—June 1911”）中表现得尤为明显。诗歌记录了一次蓝皮书[①]宣传画的拍摄过程，奥菲利亚记述道：

我为这次拍摄穿上了最好的外套——
白色丝绸点缀着小珍珠和鸵鸟羽毛——
扎着松松的发髻。在我身后，
贝乐克的帘子正好完全遮住了家居的杂乱——
茶巾，被漂白而且磨损的，晾在绳子上。
我从他的镜头望向别处，让自己显得
很端庄，这样就能吸引那些不想看到
艾玛·约翰森杂戏团下流把戏的顾客。
…… （*Bellocq's* 40）

妓女奥菲利亚在拍摄妓院宣传画册前，和摄影师做了大量准备工作——遮挡房间背景、着装、整理发型等，最终只取“最优雅”的一瞬，定格在与商业需求相符的画册中。与立体视觉艺术如雕塑等不

① 蓝皮书指的是 1898—1917 年在美国新奥尔良斯托利维亚（Storyville）红灯区流通的妓院向导广告。

同，摄影和绘画作品不具备空间纵深，只能平面地呈现在胶卷或画布上。所以诗中只要一块背景布就可以遮挡房间的真实面貌，呈现理想的背景。为了迎合高层次客人的需求，奥菲利亚需要被塑造成一个端庄矜持的女子形象，并将这幅宣传画放进“蓝皮书”。所谓“蓝皮书”，就是当时新奥尔良红灯区发行的用于招徕顾客的宣传画册。奥菲利亚和贝乐克所做的大量“遮掩”的工作是对顾客和高级妓院的讽刺，他们自欺欺人地想要在红灯区寻求“高档的文化享受”，在这个表演过程中，照相机起到了巨大作用，照片的平面性使得一切不愿被呈现的内容都可以被尽情掩盖，只呈现客人们想要的那一面。

视觉艺术作品的光影构图要素、主体多样性、画面的瞬时性和平面性等技术属性构成了视觉艺术作品不同于文字作品的艺术语言。这些艺术语言为创作者表达创作意图提供了媒介，为观赏者解读作品留下了空间，同时也为研究者探索作品的社会属性提供了线索。视觉艺术作品的社会属性在本书中主要指该作品创作的社会历史背景，以及其中蕴含的意识形态。

摄影和绘画作品自诞生之日就携带着其作者和创作年代的固有信息，而这些就是一般意义上的社会时代背景。诗集《贝乐克的奥菲利亚》以二十世纪初美国白人摄影师贝乐克在当时新奥尔良地区红灯区拍摄的混血妓女照片为书写对象，在每一首以某个摄影作品作为写作对象的诗作中，诗人都在诗歌副标题中明确标注了照片的拍摄时间，如诗集首篇《贝乐克的奥菲利亚》的副标题即为“来自一幅照片，约1912年”。同样，在以画作为写作对象的诗歌中，诗人对该画作的真实历史信息也会提及。在涉及较多绘画作品的诗集《奴隶》中，诗人都会在副标题中指出画作的作者及年代等基本背景信息，如诗歌《分类法》（“Taxonomy”）的副标题为“基于胡安·罗德里格斯·毕雷斯的系列卡斯特画，1715”（After a series of casta paintings by Juan Rodriguez Juárez，c. 1715）等。真实可考的摄影师和画家生平、真实的画作名称以及历史年代提供了对该作品进行历史空间定位的坐标，为其社会属性的挖掘提供了社会历史背景。

以一定的社会历史背景为参照，结合作品展现的实际内容，可以探究作品中凝聚的创作者意图，甚至包括人物在内的多个主体意识形态的关系。如《劳动中妇女的姿态——源自一幅照片，1902》、《卖白菜的小贩》和《洗衣女工》等诗歌中，拍摄者的取景、指令等摄影语言传递的是刻画充实的日常劳动生活的意图，而画面中黑人妇女劳动者的眼神、神态和动作细节所传递出来的却是底层劳动者对生活的疲倦和无奈。这体现了拍摄者和劳动者所代表的不同的价值取向。诗集《奴隶》中组诗《分类法》的第一首诗再现了一幅包含有白人父亲、黑人母亲、白肤色的混血婴儿以及黑人童仆的卡斯特画作，绘画者将画面中心设置为白肤色的混血孩子，将黑人童仆置于构图最下端，而在诗歌中，特雷瑟维却以相同的笔墨刻画了这名黑人仆人。（*Thrall* 16）诗歌的解读实际上凸显了绘画者所代表的白人群体与作品中所呈现的黑人群体之间的种族意识形态矛盾。

视觉艺术作品的固有技术属性客观上提供了艺术作品的解读空间，其社会属性则更直接地将摄影和绘画作品纳入社会文化解读的文本范畴。“元视觉艺术”视角的引入，可以通过对视觉艺术作品的技术信息和社会背景信息进行全面深入解读，从而逐渐揭示出艺术活动中的各个主体的立场，特别是凸显出创作者的意图。

二、视觉艺术作品中的权力合法化

摄影和绘画等视觉艺术作品的技术属性和社会属性决定了它们可以作为社会文化解读的文本资料。马克思主义认为，美学、文化等作为社会意识的确切形态，是由生产力和生产关系即生产过程中形成的阶级关系决定的[①]。也就是说，艺术作品中蕴含了艺术创作者和他所代表群体的价值取向。但是，在摄影和绘画等视觉艺术作品的创作中，因为存在创作者和人物两个主体，甚至更多，艺术活动中创作者在表现自己创作意图的同时，也会不可避免地通过某些他能掌控的途径掺杂自己的立场，而后者通常以作品中的不和谐细节出现，如照片上的“光斑”等。艺术作品中的各种主体所呈现的价值取向差异实际

---

① 约翰·斯道雷：《文化理论与大众文化导论》（第七版），常江译，北京：北京大学出版社，2019 年，第 73 页。

上是对不同社会群体所代表的社会权力的艺术表达，而摄影师和画家正是通过艺术作品的创作来实现某种权力的合法化。在本书中，视觉艺术作品中权力的合法化指的是摄影者和作画者利用摄影和绘画的固有技术属性在视觉艺术作品中构建权力的过程。

特雷瑟维将摄影作品作为其历史书写和日常生活书写的重要题材，一个原因是它们具备“叙事的可能性”和“丰富的表征意义”[①]。从特雷瑟维的“艺格符换诗”来看，任何一幅摄影作品，都可以作为挖掘其背后社会信息的起点，通过历史考证和一定程度的文学想象，就可以以照片为原点，勾勒出较为完整的故事和人物关系，甚至摄影者与人物之间的关系。可见照片具有有别于文字的叙事功能，它的叙事能力同样丰富。另一个原因则是摄影作品具有大众所认为的真实性。摄影作品因其具备优于文字、绘画等媒介的高保真度，能对场景和时刻进行高真实度的再现，因此被认为“是对所发生之事无可争议的证明”。相较于其他形式的视觉呈现手段，即使拍摄者存在差异性，摄影作品仍然被认为是“最准确”和“最接近真实的”[②]。由于照相机曝光时间非常短，人对真正摄影过程的操控较之绘画要小得多，所以大众普遍认为照片几乎等于真实。基于摄影作品的这一物质技术属性，它们成为特雷瑟维历史书写的对象，无论是反映历史事件的文献摄影作品、反映个体生活的日常摄影作品，还是为艺术而为之的艺术摄影作品，它们都成为诗人探索性叙事的起点，成为其挖掘扩充照片之外的完整故事和人物经历的物质基础。同样，在摄影术诞生之前，绘画作品也被作为真实记录历史的可靠媒介。然而，随着摄影术和绘画艺术创作过程以及技术属性被挖掘和展现，关于视觉艺术与客观真实对等的命题不攻自破。

摄影和绘画中的社会权力建构通过创作者的主体性得以实施，他

---

① Kaplan, Sara & Natasha Trethewey. "Interview: Natasha Trethewey on Facts, Photographs, and Loss." *Conversations with Natasha Trethewey*, Ed. Joan Wylie Hall, Jackson: Mississippi University Press, 2013, pp. 37-44.

② See Sontag, Susan. *On Photography*. New York: Rosetta Books, 2005, p. 3.

们通过操控光线、布景、色彩、人物装扮等技术要素来决定作品的主旨，同时也利用视觉艺术作品的瞬时性和平面性特点来展现“部分真实”，通过对“事实”的筛选或取舍来传达主体意旨，实现其所代表的社会群体的权力建构。

通常摄影或绘画作品中，被施以更多光线、处于构图中心、色彩明亮的部分就是创作者意图凸显的重要主体，当主体本身的状态属性不足以达到创作者的立意时，他就会按照自己的设想对人物进行装扮和指令摆布。《日记 1902 年 4 月》中的拍摄者以第一人称自述记录了自己为了在作品中表现黑人的惬意游园场景，而有意将人物真实的活动背景——墓地，置换成温馨藤荫的过程，表现了创作过程中创作者的主导性。拍摄者刻意忽略墓地的背景，并突出鲜花和树丛的美好环境，就是为了塑造出与真实情况相去甚远的另一种“真实”，其实对诗人来说是一种“不真实”。《血统》一诗中的白肤色混血割麦女被投射亮光、色彩鲜艳、被前置化处理，而背景中灰暗的黑人割麦者几乎不可见，突出了绘画者表现前者在社会文化地位上优于后者的意图。绘画者将本来与背景人物属于统一群体和阶层的浅肤色混血女孩表现为凌驾于他们之上的高贵个体，对这种不合理的主观强化也营造出一种“白肤色就是更高贵”的现实可能性。《贝乐克的奥菲利亚》中奥菲利亚根据贝乐克的要求进行或端庄或淫荡的着装，并配合以相应的肢体语言和表情。连奥菲利亚都一再声明说，“我又褪变成不是自己的某个人”（*Bellocq's* 40），可见画面的极度虚妄。在以上这些作品中，诗人或通过摄影师的自白，或通过人物的自白，抑或是通过旁观者的直观印象讲述，呈现视觉艺术作品所力图展现画面的不真实，这个“不真实”与诗人所构建的“真实”之间，就是视觉艺术创作者自我发挥的空间，也就是塑造真实的空间。诗人就是要尽可能地通过艺术手段扩大这个空间，从而更为明显地表现出“不真实”与“真实”之间的张力，那么艺术创作者的意图就可以清晰呈现，这就是特雷瑟维诗歌的“元视觉艺术”写作手法。

特雷瑟维关注照片和绘画中呈现的内容，更执着于画面中缺席的部分和隐藏的细节。特雷瑟维在其诗歌作品和访谈中多次谈及摄影所展现的部分真实。她曾借人物奥菲利亚之口直言，“我熟知了照相机，/它的危险，它所讲述的部分真实”（*Bellocq's* 30）。她也在访谈中提到，“照片展现事物的一个版本，却同时隐藏了无数其他的版本”，它们包含的最重要的内容实为“缺席，不呈现出来的部分，其背后的部分”①。摄影作品呈现的部分真实往往反映了拍摄者意图及其所代表的权力关系和社会意识形态。诗歌《密西西比历史纪录片中的画面》中的第三首《洪水》（“Flood”）就对照片“反映部分真实”的特点进行了讽刺，诗中描述了一张洪灾中拍摄的历史文献照片：

> 一群黑人难民，
>
> 注解告诉我们，他们被命令
> 唱着赞诗上岸，
> 就像一个唱诗班——他们的歌喉
> 像黑色银铃一样的歌喉。这里，
> 照相机将他们定格。列队
> 就像学校的正式检阅，
> 孩子们的手指摸着双腿两侧的裤缝。
> 一个男孩儿作出了忠诚的敬礼姿势，右手掌
> 放置在心房处，触摸着心跳。（*Native* 23）

如果单纯从照片内容来看，它展现的是一队黑人唱诗班虔诚歌唱的情景，姿势端庄，演唱认真，并且表现出虔诚肃穆的神情。诗人却从照片的注解中看出了异样，他们是被“命令”而唱歌的，因为岸上的民兵团以此相要挟，否则就拒绝营救他们逃出洪水。经过历史考证，诗人获得了全部的现实：这是1927年密西西比州大洪灾的情景，照片中的黑人乘着小驳船想要登上民兵团所在的高地，但是却遇到他们的

① Kaplan, Sara & Natasha Trethewey. "Interview: Natasha Trethewey on Facts, Photographs, and Loss." *Conversations with Natasha Trethewey*, Ed. Joan Wylie Hall, Jackson: Mississippi University Press, 2013, p. 42.

阻挠，条件是必须进行唱诗表演。他们前面架起了照相机和枪，要么被拍下这样屈辱的画面，要么有可能被杀，更谈不上营救，所以才有了照片中呈现的这一幕“和谐景象”。照相术展现部分真实、曲解历史、误导观赏者的威力可见一斑。

苏珊·桑塔格（Susan Sontag）对摄影行为的权力属性在其专著《论摄影》（*On Photography*，2005）中进行了开宗明义的陈述，即“拍摄就是对被拍摄对象的侵占”，它以“一种强制专断的权力，去干涉、侵犯或是无视所发生之事”[①]。如果说主体与客体之间存在的“权力关系，支配关系，霸权关系”可以体现为人们对另一地域及社会群体的想象[②]，那么，具备一定视角的摄影作品则成为此类权力想象的新载体。在这种权力运作中，照相机正好发挥了“全景敞视建筑”的功效：被拍摄者处于拍摄者及观赏者的凝视中，却无法看到其中任何一个人的眼睛，这种极具不对等性的看与被看的关系也验证了边沁（Bentham）“权力可见却无法确知”的观点[③]。因此，摄影作品实为一种权力话语，受到意识形态和价值观的操纵；拍摄者与被拍摄者天然所处的不对等地位，以及摄影活动的主体多样性使拍摄行为烙刻下各种权力运作的痕迹。

特雷瑟维在其诗歌中着力表现了摄影和绘画作品中的技术语言所传递的创作者意图以及它们展现“部分真实”的属性。基于此，视觉艺术作品服务于特定社会或审美功能的本质得以揭露，其中建构阶级、性别和种族权力的基本运作框架也逐渐清晰。

三、视觉艺术作品中的权力类型

基于对特雷瑟维有关视觉艺术题材诗歌的分析，发现摄影者意图和人物意图对立的情况主要映射了主体之间阶级、性别和种族权力的

---

① Sontag，Susan. *On Photography*. New York：Rosetta Books，2005，p. 2，8.

② 爱德华·W·萨义德：《东方学》，王宇根译，北京：生活·读书·新知三联书店，1999 年，第 8 页。

③ 米歇尔·福柯：《规训与惩罚》，刘北成、杨远婴译，北京：生活·读书·新知三联书店，2012 年，第 224-228 页。

差异。可以判定，诗歌中摄影和绘画视觉艺术作品所构建的社会权力类型主要包括阶级权力、性别权力和种族权力。

在特雷瑟维的诗歌中，摄影作品通过对人物及其生活进行平面化和瞬时化处理，使人物沦于劳动的物质性，失去生活的纵深环境，从而形成了社会较高阶级对劳动阶级片面的形象塑造和生活刻画。在反映二十世纪初到民权运动这段时期美国南方底层劳动者日常工作和生活的诗集《家庭工作》中，特雷瑟维重新解读了一系列反映这一题材的摄影作品，暗示了拍摄者对劳动者的阶级想象。如《工作中妇女的姿态》中的照片呈现了两位黑人妇女正井井有条地忙碌于家庭工作的场景，她们的身影与周围的劳动环境，如晾着亚麻布的下垂的晾衣绳、桶里未去皮的豌豆等"和谐"地融为一体（*Domestic* 3)。《卖白菜的小贩》一诗中的照片展示了小贩"自然地"售卖蔬菜的充满"烟火气息"的日常劳动生活情景（*Domestic* 7)。《密西西比北格尔夫波特的猫头鹰俱乐部，1950》（"At the Owl Club，North Gulfport，Mississippi，1950"）则描绘了照片中黑人码头工人倚靠柜台、休憩饮酒，畅谈"劳动致富"的"美好景象"，富足的经济生活通过收款机、西装、汽车和雪茄得以证明（*Domestic* 4-5)。这首诗中写道：

> 宋·迪克森处在这一切的中心，
> 肩上扛着收款机。
> 这就是他工作的地方：
> 从新奥尔良定制的西装，
>
> 闪亮的钥匙，抛光的木家具
> 和吧台的镜面。
> 一辆白色的凯迪拉克停在正门。
> 他口袋里装着现金，上好的雪茄。(*Domestic* 4-5)

诗人的叔祖父宋经营房地产和这家名叫"猫头鹰"的酒吧，获得了不错的经济收入。诗歌中对他的打扮行头和酒吧的内部装饰进行了细节化的铺陈，烘托出了宋的财富。但是他的财富并不意味着来这个酒吧消费的人和他一样衣食无忧，诗歌也对顾客进行了描述：

> 他们一遍遍地闲聊
> 自己一整天的活计——
> 站在码头周围，等着
> 招工，和一切可能发生的事，
>
> 去搬运一箱箱的香蕉
> 或者做蜘蛛人。这是个危险的工作，保险只有
> 给死者家属的
> 一张慰问支票。(*Domestic* 4-5)

可见，来到这里消费的人都是处于社会底层的黑人体力劳动者。他们做着最危险的工作，没有安全保障，而且朝不保夕，拿着微薄的工资。虽然从特雷瑟维的自传中得知，宋的经济收入都是来自家族继承和自己的妥善经营，但是在这一个酒吧的小小天地里，阶级的差异被表现得淋漓尽致。所以，尽管以宋为中心，这幅照片表现了劳动致富、生活惬意的整体氛围，诗人却深入到画面背后，通过想象人物的对话揭示了光鲜表面下底层黑人生活艰辛的事实。

这些摄影作品中，拍摄者试图表现的是劳动者工作的充实忙碌、日常生活的真实有序以及劳动致富的幸福满足，这是拍摄者所代表的美国白人中产阶级对底层劳动者的阶级想象，是有产者对底层阶级工作生活状态一定程度上的主观美化，与劳动者视角的现实生活相去甚远。二十世纪美国梦时期，美国资产阶级对底层人民进行认知控制的方式已经从“上世纪的诋毁、贬低从而使自身阶级占据道德制高点”[①]，转变成了对劳动致富、为美国梦奋斗这种正面价值观的塑造。

① 陈后亮：《“一个另类种群”：〈雾都孤儿〉中的犯罪阶级想象》，《外国文学评论》，2017 年第 3 期，第 154 页。

以此为导向，摄影作品、广告等大众文化形式对资本主义劳动和消费剥削的实质进行了掩盖和美化，进而对底层劳动者产生了误导，使其将注意力由深刻的阶级矛盾转移到对物质财富的追求上。

在摄影活动中，为了达到某种拍摄效果，拍摄者往往对被拍摄者发出各种摆拍指令，或者为其进行特别着装，这些都使被拍摄者主动或被动地进行一场人物表演，扮演着并非其真实身份的自己。在这种做法尤为多见的以女性为对象的拍摄活动中，拍摄者实际上主导了摄影活动中的性别权力建构。诗集《贝乐克的奥菲利亚》中贝乐克作为一位白人男性，他镜头下的混血妓女们所呈现的女性身体承载了拍摄者所代表的男性凝视者对女性的审视和筛选。在他的指令下，奥菲利亚不断变换姿态和样貌，扮演着或充满性暗示或优雅端庄或自然随性的各种角色，以成为“不是自己的某个人”（*Bellocq's* 40）。诗集同名诗中，诗人巧妙地由二十世纪贝乐克的摄影作品引申到十九世纪英国画家米莱斯笔下的奥菲利亚，进而影射十六世纪莎士比亚戏剧《哈姆雷特》（*Hamlet*）中的人物奥菲利亚。（*Bellocq's* 3）三位男性观察者主观意识下塑造出来的奥菲利亚虽然具体形象不同，但无一例外都是妖艳淫荡、等待救赎的消极从属状态。这三个案例的互文强化了对“男性凝视”普遍存在的证明。在男性主导的社会中，女性身体的自然性从属于社会性，而后者就是男性价值的体现①。莎士比亚笔下疯癫淫荡、被爱人抛弃的奥菲利亚，米莱斯画笔下美丽诱人、等待救赎的奥菲利亚，以及贝乐克镜头下赤身裸体、柔弱妖娆的妓女奥菲利亚，都满足了男性对女性进行客体化以突出其自身主体地位的需要。在这场性别权力运作中，摄影技术和规则成为男性权力的帮凶，加深了拍摄者及其所代表的男性群体对女性的性别误解和控制。

除了对拍摄对象的操控，拍摄者还通过拍摄焦点及背景的选择、场景构图等外部摄影语言来凸显某个主题。在特雷瑟维的某些作品中，这些看似随意的安排，实际上体现了拍摄者的种族观念及其背后

---

① Irigaray，Luce. “Women on the Market.” *This Sex Which is Not One*，Trans. Catherine Porter & Carolyn Burke，New York：Cornell University Press，1985，pp. 170-191，179-180.

的种族权力。《日记 1901 年 4 月》一诗中，白人摄影师克利夫顿・约翰逊（Clifton Johnson）认为镜头前的几位黑人男性“是完美的拍摄对象”，因为衣着整洁、正在原野采摘鲜花的他们“总是容易摆出姿势，/具有孩童般的稚趣”（*Domestic* 6），这恰好迎合了白人视黑人男性为不可靠且永远幼稚的男孩的种族偏见①。《马诺・普列塔》（“Mano Prieta”）一诗提及的全家福照片中，父亲的扶手椅“王座”成为理所当然的构图中心，“我”依附于父亲，被“摆放”在他的膝盖上，而黑人母亲在构图中则摇摇欲坠，唯一能够显示她与“我”关系的是她压在“我”手臂上的黑色食指（*Thrall* 37）。本应突出家庭温情的合照却通过摄影师的构图设置凸显了白人的种族地位。《金发》（“Blond”）一诗所体现的种族主义观念对家庭伦理关系的侵蚀则更为彻底。特雷瑟维跳出幼时情景时发现，作为拍摄者的母亲将构图中心设置为掩盖“我”黑人血统的金色假发，而不是体现父女亲密关系的肢体摆布，这一设定暗示黑人母亲已经无奈默认甚至迎合了种族主义观念。无论是白人摄影师约翰逊的有意为之，还是特雷瑟维母亲的无意之举，都体现出种族优劣观指导了他们的拍摄活动，并渗透在最终的摄影作品中。诗人通过这些诗歌演绎并证明了特定摄影活动及作品对种族权力的建构。

特雷瑟维着力表现的美国南方底层黑人女性的生活苦难正是在阶级、性别和种族权力的重压下形成的。她的诗歌旨在揭露这些社会历史现实，更为重要的是，利用诗歌话语对这些建构于视觉艺术作品中的权力框架进行解构。

第三节 “元视觉艺术”作为权力解构的策略

特雷瑟维能够在诗歌场域对视觉艺术作品中的社会权力进行解构，得益于这些艺术作品的相关社会属性，即社会时代背景、主体意

---

① Byerman, Keith and Wallinger Hanna. “The ‘Fictions’ of Race.” *The Cambridge History of African American Literature*, Eds. Maryemma Graham & Jerry Ward, Jr., Cambridge: Cambridge University Press, 2011, p. 179.

识形态以及观赏者的社会性解读。正是基于这些可供推敲和创新性解读的空间，诗人在艺格符换诗的创作中，一方面重视历史考证，另一方面注入自己的主体意识和价值取向，以达到破解艺术创作者及其所代表的社会群体的权力建构的目的。

一、生活真实与艺术表象的对峙

诗歌的“元视觉艺术”对艺术作品创作过程进行了探索式和想象性的描写，同时利用人物的面具式表达，暴露了生活真实和艺术表象之间的鸿沟。艺术作品所呈现的“艺术表象”正是社会权力运作的结果，即社会权力构建的艺术呈现。视觉艺术作品作为“上层建筑”，其表现的“真实”实际上是一种意识加工的产物；日常生活实际上承载着“经济基础”和“上层建筑”活动，是一种人们忽略却更为可靠的真实①。特雷瑟维在诗歌中引入生活真实，使其与有悖于社会生活真实的艺术表象世界进行对峙，达到对后者讽刺和批判的目的。

诗歌的“元视觉艺术”对摄影和绘画过程的细致描写呈现了视觉艺术作品中“被设计的真实的”构建过程。诗歌《日记 1901 年 4 月》中，诗人以拍摄者日记的形式详细记录了白人摄影师为了表现黑人美好生活，而有意避开墓地、选择树木花丛作为背景的心理过程。妓女奥菲利亚作为被拍摄者也在其自述中揭露了摄影师通过布景、人物装扮、指令等摄影语言对“照片真实”所进行的干预和设计。在诗歌《悔恨》中，特雷瑟维还立足观赏者的视角追溯了荷兰画家维米尔在创作中运用原笔画再现的过程，印证了画面上呈现的真实只不过是创作者的主观选择和点滴构建。

在“被设计的真实”建构过程被揭露的基础上，特雷瑟维引入视觉艺术作品人物的面具化表达，他们在艺格符换诗中用自己的话语构建了另一种来源于日常生活的“真实”，以此来消解艺术作品的“表象真实”。特雷瑟维所选择的人物往往来自受到阶级、性别和种族权

① 黄继锋：《日常生活与马克思主义：列斐伏尔的日常生活批判》，《教学与研究》，2006 年第 3 期，第 53-58 页。

力压制的社会底层，他们表达的瞬间或细节被诗人通过诗歌语言进行了扩大化处理。

通过面具化表达所呈现的日常生活揭露了处于阶级权力压制下的底层劳动者极其艰苦的劳动过程，以及富有烟火气的平凡生活场景。如《劳动中妇女的姿态》和《洗衣女工》等诗歌中，照片细节透露了黑人女性家庭工作者无暇停顿的身影以及毫无笑意的表情，暗示出劳动过程的艰辛。《密西西比北格尔夫波特的猫头鹰俱乐部，1950》中借诗人之口絮叨出的码头工人危险、繁重且收入低微的工作内容，以及《卖白菜的小贩》执拗的内心独白所呈现的包括种菜、采摘、烹饪等一系列过程的劳动生活场景，等等。底层劳动者的生活不是一幅简单的平面照片或绘画所能描绘的，后者所截取的只是在摄影者指令下的片面真实，而有意忽略了劳动过程的艰辛以及劳动者贫困却有温度的生活。

南方黑人女性尤其是混血女性如妓女奥菲利亚在诗歌中通过自我叙述，构建了具有完整主体性的立体生活，与拍摄者或绘画者截取的表象真实进行了对抗。与摄影师贝乐克所拍摄的妓女摄影集并置，《贝乐克的奥菲利亚》一书中，奥菲利亚以日记和书信的形式追溯了自己在南方农村的少年时光、新奥尔良的求职受挫和成为妓女的过程、妓院生活、学习摄影术、成为独立摄影者等人生经历，以及所有这些过程中的心理活动。无论生活境遇如何，这个混血女孩从来没有失去独立思考的意识和能力。她写道：

> 请不要认为
> 我是你所说的
> 任性的女孩。我自己
> 做了这个决定。(*Bellocq's* 15)

考虑到母亲生活的悲苦处境和新奥尔良对黑人充满恶意的就业环境，奥菲利亚理性地作出了从事妓女工作的选择。工作后的收入帮她解决了实际困难，改善了母亲的生活，为母亲装上了假牙，她自己不用为吃饭犯愁，甚至还有一个小图书馆供她阅读思考。更不用说后来贝乐克的出现开启了她学习摄影、奔向自由人生的新阶段。所以就诗歌的前后讲述，奥菲利亚不是为了纵容自己的堕落而从事了妓女的职业，而是为了解决生存的矛盾，艰难地迈着向前的步伐。即使她身处红灯区，也并没有放弃自我。她写道：

> 我想要记忆中的自由
> 这样我就能成为另一个人，获得重生，
> 在遗忘的白色空间中释放。(*Bellocq's* 24)
> 老鸨在蓝皮书上写下对我的描述
> ……
> 我又褪变成不是自己的某个人。(*Bellocq's* 40)

进入妓院的第一天，老鸨就告诫她们应该完全放弃自我，将自己当作一个供客人把玩观赏的物品。奥菲利亚却始终没有放弃自己的身份和对身份困境的思考。在贝乐克的镜头下，奥菲利亚被迫扮演着不同的角色，却始终清晰地知道，这些或高贵或淫荡的角色都不是她自己。最终她在摄影术中安置了新的自我。难能可贵的是，对于摄影技术，她也没有展现出偏执性的依赖和完全信任，对于这个新奇的技术，她也能看到它的本质，“我熟知了照相机，——它的/危险，它展现的部分真实”(*Bellocq's* 30)。奥菲利亚的自我发声说明她不同于米莱斯画中那个等待救赎的奥菲利亚，而是有着完整人生经历和独立意识、与男性凝视对抗的个性主体。

同样，处于种族歧视和迫害中的黑人个体也在诗歌中得以突破视觉艺术创作者的创作意图，通过某种方式让观赏者窥见他们生活的真实。有一些视觉艺术作品本身就通过一些不经意的细节，传递出人物对其生活真实的提示。如《日记 1901 年 4 月》中的黑人男性面对摄影师对他们真实生活的割裂，保持了“没有表情”的真实面容，以此撕开“和谐画面”的口子，展现悲伤凄怆的生活内容——缅怀去世的亲人。《本土卫队》中所描写的一系列表现家庭工作场景的照片，诗人都刻意凸显了人物的“不配合”，虽然只是转瞬即逝的眼神和肢体动作，但也已经足够引起读者对照片所呈现的“真实”的怀疑。也许是感觉人物自己对日常生活真实的“透露”可能还不够全面具体，于是诗人从视觉艺术作品之外的“全知视角”对人物的生活进行补充描述，进一步拓展照片观赏者感到怀疑却无法探寻的人物真实生活。如在《金发》一诗中，诗人描述她和白人父亲、黑人母亲的家庭合照，在这首诗中诗人只是紧扣照片呈现的内容点明了一些细节，即：

> ……这幅妈妈给我们拍的照片中，
> 爸爸——几乎不在取景框内——
> 看起来就像见到
> 耶稣诞生的约瑟夫：我在照片的前景——
> 我的金色假发是一个闪耀的光环，就像
> 母亲孕期所一直祈祷被赐予的
> 孩子那样。（*Native* 39）

这是一幅定格父女亲情的家庭照，但是诗人对照片的描述却聚焦于“我”头上代表白人血统的金色假发。对此，诗人只作了非常含蓄的解释，即父母都觉得是祈求的愿望得到了上天回应，所以“我”有白人的肤色。至此，照片本身所要表达的家庭温情假象已经趋于破碎。为了展现出更有说服力的生活真实，特雷瑟维在其他诗歌如《启蒙》（“Enlightenment”）中进一步打破了关于家庭幸福和谐的谎言。在这首诗中，她回忆了和年迈的白人父亲观看杰斐逊肖像的经历。很多年前，两人针对杰斐逊蓄奴的轶事就有诸多不同的意见。诗人不满于父亲为杰斐逊的开脱，因为父亲对此事的立场来自于自己的种族优越感，所以，多年之后再一次造访这幅画像，诗人只能有意识地回避，以避免和父亲的激烈争辩。这首诗中描述的自己与白人父亲充满对立的日常才是他们家庭生活的真实，相比之下，前一首诗中“温情脉脉”的家庭合照则显得不堪一击。

得益于诗人对人物的面具化处理方式和全知性的观赏者视角，诗歌提供了人物的日常生活真实，并与创作者在视觉艺术作品中“设计”出来的真实进行了对峙。相比之下，前者的立体描述使后者所营造的真实不攻自破。通过两种真相的并置描写，凝聚在艺术作品中的权力关系变得尤为突出，而人物生活真实版本的提出则直接对其中的阶级、性别和种族权力构成了具有针对性的讽刺与攻讦。

二、权力主体的置换

特雷瑟维的元视觉艺术写作针对社会权力的反叛性进一步体现为围绕视觉艺术创作活动，在诗歌中将创作者和人物所代表的权力身份进行置换。这一置换主要依托的“元视觉艺术”写作手法为对视觉艺术作品创作过程的书写以及面具化表达。在特雷瑟维的诗歌中具体表现为阶级、性别和种族权力关系中主导者和从属者之间的互换。

在视觉艺术作品如摄影和绘画的创作过程中存在多个主体，这些主体并不是平等的，而是时刻处于一种主次关系之中。且不论视觉艺术创作者和人物在现实生活中所处的阶级、性别和种族差异，单单是双方处于视觉艺术的创作关系，就决定了他们之间构成了权力对比。视觉艺术作品的创作离不开一个主体对另一个主体的“凝视”和“观看”。通常，摄影师和画家就是那个将目光投掷于他人的“凝视的主体”，而人物就成了“被凝视的主体”。凝视者通过目光向外施加压力，而人物处于承受这种压力的位置，这两者构成一种权力关系，正如福柯在论及敞视建筑时所言：“在被囚禁者身上造成一种有意识的和可持续的状态，从而确保权力自动地发挥作用。”[①] 目光所及会深入被观看者的内心，对被观看者的行为产生一种威慑，使其自觉约束自己的行为，这就是一个个体通过“凝视”对其他个体施加影响的机制。摄影与绘画艺术的模特就处于艺术家的权力凝视之中。例如，奥菲利亚处于白人摄影师的镜头之下，米莱斯画作《奥菲利亚》中的戏剧人物奥菲利亚处于画家和观赏者的目光之下，这种看与被看的关系

① 米歇尔·福柯：《规训与惩罚》，刘北成、杨远婴译，北京：生活·读书·新知三联书店，2012 年，第 226 页。

都成为前者主体性的内在束缚，让她们接受自己身份的规约而不敢违反。

基于凝视的权力关系看似普遍而且稳定，但是在特雷瑟维的诗歌中却被赋予了不稳定性。这种不稳定性源于摄影术和绘画术作为工具媒介本身的中立性。工具的技术中立导致艺术创作者和被呈现者的身份并不是一成不变的，二者可以在一定条件下发生转换。只要两个主体的相对位置发生改变，两者的权力关系也随之改变。

围绕摄影术的阶级权力主体置换体现在诗歌《卖白菜的小贩》中。这位黑人女性商贩在陈述完关于“自然”的见解后说道：

我可以自己动手，
把那个东西（照相机）转过来
让他去看自己
就像看着我一样…… （*Domestic* 7）

处于社会经济底层的商贩表达的是对自己被凝视的处境的不满，实际上是对镜头两端的权力关系的不满。但是在有限的自白叙述中，这位底层劳动者只能在内心表达对阶级权力关系的反叛，除此之外，没有跳出照片的时空，实施权力的颠覆行为。但至少，她暗示了这种转换的可能性。

镜头下容易被作为男性凝视承受者的女性人物如奥菲利亚等，也通过主体的置换摆脱了性别权力关系，但较卖菜的商贩而言，奥菲利亚对性别权力的反叛更为彻底，表现为对摄影术权力属性的认知以及将这一权力实施的工具据为己有。在诗集的第一部分书信和第二部分日记中，都记录了奥菲利亚对于摄影术本质认识的不断觉醒。最初，她对照相机保持期待和信任，她写道：

现在我面向照相机，等待
照片呈现给我看我是谁。（*Bellocq's* 21）

在同一时段的日记中，她也只是对摄影过程的拍摄者与被拍摄者的主次关系表示不满，她写道：

> 我并不蠢
> 我知道我们创作的这张照片
> 会印上你的名字，而不是我的。(*Bellocq's* 39)

显然，她只觉得对她主体性的忽略不合理。后来，她开始质疑照相机呈现“真实”的可靠性。她在日记中写道，“我又褪变成不是自己的某个人”，并开始寻求改变，摆出“即将发声”的姿势。她“发声”和宣示主体性的方式是掌握照相机和摄影术。在掌握这种工具之后，她“看着他能通过镜头看见的东西/以及他不能看见的……/相机错过的”，见识到了摄影术“转化真实”和“表现部分真实”的能力。当奥菲莉亚购买了相机并开始自主摄影，她的镜头“指向自己想要营造的梦境”，开始以一个观察者视角描写她的所见所闻。在日记最后部分，她自信地写道：

> 在拥挤的街道上，我想让时间
> 停住，将它锁进我的暗箱中——
> ……
> 曾经我踏上火车；背井离乡，
> ……
> 现在我期待着出发，汽笛
> 　尖锐的号角。　(*Bellocq's* 46)

她最终掌控了照相机，来到了曾经贝乐克所在的镜头的另一面。这个时候，她的主体性得到了伸张。她坦白地宣称，想要将时间留在自己照相机的暗箱中。对于她来说，以和离家时完全不同的心态拍下这张火车站的照片具有象征意义，呼应了她人生新阶段的开端，她即将摆脱泯灭她个性的妓院，去遥远的地方开拓新的生命领域。以从镜头前转移到镜头后为标志，奥菲利亚不仅摆脱了来自男性的凝视，更完成了对自己身份的重塑。

与奥菲利亚相似，西班牙黑人奴隶画家胡安则通过对绘画技术的掌握，实现了从任人摆布的模特到画家的权力位置的转变。在其白人主人的笔下，他被迫穿上与他黑奴身份地位不符的白人贵族服装，扮演不是真实自己的角色。他视绘画术为一种“神性的语言”，“藏起自己的画布”，暗中学习（*Thrall* 59-61）。当他终于获得自由身，可以自由使用这种语言进行自我表达时，他将自己刻画成在海关等待交税的自由人。胡安从画布后走到画布前，完成了身份的转换，与之并行的是他作为绘画创作过程中权力主体地位的置换。

特雷瑟维突破了视觉艺术作品的平面性，延展了这一艺术创作过程的空间关系，通过对艺术创作过程的描写和人物的面具化表达，围绕摄影术和绘画术的主体置换，隐喻了阶级、性别和种族等社会权力主体的置换，对摄影和绘画过程中体现的固有的社会权力框架作出了反叛。

三、时空互文对权力的消解

作为超越了视觉艺术作品时代空间背景的观赏者，特雷瑟维在诗歌中突破了照片和绘画的平面性和瞬时性，通过对时间的扁平化处理，在更为广阔的历史空间中对特定作品进行串联解读，以更为客观的历史向度实现对其中社会权力的消解。“元摄影艺术”中的时间扁平化处理方式，使各个时空的事件、人物按照意义关联浮现在同一诗歌场域，最大限度地形成呼应和互文，这样一来，由于摄影技术特点的影响而无法被呈现的内容会得到补充，在历史局限下其影响无法被正视的事件也终会显出其意义，由此消解附着于某些摄影作品中的权力内涵。

就某些反映底层劳动者劳动场景的单幅摄影作品而言，观赏者会接受照片拍摄者灌注其中的有产阶级对底层劳动者处境的美化，而集合来自不同时空的照片，诗人有意呈现了单独鉴赏时所忽略的劳动者状态细节，挖掘出一条抵制阶级想象的证据链。在《家庭工作》一系列反映黑人家庭工作者劳动生活的照片中，拍摄者试图表现的是劳动者工作的充实忙碌、日常生活的真实有序以及劳动致富的幸福满足，这是拍摄者所代表的中产阶级对底层劳动者的阶级想象，实为沉浸于资本主义繁荣美梦的有产者对底层阶级工作和生活状态的主观美化。但是诗人在几乎每一首对应的诗作中都突出了一个细节，即劳动者本人的表情。他们的神态动作没有半点惬意满足可言，都是“负重”中的面无表情。为了吸引读者和观赏者的注意力，诗人在《洗衣女》一诗中还特地从观赏者视角进行了“先验性”的劳动想象，然后在与照片的比对中凸显冷酷的现实，即底层劳动毫无快乐满足可言。摄影作品、广告等大众文化形式对本来艰苦残酷的底层劳动的美化渲染，会对劳动者产生虚假的积极心理暗示，使他们相信，这就是他们拥有或即将获得的生活，即使现实并非如此。只有跳出某些视觉艺术作品精心营造的“真实”瞬间和平面，在时空串联中寻求印证，才能找到破绽，打破美化底层劳动生活的阶级想象甚至谎言。

在男性长期把持“视觉权力”的历史背景下，女性经常被作为被观察对象，进入绘画及摄影作品，人们，甚至是女性自身，很长时间内对男性价值观主导下生产出的女性视觉呈现并无疑问，这是因为在与男权至上的主流文化的对抗中，女性的平等身份诉求被压抑成了一种“社会无意识”①。这在一系列刻画女性人物的视觉艺术作品中表现得尤为明显，如米莱斯画笔下的奥菲莉亚、贝乐克镜头下的奥菲利亚等，她们通常按照男性对女性的想象被塑造成妖娆、淫荡甚至罪恶的样子。而这些被呈现出来的样子与其真实个性相去甚远，为了表现这种差异性，奥菲利亚结合摄影过程进行了全面描述。为了“释放”（“derepress”）② 女性被压抑的身份诉求，特雷瑟维通过对不同时间

---

① See Fromm, Erich. *Beyond the Chains of Illusion: My Encounter with Marx and Freud*. NY & London: continuum, 2009, p. 95. “The average individual does not permit himself to be aware of thoughts of feelings which are incompatible with the patterns of his culture, and hence he is forced to repress them.”

② “derepress”指相逆于“repress”的心理过程。在弗洛伊德精神分析理论中，后者指个体压抑内心真实欲望的行为。参见 Fromm, Erich. *Beyond the Chains of Illusion: My Encounter with Marx and Freud*. NY & London: continuum, 2009, p. 95.

和出自不同艺术家之手的女性题材作品进行并置描述，让观赏者和读者再次意识到男性在对女性进行呈现时所做的主观筛选。《贝乐克的奥菲利亚》（“Bellocq’s Ophelia”）一诗中这样写道：

我看到贝乐克的照片就想起了她（米莱斯画作《奥菲利亚》中的女模特）——
照片中一个女人倚靠在一条长沙发椅上摆着姿势，头发
到处散落。在她周围，有花朵——
在枕头上，在厚地毯上。即使
旧照片毁色的污迹
在她大腿周围就像盛开的睡莲。
她这样靠在这儿多久了，这另一个
奥菲利亚，斯托利维亚妓院的无名伙伴，
赤裸着……　（*Bellocq’s* 3）

诗人在观看米莱斯的画作《奥菲利亚》的同时想到了莎士比亚戏剧中的奥菲利亚，油画上的奥菲利亚以及新奥尔良照片里的奥菲利亚，三个人物处于不同的时代，但都是在男性视角下命运悲惨的女性。即使是要进入视觉艺术作品，充当人体模特的奥菲利亚们也必须承受寒冷、长时间僵硬的姿势，以及赤身裸体的尊严丧尽。一切都只是为了能完美再现出男性心中理想的“奥菲利亚”，这种“奥菲利亚”式的刻板印象就来自《哈姆雷特》对奥菲利亚这一女性人物富有偏见的塑造，即一个没有理性头脑、随波逐流，最终放弃自我、步入疯癫的疯女人角色。

在认识到这些作品被男性意识裹挟的基础上，女性才有可能跳出这一表意陷阱，去思考女性应该被如何呈现等问题。这集中体现在诗集《贝乐克的奥菲利亚》中。诗集中描写了多幅以女性为题材的绘画和摄影作品。以米莱斯笔下等待救赎的奥菲利亚开始，以奥菲利亚为代表的新奥尔良红灯区妓女相继登场。同样是处于男权控制下的女

性，米莱斯笔下的奥菲利亚无助绝望，贝乐克镜头下的奥菲利亚却时常表现出反叛。贝乐克在照片中呈现出了奥菲利亚的各种“身份”，直到她来到镜头背后才揭示了照相术“改造真相”的“魔力”，以及作为摄影者的男性对女性的操控。

同理，种族权力对黑人群体的掌控在视觉艺术作品的时空互文中显现出其残酷性和不合理性。《国王棉花，1907》（“King Cotton，1907”）中，诗人以二十一世纪观赏者的未来视角审视了照片中反映的 1907 年美国密西西比州棉田大丰收和黑人男孩夹道欢迎总统的情景，拍摄者本来试图用照片中的情景掩饰黑人棉农所受到的经济压迫，但在这首诗中，诗人将这种“幸福”场景与两年后爆发的严重虫灾进行了并置叙事，瞬间显出前者的虚假和荒谬（*Native* 21）。而紧跟其后的另一首诗《格里夫，艾伯丁 1913》（“Glyph，Aberdeen，1913”）则以表现悲惨采棉工父子的另一幅照片再一次戳穿了这一“幸福”场景的谎言（*Native* 22）。在同样一片海滩，诗人的外祖母幼年的照片背景中写着“黑人活动区域”，而诗人的照片中这些标示已经消失不见，两相对比，种族隔离制度的荒谬可见一斑。《奴隶》中诗人描写了不同国家和历史时期表现将黑人肢体移植到白人身体来拯救后者故事的画作，在罗列了一系列此类作品之后，特雷瑟维发现了一个规律，即黑人的身体总是被牺牲，白人被拯救。大量诸如此类的照片合起来共同证明了一个事实，那就是种族主义观念的残酷和愚昧。

将时间进行扁平化处理的写作方式弥补了一帧帧照片的碎片性所导致的意义断裂，通过主题互文，将它们与更广阔的时空背景进行联结，消解了某种权力意图指导下对单幅照片进行片面解读的可能性，在互相印证中呈现出来的事实形成不容忽视的证据链条，让被人们习以为常的权力传统的不合理性得以凸显。诗人构建的时空互文正是对平面、瞬时的视觉艺术作品权力构建的抵制。

特雷瑟维诗歌的“元视觉艺术”手法具体通过对艺术创作过程、创作者的心理以及人物“面具化表达”的书写，揭示出视觉艺术作品中的创作者意图，以及其背后的社会权力建构。在此基础上，通过对更为全面的真实的挖掘，以及诗人对人物的加持，实现了对社会权力的解构。

小 结：跨媒介书写对历史表演的批判

特雷瑟维诗歌的跨媒介历史书写主要通过“艺格符换诗”的“元视觉艺术”来实现。所谓的“元视觉艺术”是指在诗歌中对摄影、绘画等视觉艺术作品的创作过程，尤其是其中对创作者和人物主体关系进行书写的写作技巧。其中，对摄影过程的书写主要关注了背景选择、人物造型、摄影师指令等元素；“元绘画艺术”手法除了对绘画构图、光线、色彩等具体环节进行了描写，还对特殊画作进行了“原笔画再现”，以挖掘画家对作品的修改重置。诗人通过内心独白等方式对视觉艺术创作者的心理活动进行了描写，展现了其在创作过程中的主导地位，这在“元摄影”和“元绘画”诗歌中均有体现。对人物的“面具化”表达意在赋予视觉艺术作品中沉默的人物以言说的途径和机会，是“元视觉艺术”主体表达的重点，由诗人以人物视角代为言说，或直接由人物进行自我言说。以创作过程和主体言说的书写为基础，诗人探究了视觉艺术作品中的权力建构。以视觉艺术的技术和社会属性为切入点，特雷瑟维揭露了视觉艺术作品中的创作者意图及其背后的社会权力合法化问题，并对其中权力建构的阶级、性别及种族权力类型作了具体分析。特雷瑟维诗歌中的“元视觉艺术”技巧通过生活真实与艺术表象的对峙、权力主体的置换以及时空互文等具体途径实现了对凝聚其中的社会权力的消解。

绘画和摄影都是人类再现“真实”的媒介，这些通常被视为可信任的历史记录工具，殊不知，社会权力从这些技术诞生之日起已经将其爪牙深入其中，参与对所谓历史真相的把控。对此，人们对摄影术的迷信更甚于绘画。权力包裹下的摄影术正是需要这样一个催化剂才能发挥把控真相的文化功效。自十九世纪四十年代初期的英法等国家出现第一批照相机以来，照相术的发展为人们认识世界提供了新的视觉途径，经过二十世纪西方工业化的助推，摄影成为大众文化的重要部分，随之形成了一种新的社会潮流，即法国马克思主义批评家居伊·德波（Guy Debord）所称的“景观社会”（“La Société du Spectacle”）。他写作《景观社会》（*La Société du Spectacle*，2006）一书就是为了宣告“马克思所面对的资本主义物化时代而今已经过渡到人的视觉表象化篡位为社会本体基础的颠倒世界，或者说过渡为一个社会景观的王国”，费尔巴哈也指认这是一个“符号胜过实物、副本胜过原本、表象胜过现实生活本质”的时代[①]。在这样一个时代，人们沉溺于视觉信息的接受，将视觉符号与真实画上等号，认为所见即真实，而反观其形成过程，照相机发挥了技术条件的作用[②]。最终，在“景观社会”的催化之下，寄居于摄影作品的权力关系不仅作用于物质生产和生活，更以一种集体无意识和价值观的方式深刻地影响着镜头前后的各个主体。特雷瑟维跨越文字与视觉界限的诗歌艺术便是要打破“所见即真实”“照片即历史”的谎言。

在特雷瑟维笔下，这些历史题材的摄影和绘画作品绝非真实，而是对历史真相的表演，这些表演背后是权力持有者对人物的操控。诗集《贝乐克的奥菲利亚》中妓女奥菲利亚自述了她如何在白人摄影师的要求下变成了另一个自己。被塑造的不仅是她自己，甚至还包括了她的房间。而这个白人中心主义主导下的历史题材的视觉艺术表征实为对美国非裔历史真相的表演，这一过程由白人有权者裹挟着被刻画者共同完成。众所周知，艺术语境中的表演并非对真实的再现，而是一种艺术再创作。特雷瑟维诗歌中所揭示的视觉艺术中人物的历史表演已然是对历史真相的再创造，是被白人中产阶级别有用心建构起来

① 张一兵：《代译序：德波和他的〈景观社会〉》，《景观社会》，居伊·德波著，王昭风译，南京：南京大学出版社，2006 年，第 9 页。

② 张德明：《沉默的暴力——20 世纪西方文学/文化与凝视》，《外国文学研究》，2004 年第 4 期，第 118 页。

的一种历史话语，而其背后正是白人中心主义者的权力及其所宣扬的价值体系。

特雷瑟维通过诗歌的“元视觉艺术”对这种白人中心主义主导下的历史表演进行了批判。她以诗歌的跨媒介表现艺术揭露了历史话语的权力属性，并以一种追溯视觉艺术作品中权力操控机制的方式对其进行了消解。她的批判态度不仅是因为美国主流文化的视觉艺术建构被证明与美国非裔历史真相相去甚远，更为重要的是这些别有用心的视觉艺术作品已经具备了一定的表演性（performativity），即对现实产生了影响或进行了干预。具体而言，就是对其受众历史观的塑造。文学范畴内对现实的干预主要是通过创作和传播过程中的主体的事件性转变来实现的[①]，对于视觉艺术同样如此。诗歌中涉及的西方摄影或绘画作品，直到民权运动时期，其主要消费者都是白人普通民众，而非被排除于所有白人文化事业之外的黑人群体。在诗歌中，他们就是这些历史表演不在场的目标受众。白人受众因为不了解摄影和绘画作品的创作过程，而只能被动地接受它们传递的信息，配合西方世界一贯的启蒙思想传统，白人中心主义的历史话语在他们心中得到“印证”和强化，这些文化产品进而在流通的过程中成为白人中心主义文化观念的一部分。

在对白人中心主义历史表演进行批判的基础上，特雷瑟维在诗歌中暗示了新的历史表演机制。她在诗歌中引入了具有客观视角和批判意识的言说者和人物主体，她们的言说打破了以往白人视觉艺术创作者主导、白人受众接受的单向信息传递，创设了一种包括创作者、人物、言说者甚至诗歌读者在内的多主体互动。特雷瑟维所构建的这种新的视觉艺术观和诗歌文本阅读方式不仅揭露了旧的文化消费格局的不合理，而且增加了诗歌在当下语境下进行现实干预的力度。类比现代剧场理论，表演已经“不再是围绕演员和导演，而是演员与观众的

---

① 何成洲：《表演性理论：文学与艺术研究的新方向》，北京：生活·读书·新知三联书店，2022 年，第 41 页。

同时在场与互动交流”，“表演对于观众产生影响，也改变了演员自己，同时也能够作用于社会，因而表演是能动的行为和事件，具有了表演性的不同特征”[①]。也就是说，表演活动中的各个主体都有权参与到意义建构中，而主体身心的转变就是艺术实践作用于现实的第一步。就像妓女奥菲利亚在完成有关其生活的私密讲述时，她自己作为人物和言说者也改变了人生轨迹，而这一部自传性的日记、书信体诗歌也会给诗歌的读者带来历史观念的转变。这就是特雷瑟维诗歌的跨媒介书写作为一种文化影响力量的生产机制。

① 何成洲：《表演性理论：文学与艺术研究的新方向》，北京：生活·读书·新知三联书店，2022 年，第 78 页。

第二章　个人叙事与公共历史重构

自2000年出版第一部诗歌作品《家庭工作》以来，特雷瑟维迄今共著诗歌和非虚构（non-fiction）作品六部，这六部作品中所呈现的最重要主题即为美国南方非裔历史。特雷瑟维将言说重要历史事实，尤其是被忽略的事实作为诗人的社会责任和写作目的，这一文学初衷在她的诗歌作品中得到了集中体现。

特雷瑟维历史写作的鲜明特点为公共历史与个人历史的结合。她的历史写作多采取个人视角，有些作品具有强烈的自传性，但无论是描写自传性的人物还是虚构性的人物，这些个体的故事都通过某种文学手段与历史事件或时期进行了对应。学者乔安·威利·霍尔（Joan Wylie Hall）在《娜塔莎·特雷瑟维访谈录》（*Conversations with Natasha Trethewey*）的"序言"中写道："全书十八篇访谈表明，个人与历史的交叉一直是特雷瑟维书写的核心。"[①] 个人叙事作为特雷瑟维族群历史书写的切入点，终点是为了在主体共情（empathy）的基础上向读者展开不为人知的公共历史。因此，"她竭力抵制自传书写的诱惑，小心避开狭隘的个体身份，编织出了一幅囊括了包括各种底层从业者的黑人男女群体生存经验的图卷"[②]。当论及这一写作手法的意义时，特雷瑟维说道："如果我能提醒人们我所写的是大家共同的历史，而不仅仅是一个个人历史，我的个人立场可以超越时空与

---

① Hall, Joan Wylie. Ed. *Conversations with Natasha Trethewey*. Jackson: Mississippi University Press, 2013, p. Ⅷ.

② Dove, Rita. "Introduction by Rita Dove." *Domestic Work*, Natasha Trethewey, Minneapolis: Graywolf Press, 2000, p. Ⅶ.

其他人的立场进行呼应和联结，那么就可以避免我个人意识的桎梏。”[①] 由此可见，特雷瑟维注意到了个人叙事的优势和不足，在对这一叙事手法进行扬弃的过程中，她将其诗歌的历史写作指向了对族群和国家公共历史的重构。

第一节 公共历史背景下的美国非裔个人叙事

特雷瑟维作品的历史书写取材于某个历史时期或历史事件，多采用个人视角，以人物的生活经历和思想活动作为描写对象。这些个人有的是具有明显自传性印记的诗人的家庭成员，如其外祖母、父母等，有的则是根据历史背景由诗人虚构的人物，如黑人本土卫队战士、黑白混血妓女奥菲利亚等。特雷瑟维将这些人物的个体经历置于美国内战（The Civil War）、南方种族隔离（Era of Racial Segregation）以及二十世纪黑人移民浪潮（Great Migration）等宏大历史背景下进行描写，提供了个人化的公共历史版本。

一、非裔个人战争经验

在特雷瑟维的作品中，非裔个人的战争经验集中于人物在美国南北内战中的见闻和亲身经历，这主要在诗集《本土卫队》中得到体现。南北内战作为美国国家历史上的重要事件，对其历史叙述不计其数，而诗人特雷瑟维则选取了一位本土卫队[②]战士的特别视角对其进

① See Hall，Joan Wylie. Ed. *Conversations with Natasha Trethewey*. Jackson：Mississippi University Press，2013，p. Ⅳ.

② 本土卫队（Native Guard）：即路易斯安那本土卫队（Louisiana Native Guard），内战期间，在林肯总统的授权下，逃亡的奴隶和非裔自由人加入北军阵营，1862 年，1800 名非裔士兵组成了二十个连，1862 年 9 月 27 日，其中的十个连组成了路易斯安那本土卫队第一军团（First Louisiana Native Guard Infantry），同年 10 月 12 日，剩余的十个连组成第二军团，11 月 24 日新招募的非裔士兵组成了第三军团。详见 Berry，Mary F. “Negro Troops in Blue and Gray：The Louisiana Native Guards，1861-1863.” *Louisiana History：The Journal of the Louisiana Historical Association*，vol. 8，no. 2，Spring 1967，p. 174.

行了个人的叙述，这一特殊视角的选取是基于美国官方缺少对黑人本土卫队历史正面描述的事实。据诗人的表述，她在一次游玩中偶然得知家乡格尔夫波特市船岛（Ship Island）在内战中曾经被作为北军（Union Army）羁押南军（Confederate Army）战俘的监狱，而当时驻守部队正是路易斯安那黑人本土卫队第二军团。诗人感叹于自己对家乡的历史竟无从知晓，由此意识到重新挖掘这段被隐藏的历史的重要性。

特雷瑟维版本的内战历史叙述集中在其2007年普利策诗歌奖获奖作品《本土卫队》中与诗集同名的诗《本土卫队》（"Native Guard"）中，这首以皇冠十四行诗体写就的组诗是一位虚构的驻守船岛的黑人本土卫队战士的战地日记，其中记录了他参加北军、被派遣到船岛看守南方战俘以及亲历黑人战士牺牲的见闻和感想。全诗共十节，前四节主要为这位黑人战士对自己为奴经历的回忆；五、六两节侧重描述黑人守军和白人战俘之间的隔阂与互动，以及战争对普通人的伤害；后四节则集中描述了黑人本土卫队战士所受到的不公正待遇甚至屠杀。这位战士在"不经意间"提供了关于内战和内战中非裔参与的历史证明。一方面，这一讲述刻上了叙述者深深的个人身份烙印，所以他凸显了自己的身份变更、在军营和战场上受到的种族主义压迫，具有个体针对性；另一方面，诗人又赋予了这位战士超越种族隔阂的人性化视角，所以他的叙述中充满了对战争的残酷和生命所受摧残的思考，表现出基于一般人性的同理心和同情心。

作为言说者的黑人本土卫队战士通过自述的方式展现了自己身份的复杂性：入伍之前是种植园奴隶，入伍后成为看守白人战俘的北军战士。然而，作为奴隶的记忆与作为北军战士的经历在其意识中相互重叠，呈现于诗歌的叙述中。这种身份重叠的隐喻出现在组诗的第二节：

> 我们从南方军废弃的家中拿走我们的所需：
> 盐、糖，甚至这本日记本，几乎写满了
> 别人的记录，现在被覆盖、

被划掉，写上了我的。每一页，
“他”的故事和我的相互交叉。(*Native* 25-26)

这本南方军遗弃的日记本上记录的是奴隶主眼中的南方历史，而现在继续书写的是这位士兵作为北军战士的为奴和战争经历，两种声音的交叉隐喻了南方历史话语主体的变迁。在覆盖原有叙述的基础上，黑人战士进行自己个性化的历史讲述。他在“新话语”中多次提到了自己为奴时的悲惨遭遇。从第一节开始，他回忆了自己从一个出生在“圣天教区”（*Native* 25）的奴隶成为自由人，加入北方军，接着被派驻到船岛上的马萨诸塞堡（Fort Massachusetts）的经历。即使已经打破枷锁，作为奴隶的旧身份仍旧挥之不去。他对营队训练的描述仍然笼罩着为奴经历的阴影，他写道：

对奴隶而言，奴隶主的存在，让他劳作的身躯
匍匐得更深，正如现在长官
让我们精益求精地训练……（*Native* 25）

即使是作为参与到自由之战的光荣一员，严苛的列队训练与过去在奴隶主的皮鞭下劳作并无二致，他仍然处于一种权力的高压和管控之下。这说明，对黑人士兵而言，他们并不能感受到战争的意义，自由的曙光仍然没有降临到他们身上。在描述当下作为看守的状态时，他认为过去的自己和现在的自己都只是“命运手中的奴隶罢了”（*Native* 26），同样任人摆布。即使身份已经发生改变，生活内容也随之改变，但是，不经意间，作为奴隶的记忆就会被当下的情景串联起来，时刻提醒他那是定义他完整身份不可割裂的一部分。

黑人战士的“新话语”中着重讲述的还有被官方历史略去的黑人本土卫队遭受的不公正待遇，甚至来自本阵营的无情屠杀。最后四节中，诗人以真实历史事件为依托，借黑人士兵这一虚构的亲历者之口，描述了国家历史中被选择性遗忘的非人道细节。这位士兵的日常

工作包括登记死亡战俘姓名并写信通知其家人，过程中他被告知尽量隐去细节，就这样，南军士兵的遭遇成为抽象的公务文件，他们的生平和经历被官方的宏大历史叙事抛弃。但是，目睹这些的黑人士兵却认为“有些事一定要被讲述”（*Native* 29）。对待白人俘虏，他为他们写下絮叨的家书；对待北军战士，他记录下他们几乎被遗忘和视为理所当然的牺牲。诗中提到的真实历史事件分别为“帕斯卡古拉突袭”①、“哈德森港口战役”② 和“匹乐堡战役”③。在帕斯卡古拉战役中，黑人本土卫队战士在不顾一切攻打敌人阵营的时候，却遭到了来自自己阵营的轰炸；哈德森港口战役中，北军统帅竟然将黑人士兵的

---

① 帕斯卡古拉突袭（Pascagoula Foray）：1863 年 4 月 8 日，位于船岛上的路易斯安那本土卫队第二军团 180 名黑人卫队战士登上运载船“班克斯将军号”，在霍恩斯与战船“约翰·P·杰克森”号会合后，于 9 日一同前往密西西比大陆上的帕斯卡古拉进行突袭。当南方军火力增强，丹尼尔（Nathan W. Daniels）上校命令岸上的黑人士兵撤退，“杰克森”战船火力掩护，发出的炮弹击中正在撤退的黑人士兵，造成卫队战士 4 人死亡、5 人受伤。学者詹姆斯·罗兰斯沃斯（James G. Hollandsworth）在其专著 *The Louisiana Native Guards: The Black Military Experience During the Civil War*（Louisiana State University Press，1995，p. 46）中对此事的措辞为“炮弹不符合标准”（“fall short”），而特雷瑟维在诗集《本土卫队》的注释中将此事件叙述为“杰克森战船直接向准备撤退的黑人卫队士兵开火，而不是向袭来的南军士兵”（*Native* 48）。

② 哈德森港口战役（Port Hudson Battle）：特雷瑟维在《本土卫队》注释中写道，1863 年 6 月，班克斯将军（General Nathaniel p. Banks）命令其部队寻找北军受伤将士并安葬牺牲战士尸体。但是在清理过程中，他的部队忽略了本土卫队战斗的地方，没有认领那些本土卫队牺牲者的尸体。当南军将领寻求班克斯将军的允许，掩埋其阵前的北军战士时，将军声称北军在此地没有阵亡士兵（*Native* 48）。See *The Louisiana Native Guards: The Black Military Experience During the Civil War*, pp. 59-60.

③ 匹乐堡战役（Fort Pillow Battle）：1864 年 4 月，南军攻打了北军驻扎的位于孟菲斯以北的匹乐堡，攻下后，南军不顾北军黑人士兵的投降求饶，对他们进行了“无差别的屠杀”，南军上校弗雷斯特（Nathan Bedford Forrest）更是下令将黑人军团“像狗一样射杀”（*Native* 48-49）。See Smith, John David. Ed. *Black Soldiers in Blue: African-American Troops in the Civil War Era*. Chapel Hill: University of North Carolina Press，2002，pp. Ⅻ，158，164.

伤亡排除在本军伤亡之外，拒绝掩埋其尸体；匹乐堡战役中，南军对北军中的黑人卫队战士尤其轻视，视他们的生命如草芥，对他们进行无情屠杀。黑人士兵所受到的歧视和伤害不仅体现在这些具体的战役事件中，还体现在黑人本土卫队或“非洲军团”（Corps d’ Afrique）[1]作为一个群体在整个内战中所充当的角色。内战期间，将近十八万黑人士兵参与北军的战斗。他们通常被用来修筑工事、运送补给、看守战俘，但是在有限的参与正面战役的机会中，如哈德森港口战役、维克斯堡战役等，他们都因为英勇坚韧受到了指挥将领的赞扬。他们的存在为北军遏制住了巨大兵力损耗，支持了整个战局的扭转，种族主义盛行的南军甚至在战争后期也决定征召黑人士兵，尽管那时战局已经无法扭转[2]。

叙述者及其所属的群体虽然遭遇不公，却被特雷瑟维赋予了中立的视角，以超越种族隔阂的人性立场对战争中受到身心摧残的普通人进行了记录。船岛是墨西哥湾上距密西西比州格尔夫波特市不远的一个障壁岛，岛上修建了马萨诸塞堡[3]，在内战期间作为关押南军战俘的监狱，由路易斯安那黑人本土卫队第二军团看守。这个岛屿面积狭

---

① 非洲军团：哈德森港口战役之后，班克斯将军增加了“海湾军区”（Department of the Gulf）中黑人士兵的数量，并将黑人本土卫队组建成完整的黑人军团，他称其为“非洲军团”。See Hollandsworth Jr.，James G. *The Louisiana Native Guards：The Black Military Experience of During the Civil War*. Baton Rouge：Louisiana State University Press，1998，p. 70.

② Smith，John David. Ed. *Black Soldiers in Blue：African American Troops in the Civil War Era*. Chapel Hill and London：North Carolina University Press，2002，pp. 99-100.

③ 马萨诸塞堡：位于美国密西西比州船岛北岸西部，因其深水港和航线优势，以及邻近新奥尔良和墨西哥湾岸区的地理位置，1812 年战争之后美国开始在此修建防御工事，1847 年成为美国军事保留地，1856 年开始修建堡垒。1861 年联邦军和合众军在此有交火，同年被合众军占领，成为军事集结地。1863 年 1 月，路易斯安那第二本土卫队被调遣至此看守联邦军战俘，直至战争结束。参见 Berry，Mary F. “Negro Troops in Blue and Gray：The Louisiana Native Guards：1861-1863.” Louisiana History：*The Journal of the Louisiana Historical Association*，vol. 8，no. 2，Spring 1967，p. 181.

小，远离大陆，生存环境恶劣，一切补给均依靠船只运送。在漫长枯燥的羁押生活中，黑人卫队战士成为南军俘虏对外交流的唯一途径。虽然对会书写的黑人士兵心存排斥或恐惧，但他们还是成为白人战俘家书的执笔者：

> 他们谨慎，惧怕
> 看到我们。一些人不会读写，
> 在底层的那排，他们几乎没有什么话要寄，
> 除了我替他们说的那些。然而，他们还是忌惮
> 一个会写字、为他们写信的黑奴。（*Native* 27）

叙述者口吻平静，白人战俘的猜忌和排斥并不影响他以一个具有同情心的普通人身份帮助他们将内心的感情转化成文字，写成一封封家书寄往日夜挂念的家人手中。接下来，他继续以中立的口吻记录了书信的内容：

> 我听着，用笔写下那些他们
> 在一段段沉默之间，费劲表达的
> 语句：对爱人的挂念——
> “亲爱的，你过得怎么样——”
> 他们的一小块地如何了——
> “你收成的粮食够度日吗？”
> 他们渴望过去舒适的生活——
> “我看到你从前的样子，挥手告别。”
> 一些人寄了照片——万一他们的遗体
> 无法送回，是个念想。其他人口述了
> 这场战争的严峻事实：“炎热的空气裹挟着
> 尸体的腐臭，在埋骨坑里腐烂。
> 苍蝇聚集——成为一片黑云。我们挨着饿，变得虚弱。
> 当有人死去，我们就吃他们留下的干面包。”（*Native* 27-28）

平静的笔触写下的是日常生活的美好、战争的残酷、战士们的绝望和他们对家庭温情的渴望。这些在战争叙事中通常被忽略的话题在本土卫队战士的笔下却得到真实记录，使这些普通人的人性温情与战争的嗜血杀戮得以被并行讲述。这种人与人之间的天然同情超越了巨大的种族隔阂。虽然在叙述中，这位黑人战士没有表达出强烈的主观情感，但是他对信件朴实内容的完整记录，已经体现了他的取舍，他选取了自己想要记录的内容，因为这些符合他对历史内容的筛选标准。可见，对于这位叙述者，所谓战争的宏伟目标已经让位给了朴素的人性情感。这体现出了黑人战士版本的历史编写标准与官方历史编写标准的截然不同。

以黑人本土卫队战士视角进行的叙述，补充了国家内战历史中忽略的黑人参与部分，但是叙述者却始终以中立的视角进行对自我及所在群体遭遇的讲述。同时，整个叙事不失人性观照，深植于个人经历又辐射到所有参战者，对人性温情和战争惨烈两个方面进行了不偏不倚的客观再现。这位黑人战士以独立的价值标准对历史事件进行了重新筛选，组成了他历史化的个人叙事版本。

二、非裔家庭日常生活史

在特雷瑟维的第一部诗歌作品《家庭工作》中，诗人对二十世纪前民权运动时期（Pre-Civil Rights Movement Period）的底层非裔劳动者的日常生活和精神世界进行了细致的刻画，构成了一幅以女性为中心的南方非裔家庭生活图景。马克思认为，“构成这一世界的个人的全部活生生的感性活动”① 是现实的一部分。马克思和恩格斯在论及世界构成时，指出了个人具体生活的重要性，认为活生生的个体的感性生活其实是构成感性世界的根本，因此个体的日常生活是人们了解整个社会现实的重要途径。学者王福民总结道：“日常生活是由日常经济交往、人际交往、文化交往等关系构成的动态过程。日常生活

① 马克思，恩格斯：《马克思恩格斯文集（第一卷）》，北京：人民出版社，2012 年，第 157-158 页。

领域是个体生命关系、婚姻关系、家庭关系、交际关系之形成与重复、变迁与重构、延续与创新的基本场所……”①

特雷瑟维抓住了非裔个体这一展现种族隔离时期美国南方非裔群体历史的有利视角，对底层非裔的家庭日常生活进行了描写。

在种族隔离的背景下，美国南方非裔群体的日常生活蒙上了种族歧视的阴影。特雷瑟维在其作品中选取了这一时期普通人的生活作为书写题材，这些人包括生活于在二十世纪上半叶密西西比州的外祖母、生于六十年代黑白混血家庭的“我”等。对这些家庭故事的叙述反映了种族隔离制度和种族歧视意识形态对非裔个体作为人和劳动者的尊严的践踏，对人们精神层面的伤害，以及对家庭伦理关系的威胁。

在《家庭工作》、《超越卡特里娜》以及《纪念碑》等作品中，诗人以其外祖母等家庭成员为原型，表现了二十世纪美国南方非裔劳动女性工作生活和持家经历。特雷瑟维的外祖母莱瑞塔·迪克森·特伯（Leretta Dixon Turnbough）生于1916年，一生主要生活在墨西哥湾岸区的北格尔夫波特（North Gulfport）社区。外祖母年少时就要承担繁重的家务劳动，靠在海边捕蟹售卖维持家用，而海岸城区为白人居住区，不允许黑人进入，所以从北部黑人社区穿过白人居住区到达海岸捕蟹的过程充满艰险，诗歌《祈祷，1926》（“Invocation，1926”）对这一过程进行了描述：

他们是如何跋涉数英里，向南
沿着湾区——船岛铁路线，走向
海滩，穿过黑人社区，穿过
棚屋，进入城区边缘

白人孩子在那里站岗——就在铁路的

---

① 王福民：《论马克思主义哲学的日常生活维度及其当代价值》，《教学与研究》，2008年第5期，第28页。

岗亭里——恐吓他们，把他们赶下
铁路。他们是如何继续前进，
直到蹚进水里，水漫到脖子，

尽管他们不会游泳……
……
他们如何收起蟹网，
来回仔细寻找捕起的每一串、

每一网螃蟹。穿过海滩，路面
灼烫着脚底，然后挨家挨户，
我的祖母和其他孩子们，
敲着门，推销他们的捕获。（*Monument* 107）

祖母从事捕蟹的工作时仅仅十岁，当时格尔夫波特市的海滩还没有对黑人居民开放，他们必须在白人孩子的围追堵截中小心捕蟹，然后在海岸白人住宅区售卖，所有的艰难只为获得微薄的收入用以维持生计。但是即使是这样卑微地为生存奔波，他们仍然受到白人的围追堵截，黑人必须在已经被白人和社会其他阶层严密瓜分的资源板块之间寻得一点残渣。捕蟹途中的遭遇不仅凸显了美国南方种族歧视对生活空间的严格把控，而且也由此暗示了白人群体对底层黑人生存权利的无情剥夺。

成年后，外祖母做过各种底层工作：包括一周六天都要在别人家打扫的家庭工作者（*Domestic* 13）、终日在电梯狭小空间中颠簸的电梯女工（*Domestic* 14）、在炎热的房间一丝不苟烫发的理发师（*Domestic* 20）、用聪明才智对抗工厂针对有色女工搜检的布料生产线女工（*Domestic* 21）以及人到老年仍然认真着装迎接顾客的裁缝（*Domestic* 13）等。除了外祖母，特雷瑟维还聚焦其他的底层从业者，如双手因劳累沟壑纵横却没有任何保障的黑人码头工人（*Domestic* 22），将别人的衣物带回家清洗的洗衣女工（*Domestic* 8）以及不堪生活重负的采棉工人（*Domestic* 22）等。因为南方长期的种族隔离制度，非裔劳动者即使争取到正常劳动的机会，往往只能从事收入低微、没有保障且危险劳累的工作，这些通常不会作为历史写作题材的普通劳动者的生活——他们遭遇的不公和内心的坚持抗争都生动地呈现在特雷瑟维的诗歌中。

第一人称叙述是特雷瑟维诗歌创作的显著特点之一，在多部作品中，以"我"的口吻叙述的父母关系、亲子关系以及童年故乡见闻也是种族隔离背景下非裔日常生活书写的重要部分。特雷瑟维在诗歌《通婚》（"Miscegenation"）中描述了黑人母亲和白人父亲为了逃避密西西比州反异族通婚法而远走俄亥俄州秘密结婚的故事。处于跨种族婚姻家庭中，"我"作为一个混血孩子时刻感受到了种族关系和观念对本该亲密无间的亲情关系的伤害。"我"小时候在学校默认别人把自己当成白人孩子，回家必被母亲教训，诗中这样描写：

我可以轻易地告诉白人同伴
说我们住在上城，
而不是在铁道边的散落的
红红绿绿的
棚户区。我可以假装
家里给我缝的裙子
是从梅森商场的橱窗里
直接买来的。我甚至可以
保持沉默，不做声，
任由一个白人女孩
（握着我的手）对我说，"现在
我们班上有三个白人孩子了。"

但每次妈妈发现后
我都付出了代价。
她将手放在我身上，

然后用肥皂
清洗我的嘴巴。“这样可以
净化你，”她说，
“可以洗干净你撒谎的舌头。”
……（*Domestic* 37）

从这首诗中可以看出，母亲虽然与白人父亲组成家庭，但是她对自己的黑人身份仍然非常坚持。“我”的肤色可以以假乱真，让人认为“我”就是白人，这样也许会让“我”的生活方便不少，但母亲执意以“用肥皂洗舌头”的方式惩罚我在黑人身份上的动摇，以此让“我”强化对自己种族身份的认同。然而，黑人母亲的存在，以及母亲所代表的种族身份确实使诗人承受了来自家庭内外的压力，所以对于母亲，诗人也不是全然的爱和依赖，也有一定怨怼的情绪。例如，当母亲与第二任丈夫在家中争吵时，“我”幻想着自己有着像电影人物一样的白人母亲，而不是饱受婚姻摧残的黑人母亲（*Domestic* 40-41），表明了自己在某些情境下逃离当下环境和身份的愿望。

与母亲的黑人身份相对的是父亲的白人身份，以及白人父亲内心深处坚持的种族主义观念，这成为家庭权力关系中的另一极，而“我”这个黑白混血孩子就处在两种力量之间，被两种价值观的力量撕扯，引起了对自己身份的不断质问和怀疑。与父母的家庭合照中，我头上的金色假发和白人父亲处于照片的中心，而母亲却几乎淡出取景框（*Thrall* 37）；面对“我”关于血统的疑问，父母也只能沉默（*Domestic* 40）；而父亲更是称她的混血孩子为“杂交”（crossbreed）（*Thrall* 28），认为白人血统提升了混血儿的能力（*Thrall* 71）。从这些家庭生活经历中可以看出，一方面，白人父亲及其所代表的白人价值观在家庭关系中占据主导，这种来自种族观念的优越性有时不经意间由父亲的语言暴露出来，而这种种族偏见对父女亲情的超越带来了诗人深深的自我怀疑和痛苦；另一方面，黑人及其母亲所代表的黑人价值观却并没有完全消失或被放弃，而是在白人价值观的凌驾之下不断地倔强生长。在此两股力量的作用之下，诗人所处的家庭遭受了强烈的异化，各家庭成员之间的关系充满了隔阂。

除此之外，特雷瑟维还以旁观者而非参与者的身份记录了有关种族歧视的童年记忆，见证了种族隔离的南方给非裔居民带来的压迫与恐惧。如"每年都会讲的故事"是3K党会在黑人家门前的草坪上焚烧十字架以示恐吓；学校的历史课本上对惨无人道的奴隶制进行明目张胆的美化；外祖母为站在沙滩上的"我"拍照，而1940年祖母却只能在"有色人沙滩区"的狭小空间拍照。这些社区环境中体现的种族隔离与歧视也是非裔家庭躲不掉的日常，渗透于生活的每个环节，甚至深入记忆的骨髓。

通过描述以外祖母为代表的底层黑人劳动者的工作、黑白混血家庭的生活，以及密西西比州的童年见闻，特雷瑟维呈现了在种族隔离背景下南方非裔群体的艰难生存状态。当事人和近距离旁观者的视角使得特雷瑟维能够深入观察到此种家庭和社区之外的人无法触及的细节，尤其是对人物内心活动的捕捉，因此诗歌中的家庭和社区日常生活描写提供了种族隔离官方历史之外的更有意义的个人版本。

三、新非裔移民创业史

特雷瑟维在其诗歌作品《家庭工作》和非虚构作品《超越卡特里娜——墨西哥湾岸区沉思录》中以自传性写作的方式叙述了自己家庭成员二十世纪在墨西哥湾区（主要为格尔夫波特市）的主要经济活动，涉及的人物包括特雷瑟维的外曾祖父母、外祖母、外叔祖、弟弟等，以二十世纪初美国非裔移民浪潮（the Great Migration）[①] 和墨西哥湾岸区城市化进程为背景，这些家庭成员的故事组成了一部美国新非裔移民的家庭经济史。

---

① 美国非裔移民浪潮（the Great Migration）：1916年前后，为了逃避南方严酷的种族隔离和黑人法案（Black Codes），补充一战导致的城市劳动力缺失，大量美国非裔离开以农业经济为主的南方，移民到北部和西部城市，或由农业区移民到本州的城市地区。这股非裔移民浪潮一直持续到1970年前后。See History.com Editors. "The Great Migration." Jan. 26, 2021, https://www.history.com/topics/black-history/great-migration.

特雷瑟维的外曾祖父母威尔·迪克森（Will Dixon）和尤金·麦克珍·迪克森（Eugenia McGee Dixon）于1900年从北部的密西西比河三角洲地区来到邻近密西西比河出海口的格尔夫波特市定居（*Beyond*，35）。1898年格尔夫波特市获许为地方自治市（incorporated town），1902年格尔夫波特市深水港修建完成，与内陆的"海湾—船岛铁路线"（Gulf and Ship Island Railroad）[①] 配合，成为吞吐大港，从而带动了当地经济发展和城市化进程。迪克森认为这里兴起的伐木运输业以及沿岸的工厂、住宅区会给他们带来码头工人、工厂工人或是保姆的工作，但是当时的海产加工业并不雇用黑人员工，因此夫妇二人不得不在城区边缘的黑人聚居区北格尔夫波特社区定居。他们从当地人手中购得土地，但是数年后，威尔辞家不归，而后尤金也猝然长逝，留下七个孩子。这个时期迪克森一家由于岸区经济对黑人的排斥，并没有享受到格尔夫波特市城市化带来的经济福利。

二十世纪初，格尔夫波特市经济大为发展，交通、生活、文化设施大为改善，海湾沿岸旅游业、食品加工业、航运造船业以及赌博业兴起，特雷瑟维的外祖母乐瑞塔·迪克森和其他的兄弟姐妹从事屠宰、家庭打扫、旅馆服务、捕蟹等工作以维持生计。也是在这一时期，密西西比河墨西哥湾出海口的离岸赌博业（offshore gambling）[②]

---

① 海湾—船岛铁路线"（Gulf and Ship Island Railroad）：20世纪初由创业者威廉·哈代（William H. Hardy）和约瑟夫·乔恩斯（Joseph T. Jones）投资修建，目的为开采运输密西西比州南部的黄松林木。铁路开通大大促进了墨西哥湾海港以及铁路沿线城市发展。

② 密西西比州赌博业：密西西比州的赌博业可以追溯到几百年前欧洲殖民者到来之前，十九世纪三四十年代密西西比墨西哥湾区宾馆业（内设赌场）兴起，二十世纪初墨西哥湾的数个堰洲岛如道格基岛（Dog Key Island）上开设了非法赌场，三十年代经济危机后，赌博业被视为经济催化剂。卡梅耶飓风后，经济继续低迷，1990年，密西西比州颁布了《密西西比州赌博业控制法》（*Mississippi Gaming Control Act*），允许在岸上修建赌场。详见 Nuwer, Deanne S. "Gambling in Mississippi: Its Early History." http://mshistorynow.mdah.state.ms.us/articles/80/gambling-in-mississippi-its-early-history.

繁荣起来，具有代表性的是“凯普瑞斯小岛”（The Isle of Caprice）和“船岛赌场”（位于 Ship Island 上），但是三十年代，海水淹没了它们。在沿岸地区经济繁荣的背景下，从二战战场归来后，宋·迪克森（Son Dixon）在未纳入自治的北格尔夫波特黑人社区开始经营自己的酒吧（The Owl Club），特雷瑟维的外祖母帮厨，主要接待黑人劳工阶层。自此，宋开始在北格尔夫波特社区和南部城区之间的边缘地带购置房产。四五十年代，乐瑞塔也结束自己的工人生涯，开始独立经营美发店、服装店等生意。

二十世纪下半叶，随着格尔夫波特地区以及墨西哥湾沿岸城市带的发展，更多商业区和高级住宅区被修建，与此同时海岸生态遭到持续破坏。1955 年，长达 26 英里的沿岸人工沙滩在填埋之前的天然沼泽红树林的基础上铺展开来，即使防海墙已经在修建，也没能阻止海水的侵袭。1969 年卡梅耶飓风（Camille）和 2005 年的卡特里娜特大飓风（Katrina）先后来袭，摧毁了当地经济。卡梅耶飓风后，宋陆续变卖地产，其产业在 1992 年他去世之后由特雷瑟维的同母异父弟弟乔（Joe）继承。八十年代密西西比经济危机过后，为了复兴经济，密西西比州当局在九十年代规定密西西比河与墨西哥湾水上赌场为合法，1992 年第一家岸上赌场开设，自此，湾区赌博业兴盛起来。1992 年至 1996 年间，赌博业带动酒店业发展，乔在沿岸经济繁荣区从事服务行业，并开始经营宋留下来的出租房产，家庭经济状况较好。直到卡特里娜飓风来袭，整个密西西比州受到致命打击，乔也因为地产交易冷淡和高额房产税濒临破产，辛苦从事政府组织的救援工作，仍然无法挽回局面，无奈之下开始毒品交易，随后被捕入狱。

特雷瑟维从曾祖母到弟弟一共四代人见证了格尔夫波特市及以该市为代表的墨西哥湾区城市带长达一个世纪的兴衰史，从交通改善城市工业兴起，到资本涌入房地产发展，再到生态破坏灾难来袭，家庭成员的经济活动都融入其中并成为地区经济变化的写照。

其实，《贝乐克的奥菲利亚》所刻画的黑白混血妓女奥菲利亚也是二十世纪初城市新非裔移民的一员，只是她的“创业”经历没有像特雷瑟维家族一样走向好的结果。特雷瑟维根据美国白人摄影师贝乐克二十世纪初在新奥尔良拍摄的一系列取材混血妓女的摄影作品虚构了人物奥菲利亚。来自美国南方农场的黑白混血女孩奥菲利亚，尽管受过一定教育，并且掩盖了自己的黑人血统，却在新奥尔良求职受挫，无奈成为斯托利维亚①一间高级妓院的妓女；自己的混血特质成为妓院老鸨推销的卖点，被称为“白肤色下具备来自非洲的野性”的“紫罗兰”（*Bellocq's* 13）；各地嫖客聚集于此，视掺杂了黑人血统的白肤色妓女为奇观，以打赌猜测她们的血统取乐。对于奥菲利亚来说，黑白混血和妓女的双重身份使她沦为城市生活的最底层，没有基本的作为人和劳动者的尊严。然而，诗歌中的奥菲利亚并没有流露出为自己的命运感到羞愧的情绪，参照她在家乡受到的穷困和种族性别压迫，在新奥尔良的工作至少能让她为母亲寄钱维持生活，也能让她在妓院的图书馆里阅读书籍，并且还学习了摄影术，找到人生新的价值。妓女奥菲利亚又何尝不是完成了自己的“创业史”。

在特雷瑟维的诗歌中，诗人选取了底层非裔个体作为书写对象或言说主体，他们的故事看似局限于个人经历，但是通过时间标注和内容映射，诗人都将这些“漂浮”的主观叙事钩沉于具体的历史阶段和时间中。而且，个人叙事角度的选择给予诗人进行历史书写的更大发挥空间，从历史言说主体的选择，到自传性与虚构性的结合，再到历史叙事媒介的个人化，诗歌中个人叙事实际上提供了美国非裔公共历史书写的新途径。

---

① 位于新奥尔良法国区（French Quarter）的北部，1898 开始成为合法红灯区。期间任何时候，都有至少 2000 名妓女在此从事性交易活动。这些女性年龄、国籍和种族各异，大部分来自美国南方，其中来自密西西比的人数紧随红灯区所在的路易斯安那州。根据人种差异，妓女的身价被分成三六九等，“通常肤色越白，价格越高”。1910 年统计数据显示，黑人以及黑人混血妓女占到了整个地区的 28%，其中黑人混血占到 18%，混血妓女价格高于黑人。调查结果表明，经济贫困是这些女性沦为妓女的最主要原因。See Foster，Craig L. “Tarnished Angels: Prostitution in Storyville，New Orleans，1900-1910.” *Louisiana History: The Journal of the Louisiana Historical Association*，vol. 31，no. 4，Winter 1990，pp. 387-397.

第二节 非裔失声个体的发声

在多部作品中，特雷瑟维选取了通常不具备讲述历史的权利和能力的个体来担任故事的人物主体或言说者。他们都来自社会生活的底层，如内战中的黑人战士、混血妓女和家庭工作者等，他们的故事多不被关注或遭遗忘，而他们自己也长期被剥夺了言说和讲述的权利。

一、失声个体的故事讲述

特雷瑟维的历史书写往往聚焦于宏大历史并不关注甚至选择性遗忘的非裔底层个体，由于种族、性别和职业等方面的弱势地位，他们的故事是国家权力阶层想要极力抹去的部分。然而特雷瑟维关注到这些被迫失声的个体，为他们著书立说，以诗歌讲述他们的故事，甚至赋予他们自己进行言说的权利。

美国南方针对非裔的种族歧视始于奴隶种植园时期。十九世纪末到二十世纪初，南方各州种族隔离法案（Jim Crow Laws）的颁布从法律层面允许了针对美国非裔群体的歧视和隔离。在此类法案的影响下，美国南方的非裔群体在经济、教育和社会福利等各个方面无法享受与白人平等的公民权利。种族隔离法案的执行一直延续到 1964 年《民权法案》（*Civil Rights Act*）和 1965 年《选举权法》（*Voting Rights Act*）的颁布，且各州在法案废除方面进度不一。即使官方法律得到废除，基于启蒙思想的种族优劣观一直影响至今。在这样的种族关系背景下，非裔个体的努力和贡献并不会被关注。于是，在《本土卫队》一诗中，诗人就虚构了一名随路易斯安那本土卫队第二军团驻扎在密西西比州船岛执行看守南军战俘的战士，以第一人称的口吻自述了他的看守经历和所见所想。虽然这名战士从前作为奴隶，在内战前的南方属于社会最底层，即使加入北军之后，也不能作为正规军，遭受着种族歧视和打压，但是，就是这样一位本应被淹没在历史洪流中的黑人战士在诗歌中被赋予了言说的能力。首先，他在杜马斯[1]长官的教导下学会了认字和书写；其次，作为奴隶的他应征加入北军，直接参与到诗中所描述的看守南军战俘的工作中；最后，他具有中立的态度和普通人的同情心。这些前提的设定使这名战士能够亲历所要叙述的事件，并且有能力用日记的形式进行记录。

长期处于失声地位的这位黑人士兵，在对其故事进行言说时，在内容选择上往往聚焦于官方历史忽略的部分，因此是补缺式的；而在言说方式上则往往采取了隐喻式的间接表达策略。如他写道：

> ……后来，当我们工作时，
> 一个人起头低声唱起了号子，
> 我加入其中，冥冥中感觉一种劳动的连结，
> 无法名状。就在那时，一个黑人
> 褪去了上衣，露出了背上的伤疤。
> 正是他说出，这些绳子
> 劈劈啪啪的就像鞭子拍打在沙滩上……（*Native* 27）

这种历史的讲述是含蓄的，而不是愤怒或悲伤的声讨，这些遭受种族压迫的当事人甚至都没有对自己的经历作任何正面的描述。他们讲述的媒介是身体的印记和一种刻入意识深处的习惯流露。这位士兵背上奴隶主皮鞭留下的疤痕比文字更为生动地展示了奴隶制的罪恶，默默提示着他过去的遭遇。其实，对于非裔群体来说，背上鞭子的疤痕已经成为一种奴隶叙事的“通用文本”。肉体上鞭子留下的疤痕是他们受压迫经历的外在显示，而由绳子噼啪作响的声音想到鞭子抽打的声音则意味着比疤痕更深刻的是黑人对为奴经历的伤痛记忆。此外，他们在劳动的时候自然而然地唱起了号子，用来统一步伐节奏。对他们来说，号子代表的是所有强迫劳动留下的不自觉的记忆，在任何时候

---

① 弗朗西斯·杜马斯（Francis E. Dumas，1837-1901）：他是历史上的真实人物，美国内战中是路易斯安那州本土卫队第二军团的军官。他的父亲是印第安人，母亲是黑白混血人，家中拥有奴隶。当时的法律不允许释放奴隶，所以在他参加北军时就鼓励他的奴隶也加入北军的队伍中。

都可能被重新激活。所以尽管感到“无法明状”，他们仍然无法抑制歌唱劳动号子的冲动和习惯。诗歌的这一部分以黑人自己特有的话语和隐喻体系记录了族群所经历的奴隶制和种族主义的压迫。

隐喻性的历史讲述还体现在黑人士兵对景物的描写中，他笔下的自然景观已经被为奴的经历和种族主义带来的内心阴影所深深渲染。在第一节中描写密西西比河湾的地理风貌时，他写道：

> 这片土地是
> 一首捆绑的歌——大河口的挽歌
> 这里河流翻腾入海，风穿过
> 被葡萄藤勒喉的树（*Native* 25）

> 夜间的天空渲染着象征未来希望的红色，
> 粉红色，就像新长出的肉：
> 脱去镣铐、正在愈合（*Native* 26）

海边的红树林自由生长，而言说者却特别关注到了树上的藤蔓，觉得它们就像绳索，“勒”住了树的喉咙；天边粉色的彩霞本来渲染着自由新世界的希望，但是他却由此想到镣铐下面腐肉褪去，新长出来的肉。萦绕脑海的伤痛记忆成为言说者主体意识里不可抹去的固有部分，所以在看到任何哪怕是美好的事物时，他都会无意识地加上苦难和奴役的底色。景物中所渗透的情感是内心情感更自然的流露，言说者看似在写自然景观，实际是将自己的心理文本附着于景观中，进行富有感情和历史深度的表达。

内战中黑人战士遭到的种族歧视和打压是官方历史所极力回避的部分。对这些被隐去的细节的描述，言说者采取了极度感性和私人化的视角。他这样记录“匹乐堡战役”、“哈德森港口战役”等战场上黑人士兵所遭遇的惨无人道的屠杀：

我梦见他们
眼睛仍然睁着——暗淡、阴郁
就像岸上搁浅鱼儿的眼睛，但是，他们目不转睛——
回头盯着我（*Native* 28-29）

没有宏大的战场厮杀场面的描写，也没有具有说服力的数据，言说者将聚焦点放在死者的眼睛，以及这些目光与自己的交流上。实际上他是将这些死去而不被铭记的战士置于讲述的前台，他们死去多时，而眼睛却没有闭合，这传递着逝者对生命失去的不甘心，以及对受到非人道和不公正待遇的冤屈。从诗歌中叙述的数次屠杀黑人士兵、拒不收敛他们尸体的历史事件来看，美国的官方历史不会在意黑人士兵群体的遭遇，甚至对此直接隐去不谈。那么，言说者就跳脱出以数据和史料等有说服力的媒介进行论证的历史申诉模式，转而用极度感性和私人化的描写来折射被忽视的历史事件，这也暗含着对官方历史虚伪本质的讽刺。

特雷瑟维诗歌中的底层非裔女性个体往往因为种族、性别和职业等多种原因被官方历史所遗忘，然而诗人却将她们作为历史叙事关注的对象，赋予她们言说的权利。《家庭工作》就是以二十世纪初从事家庭工作的非裔女性作为描写对象，其中包括她的祖母。《家庭工作》中一系列反映这些家庭工作者劳动场景的照片表现了她们默默无闻且艰辛的劳动状态。从无声的照片中，特雷瑟维以人物的眼神和微小动作打破了照片所刻意营造的和谐宁静氛围。《工作中妇女的姿态》中，两位家庭工作者正在进行繁忙的家庭工作，当摄影师发出拍照指令时，其中一位停下了手中的活计，在镜头前固定了姿势；而另一位则没有停止，移动的围裙留下了白色光斑（*Domestic* 3）。这位拒绝了摄影师要求、继续自己工作的妇女将自己的倔强和尊严通过围裙留下的光斑留在照片中，不着一语，内心的坚持已经传达。

《贝乐克的奥菲利亚》中，诗人以一位二十世纪初在新奥尔良市红灯区工作的黑白混血妓女为言说者，让她在日记和书信中自由讲述自己的人生经历。诗集中奥菲利亚的叙述内容在某种程度上是对公众所认为的“妓女叙事”的颠覆，主要体现在她对从事妓女职业原因的澄清和对自己寻求个人解放过程的描述。奥菲利亚从事妓女工作并不是主观堕落，而是由家境贫困和城市就业环境的恶意排挤造成的。对于南方佃农的经济贫困，她回忆道：

> 我想起棉花地，
> 荨麻刺痛
> 我的手指，我的草帽
> 投下一小圈阴凉，母亲在不远处，
> 她的脸因为牙齿掉了而凹陷进去
> 身后拖拽着一百磅重的大口袋……（*Bellocq's* 24）

作为毫无社会地位的混血女性，她在幼年时甚至遭遇过猥亵侵犯。当她刻苦学习，逃离家乡，希冀美好生活的时候，却发现新奥尔良市并没有她的容身之地，即使她极力掩饰自己的黑人血统，发现留给自己的却只有洗衣女工的工作。具有“学习天赋”的她无法接受像母亲一样过着毫无希望的生活。从事妓女工作在一般意义上来说已经是完全的堕落，然而特雷瑟维却给予了这位混血妓女坚持寻找自我价值的能力和精神。她在白人摄影师贝乐克的帮助下最终学会了摄影技术，发现了释放自我和凝视世界的新媒介。在贝乐克出现之后，关于摄影的内容占据了奥菲利亚信件和日记的主要篇幅。

内战中的黑人战士、从事家庭工作的黑人妇女和新奥尔良的混血妓女，他们都是被社会权力阶层忽视，并且剥夺了发声权利，被置于历史黑暗缝隙中的底层非裔个体。在特雷瑟维的诗歌中，这些沉默的个体都被重新置于聚光灯之下，甚至被赋予了自我言说的能力，将这些不为人知的历史生动讲述。他们的讲述不仅在内容上是对官方历史的“补缺”，更代表了诗人对族群历史合法性进行重新界定的意图。

二、失声个体的历史入场

在《本土卫队》的最后一首诗歌《南方》（“South”）中，诗人引用了美国生物学家E·O·威尔森（E. O. Wilson）的“人类是唯一一个会遭受心理流放的物种”这句话作为题记。特雷瑟维作为一位生长在美国南方的非裔，尤其是作为一位黑白混血女性，是这片土地上名副其实的“精神流亡者”。但是，特雷瑟维视自己为“南方的女儿”，她的历史书写旨在讲述被遗忘和抹杀的美国南方非裔历史。学者里查德·拉索（Richard Ramkin Russell）将特雷瑟维的南方书写与爱尔兰诗人谢默斯·希尼（Seamus Heaney）的北方书写作比较，认为两人所代表的民族宗教等社会群体在他们所在的国家中都处于“他者”地位，所以都面临着在自己的国家遭受精神放逐继而寻求精神回归的困境[①]。美国南方非裔群体精神流亡的重要原因之一就是其在国家历史话语中的“失声状态”，在诗歌中，这个群体实现精神回归的途径就是通过讲述自己的故事进行发声，并用以此组成的新话语来重构他们长期被剥夺的历史合法性，而这种历史合法性获得的前提就是失声群体的历史入场。

主流文化对弱势群体的历史要么患上了一种“历史健忘症”，要么进行主观性的歪曲。“历史健忘症”在对本土卫队历史的处理上尤为典型。特雷瑟维正是有感于自己生长于格尔夫波特市竟然对距其不远的船岛上曾经驻扎过黑人本土卫队的史实无从知晓，因此才开始查阅文献、挖掘这段历史，最终创作了《本土卫队》中的相关作品。学者约翰·大卫（John David）在《身着蓝色军装的黑人士兵——美国内战时期的非裔战士》（*Black Soldiers in Blue: African American Troops in the Civil War Era*）一书的“序言”中对美国本土卫队历史进行书写的文献进行了简短梳理，在其列举的一系列文献中，最早

---

① See Russell, Richard Rankin. “The Black and Green Atlantic: Violence, History, and Memory in Natasha Trethewey's ‘South’ and Seamus Heaney's ‘North’.” *The Southern Literary Journal*, vol. 46, no. 2, Spring 2014, pp. 155-172.

的为史学家达德利·泰勒·康尼斯（Dudley Taylor Cornish）于1956年出版的著作，因此可以说美国史学界从“解放主义者”视角来审视内战历史的研究在二十世纪的后四十年才渐成气候[1]。而这时距离内战结束已经有一百年之久。即使学界开始关注这一视角的历史叙事，但是对于较为敏感的本土卫队在北军中遭受的不公正待遇甚至屠杀却各执一词。例如，《感谢上帝我的军团是一个非裔团：奈森·W·丹尼尔斯的内战日记》（*Thank God My Regiment an African One*：*The Civil War Diary of Colonel Nathan W. Daniels*）中关于帕斯卡格拉（Pascagoula）战役的叙述是，当码头上的黑人士兵接到命令准备撤退的时候，北军的战船却直接向他们发射炮弹，而不是向敌人，造成数名黑人战士或伤或死[2]；而学者詹姆斯·G·罗兰斯沃斯（James G. Hollandsworth）在其专著《路易斯安那本土卫队：内战中的黑人军事参与》（*The Louisiana Native Guards*：*The Black Military Experience of During the Civil War*）中对此的措辞却是炮弹“发射距离没有达到”（fall short），导致伤亡[3]。史学界对这类事件的真实性考察不足，抑或是对本土卫队所受不公平待遇的回避，由此可见一斑。

主观性的历史歪曲则发生在对非裔女性底层劳动者故事的历史呈现中。诗集《家庭工作》中的第一部分是诗人针对一系列反映二十世纪初非裔女性从事家庭工作等底层劳动的照片进行的想象性描写。诗人结合自己家庭的真实经历，意识到这些反映劳动场景的照片并不能

---

① Smith, John David. Ed. *Black Soldiers in Blue*：*African-American Troops in the Civil War Era*. Chapel Hill：North Carolina University Press，2002，p. 13.

② 参见 Trethewey，Natasha. “Notes：‘Native Guard’，April 1863.” *Native Guard*，2006，pp. 47-49. 诗人在该注释中引述了这部著作中对帕斯卡格拉战役的描述，即“北军杰克逊战舰撤退时直接对着同阵营还在岸上的黑人战士开炮，而不是对着奔来的南军，导致数名黑人战士死伤”。

③ See Hollandsworth Jr，James G. *The Louisiana Native Guards*：*The Black Military Experience During the Civil War*. Baton Rouge：Louisiana State University Press，1995，p. 46.

代表劳动者的真实状态。如在诗歌《洗衣女工》（“Wash Women”）中，如果不细致观察思考，镜头所捕捉的八位洗衣女工劳动画面呈现给观赏者的就是一副愉快自足的生活化场景，正如诗歌中诗人自己最初的想象一样。《贝乐克的奥菲利亚》所参照的影集《斯托利维亚肖像》（*Storyville Portraits*，1970）① 是摄影师贝乐克流传于世的唯一一部作品，但他在世时却将其束之高阁，死后这部影集才得以辗转面世。新奥尔良红灯区远近闻名，但是人们对这其中过着窘迫而无尊严生活的妓女们除了嗤之以鼻，并不会多加关注，即使是关注，其关注点也主要在于妓女们的美貌和赤裸的身体。这部在一定程度上反映妓女真实生活状态的影集长久以来被隐藏，也许就是因为摄影者惧怕自己的艺术作品在社会主流价值观的审视下被歪曲成淫秽影像资料。这一点也从侧面反映出主流文化对这一底层社会群体的歪曲。

在此文化历史背景下，特雷瑟维笔下失声群体的历史入场是体面而优雅的，这种体面、优雅无关财富和美貌，而在于一种积极向上和坚忍不拔的生命态度，以及在为自己发声时展示出的克制平静。内战中的黑人战士、从事底层劳动的外祖母、妓女奥菲利亚，以及遭受命运打击的弟弟乔等都在面对命运不公时保留了内心善良积极的品质。内战中的黑人本土卫队战士，即使内心承受着为奴经历和战争中种族歧视带来的多重心理创伤，但是在面对战争杀戮的时候，他仍然秉持着最大限度的人性和同情，兢兢业业为白人战俘代写家书，掩埋尸体，悲伤于战争对人的身体和精神造成的无差别伤害；外祖母一生辛劳，年迈时自主经营裁缝店，每天都细致地戴上假发，穿着整洁，迎

① 《斯托利维亚肖像》（*Storyville Portraits*）：美国新奥尔良白人摄影师 E. J. 贝乐克（E. J. Bellocq，1873-1949）于 1912 年左右拍摄了一系列以新奥尔良红灯区斯托利维亚的妓女为拍摄对象的摄影作品，底片直到他死后才被发现。1970 年印刷出版的《斯托利维亚肖像》（*Storyville portraits*：*Photographs from the New Orleans Red-light District*，circa 1912. John Szarkowski Ed. Published by The Museum of Modern Art，Distributed by New York Graphic Society，Greenwich，Conn.）中记载，这部摄影集最初由李·弗雷德兰德（Lee Friedlander）根据 1958 年他偶然从一个名叫拉里·博伦斯坦（Larry Borenstein）的人手中得到的底片进行集结印刷。

接一天的劳动；奥菲利亚处在毫无希望的红灯区，却坚持自我，最终找到了实现自我价值感的出路；弟弟乔艰难维持继承而来的房产，却从来不对社区的租客涨价，即使入狱，也坚持独立思考人生，出狱后迎来新生。面对个人和所在群体的遭遇，特雷瑟维笔下的这些人物也总是以克制平静的方式进行声讨，这集中表现在黑人本土卫队战士的内战讲述和妓女奥菲利亚的生平讲述中。这两位言说者都只具备一定程度的书写能力，但是在他们的自我讲述中从不使用方言和不规范的诗歌形式，反而使用了规范的语言和诗体，这种文体特征的选择强化了人物对克制体面的身份姿态的要求。

历史难免会被虚构，历史学家海登·怀特（Hayden White）在《元历史》一书中提出了"情节化"（"emplotment"）这个术语，就是为了阐明，历史学家在进行历史事件的讲述时，会同时进行科学化的推理以及艺术性的叙述[①]。这一概念的提出打开了"历史不全可信"的潘多拉盒子，也为官方统一历史叙事的解构提供了理论依据。但是无论是在所谓官方的权威下，还是在文学这个"不可信"的语境中，在讨论某历史版本是否真实的问题之前，个体或群体首先应该被赋予平等的"进场"的权利。在平静而讲求策略的讲述中，战争中被遗忘的本土卫队、努力维系生计的非裔家庭女性、处于社会底层的非裔劳动者等在美国主流历史中被迫"失声"的个体在特雷瑟维的诗歌中发出了自己的声音，并与历史背景互动，产生了持续共鸣。"如果历史处在持续的、流动性的巨变中，那么艺术家必须挑战服务于当下权力阶层的官方历史（official history），并寻求机会改变社会空间。"[②] 通过文学手段对这些个体叙事进行历史化，特雷瑟维在诗歌的场域使这些沉默的个体贡献出了自己的"叙事话语"，连同她所发掘的历史文

---

① Hayden, Robert. *Metahistory: The Historical Imagination in the Nineteenth-century Europe*. Baltimore: The Johns Hopkins University Press, 1973, p. 12.

② Ramsey, William M. "Terrance Hayes and Natasha Trethewey: Contemporary Black Chroniclers of the Imagined South." *The Southern Literary Journal*, vol. xliv, no. 2, Spring 2012, p. 129.

献，“挖掘并重新搅动人们视线之外的沉淀，而这些沉淀正对人性有着重要的意义”①。特雷瑟维的历史书写帮助人物的故事及人物本身获得关注，从而使这些“失声个体”完成优雅的历史入场。

第三节 个人日常叙事对非裔历史的重构

特雷瑟维所追求的不仅是失声非裔个体的历史入场，而且要让他们的历史讲述区别于主流历史，既具备真实性，又具有源自生活的丰富性和特殊性。所以在个人历史叙事中，诗人注重历史考据，同时通过诗歌想象给予人物自由度，尽可能展现日常生活的肌理。

一、基于史实的日常生活想象

特雷瑟维作品中的历史书写多以个体人物的故事为叙事对象，这些个体故事无论是真实的还是虚构的，都与具体历史事件或阶段进行了对应，绝非天马行空。对于这一点，特雷瑟维在访谈中进行了澄清，她赞同庞德有关“发光的细节”（luminous details）的观点，诗人从对历史的阅读中提取出一些引发人思考的关键细节，进行诗歌创作，使诗歌超越单纯的历史文本，指涉到历史事实之外的内容。所以，她在创作时不仅关注历史事实和理论，并且关注基于意象的文学想象。特雷瑟维在访谈中说道：“遵照历史事实不会限制诗歌创作，反而是揭示真理的重要途径，……有必要遵循历史事实，从而使想象的叙事声音能够具有历史文献的厚重感。……我对历史记忆感兴趣，如果不能保证历史准确性，我不认为可以达到这一点。”②由此可见，基于史实的诗歌想象是特雷瑟维在进行历史书写时遵照的创作原则。特雷瑟维诗歌中个人叙事与公共历史的联结不仅体现在个人故事与历

① Ramsey，William M. “Terrance Hayes and Natasha Trethewey：Contemporary Black Chroniclers of the Imagined South.” *The Southern Literary Journa*，vol. XLIV，no. 2，Spring 2012，pp. 122-124.

② Hall，Joan Wylie. Ed. *Conversations with Natasha Trethewey*. Jackson：Mississippi University Press，2013，pp. 37-39.

史事件或时期的对应，还体现在个体人物或事件与某个公共历史时期时代精神的呼应。

特雷瑟维诗歌作品中的个人历史叙事都以具体历史时间进行了限定。在《家庭工作》的序言中，诗人丽塔·达夫评价特雷瑟维的诗歌具有强烈的自传性又不囿于此。她个人在访谈中也多次提到诗歌中的人物与现实生活原型和家庭历史的高度吻合。不可否认，特雷瑟维的诗歌创作具有强烈的自传性，但是为了弥补个体叙事的主观性，诗人在诗歌标题中经常标注具体时间，使故事的可信度经得住历史考证和推敲。这一创作技巧在作品《家庭工作》、《贝乐克的奥菲利亚》和《本土卫队》中表现尤为突出。

《家庭工作》是特雷瑟维基于其外祖母乐瑞塔 1937 年以来在密西西比州从事家庭工作的经历创作而成，映射出南方种族隔离的历史。诗歌中，诗人的外祖母乐瑞塔在二十世纪上半叶做过家庭工作者、电梯服务员、织布厂工人等，后来经营自己的美发店，年老后在家经营裁缝店。这些分别在诗歌《家庭工作，1937》（"Domestic Work，1937"）、《思索，1939》（"Speculation，1939"）、《劳拉美发店，新奥尔良，1945》（"Naola Beauty Academy，New Orleans，1945"）、《织布厂，格尔夫波特，密西西比，1956》（"Drapery Factory，Gulfport，Mississippi，1956"）中得以叙述。其中每一首诗歌的标题都明确地附加了年代。在谈到《家庭工作》的创作特点时，特雷瑟维表示：

> 我意识到她生命中的机遇和各种可能性都与某些特定的历史时刻息息相关……这些日期提供了重要的诗歌背景，可以将读者引向诗歌外的某个历史时刻。……例如在《思考，1939》这首诗中，我觉得这首诗应该和历史背景产生关联，那就是"新经济政策时期"（New Deal），这就和诗歌叙述者关于更好生活的畅想联系起来了。（*Conversations* 38）

可见历史考证一直是特雷瑟维进行历史题材诗歌创作的前提，即使她所写的是个体的日常家庭生活。为了更加凸显这些个体经验对族群的意义，她总是为它们寻找到公共历史的背景，并在作品中以时间标注的形式直接体现出来。这些标注成为一个索引，指引读者顺着这些个体人物的视角，去寻找更多的历史佐证。

《本土卫队》中与标题同名的诗《本土卫队》由十个小节组成，每个小结都附加了具体的历史年月。这位虚构的黑人本土卫队士兵以日记的形式记录了从“1862 年 11 月”到“1865 年”期间随军在船岛上看守南军战俘的所见所闻所思，这段时间和内战历史上路易斯安那本土卫队第二军团赴船岛执行看守南军战俘任务的时间基本吻合。“1863 年 1 月”（26）这一节记述了叙事者和战友们乘坐“北方之星”（Northern Star）前往位于船岛之上的马萨诸塞堡执行看守任务的经历，这与《南北军中的黑人部队：路易斯安那本土卫队，1861—1863》所记载的史实一致[①]。同此，诗歌中叙述的帕斯卡古拉突袭（Pascagoula Foray）、哈德森港口战役（Hudson Battle）和匹乐堡战役（Fort Pillow），也都与史料中记载的战役时间一致。特雷瑟维认为：“即使诗歌中的叙述者是一个虚构的人物，但是他周遭发生的事却是真实的。……所以我不得不返回去确认，当叙述者（黑人战士）在谈一件事，这件事必须是这位叙述者（在当时的历史时间）可以知晓的。”（*Conversations* 39）所以，即使并非在进行自传性的讲述，而是在虚构的人物视角下进行想象性创作，诗人也没有改变虚构的个人故事所在的历史背景框架，而是在研读历史文献的基础上，“合理”地进行人物身份的创造。

《贝乐克的奥菲利亚》的叙述者混血妓女奥菲利亚也是诗人虚构的人物，但是无论是她的书信还是日记，每一首诗都在标题中标注了准确年月，时间从“1910 年 10 月”到“1912 年 3 月”，与二十世纪初美国非裔移民浪潮吻合。书信中第一次出现摄影师贝乐克是在“1911 年 3 月”（20），称贝乐克为“一个名为贝乐克的男人”；日记中第一次出现贝乐克则为“1911 年 4 月”（39），称他为“贝乐克爹

---

① Mary F. Berry. “Negro Troops in Blue and Gray: The Louisiana Native Guards 1861-1863.” *Louisiana History: The Journal of the Louisiana Historical Association*, vol. 8, no. 2, Spring 1967, p. 181.

爹”(Papa Bellocq)。因此,拍摄活动应该从 3 月就开始了。摄影师贝乐克的摄影集《斯托利维亚肖像》中的照片大约拍摄于 1912 年前后。诗歌叙述的这段时间虽然没有具体的历史事件可供考察,但是与可以确定的照片拍摄时间基本对应。以上三部作品中,个体人物的故事因为加上特定的历史时间,使其更具历史代表性,具备了历史书写的厚重感。

如果说以上论述的个体人物故事与历史事件和时期的对应是一种时间刻度上的“绝对对应”,那么在特雷瑟维的诗歌作品中,二者之间还存在一种性质上的对应,这种对应超越了时空界限,将个人的故事与公共历史通过某种抽象化的历史属性联系起来。

《本土卫队》中没有墓碑的母亲和被遗忘的黑人战士通过历史的选择性遗忘属性连接起来。诗集的第一部分是诗人为已故母亲创作的挽歌,这部分诗歌诗人回忆了与母亲相关的童年记忆、母亲去世时的情景以及母亲去世后自己对母亲的思念之情;第二、三部分则包含了献给黑人本土卫队的追思,挖掘了内战中黑人卫队的事迹。特雷瑟维的母亲被她的第二任丈夫在家中开枪杀害,因为不愿将凶手的姓冠在母亲的墓碑上,诗人并没有在母亲的墓前立碑纪念。在创作对母亲的挽歌时,特雷瑟维同时也在创作关于路易斯安那本土卫队的诗歌,最开始她没有将两个题材联系起来。但是当她创作诗歌《纪念碑》(“Monument”)来更正自己在《墓园布鲁斯》(“Graveyard Blues”)中“不严谨的叙述”[①] 时,她突然意识到,这些写给母亲的挽歌应该和有关本土卫队的诗歌放在同一作品中。像卫队战士一样,母亲也没有留下标记。本土卫队作为国家战争中的一员,其事迹和遭遇应该被

---

① “不严谨的叙述”:在诗歌《墓园布鲁斯》中,诗人写道,“现在我徘徊在死者姓名之间:/母亲的名字,一块石碑枕着我的头”(*Native* 8),暗示母亲坟前的墓碑,在访谈中,特雷瑟维提到因为某些原因并没有为母亲立碑。所以在后面的《纪念碑》中,诗人更正了这一错误,“在母亲的墓地,蚂蚁川流不息/就像动脉里的血液/一座小山升了起来/在她未被照料的墓园。/……/它们的劳动,提醒着我/没有做的事情”(*Native* 43),此中暗示,蚂蚁做起来的土堆让我想起自己还没有为母亲设立墓碑。

记录，然而事实却并非如此。船岛马萨诸塞堡遗址上有“联盟军团的女儿”（Daughters of the Confederacy）为内战中被俘此地的南军战士所立的纪念牌，铭刻着死者的姓名，但这个本土卫队驻扎的遗址上却没有任何关于他们的痕迹，只有“鱼儿穿梭在他们被淹没的骸骨之间”（*Native* 44）。没有墓碑的母亲和没有纪念碑的本土卫队战士都没有在世界上留下可供追溯的痕迹，他们都有可能被历史遗忘。母亲和本土卫队战士的案例共同证明了历史不可克服的规律或缺陷——“历史抹除”(historical erasure) 或 “选择性失忆”(selective amnesia)。

《奴隶》这部作品中，诗人将自己与白人父亲充满矛盾的父女关系与一系列反应混血家庭生活的卡斯特画作并行叙述，将二者串联起来的正是美国历史挥之不去的启蒙思想传统。这部诗集的一个重要主题就是解读西方以及美国文化历史上源自启蒙主义思想的人种优劣观，即白人至上的种族主义观念。如在《黑人腿移植的奇迹》(“Miracle of the Black Leg”) 这首组诗中，诗人解读了一系列十四世纪欧洲绘画中表现的基督医圣克斯马斯（Cosmas）和多米翁(Domion)[①] 将黑人的腿移植到白人身上从而治愈后者的传说。这些诗歌作品实际上追溯了欧洲种族主义的启蒙思想源头。而组诗《美国人》(“The Americans”) 中的三首诗分别描述了 1851 年美国医生塞缪·阿多福斯·卡特莱特（Samuel Adolphus Cartwight，1793—1863）解剖黑人白化病患者以证明其固有黑人血统的情景，美国画家乔治·福勒（George Fuller，1882—1884）1880 年的画作《四分之一混血儿》(*The Quadroon*) 中被前置的混血割麦女以及被背景化的黑人劳动者，以及美国摄影师罗伯特·弗兰克（Robert Frank）1968 年的作品《佣人》（*Help*）中美国南方一名黑人保姆照顾白人小孩的画面，等等。这些反映种族主义和白人至上观念的绘画或摄影作品来自不同的国家和历史时期，从中可以大致反映出这种种族观念发展的脉

---

① 克斯马斯（Cosmas）和多米翁（Domion）：基督教传说中这两名医生是孪生兄弟，约公元 300 年出生在阿拉伯，并在叙利亚习得医术，主要在西里西亚沿岸（如今的土耳其）行医，是虔诚的基督徒。据说他们通过移植黑人的腿成功医治了白人患者。

络：源于中世纪的欧洲，在美洲殖民时期由白人传到美国，并通过奴隶贸易、种族隔离制度不断延续至今。

这种国家历史传统体现在特雷瑟维的个人叙事中，则是白人父亲和混血女儿在父亲种族优劣观的影响下充满隔阂的父女关系。父亲基于肤色的人种观念根植于他的知识体系中，他像科学家一样研究他"杂交"的女儿；小时候父亲带"我"参观杰斐逊画像时为杰斐逊的蓄奴行为开脱，认为一个人的固有知识比他的见识多少更重要，长大后"我"才明白父亲的潜台词，即他的白人血统提升了作为混血的"我"（*Thrall* 68-71）。由于父亲的种族观念，父女之间总是无法互相理解，就像父亲无法理解为什么失去母亲后的女儿会怜悯死去的鸟，而女儿在梦中总是无法够到父亲的书架。这种矛盾直到父亲将近生命尽头的时候才有所消融。

父女意识形态矛盾集中体现在诗歌《知识》（"Knowledge"）和《启蒙》（"Enlightenment"）中，诗人通过这些命名暗示造成混血家庭裂痕的不是父亲的偏执，而是他所接受的自欧洲启蒙主义以来由来已久的种族优劣观。种族歧视的历史从十四世纪的欧洲一直延续到二十世纪的美国，这种矛盾的背后是一种延续的知识以及这种知识所带来的思想固化。使一个黑白混血家庭的故事和整个世界的种族歧视历史联系起来的是两者蕴含的历史本质，即源自启蒙思想并不断延续的种族优劣观。

具体的可供考据的历史时间与个人故事相结合增加了后者的可信度，个人叙事通过历史共性与时代背景构成的联系则在更深层次上增加了前者的历史性。通过这两条途径，诗人赋予了无论是自传性还是虚构性的非裔日常叙事以历史的厚重感，在诗人重历史考据的创作理念下，这些具体的、私密的、丰富的个人故事进入了参与族群甚至国家历史重构的行列。

二、历史补缺与颠覆

有学者将特雷瑟维与其他非裔作家的历史书写进行了对比。拉姆兹（Ramsey）认为，查尔斯·W·切斯纳特（Charles W. Chesnutt）、左拉·尼尔·赫斯顿（Zora Neale Hurston）、艾利斯·沃克（Alice Walker）、珀西尔·艾沃莱特（Percival Everett）等南方黑人作家在书写美国南方历史时所采用的书写模式具有一定的局限性。他们或者借用了白人的故事框架，从而使黑人被边缘化，或者构建了独立于白人世界之外的理想化黑人空间，将南方描述成由压迫与被压迫的种族对立关系主导的空间，又或者表现了黑人以建立黑人与白人共处的统一空间为目标，却在实际中过渡到象征性的白人空间的困境，等等。在这些书写中，南方非裔群体实际难逃被边缘化的处境。而特雷瑟维认为作为一个南方的记录者就是要抵制这种刻板化的写作方式，赞成创造性的即兴书写（creative improvisation）[1]。历史不是一成不变的，历史叙事需要被不断挑战、增添甚至重构。特雷瑟维基于史实的诗歌想象就是在真实性基础上的"即兴书写"，这种个人叙事充满流动性和对现有历史叙述进行改造的活力。

基于史实的诗歌想象在特雷瑟维的诗歌中往往落脚于非裔个人日常叙事。个人日常叙事对于族群历史书写有着重要意义。"日常生活的基本内容是以现实个人的生存、发展、自由、解放等为轴心而展开的。"[2] 长期以来，历史哲学和观念论哲学将日常生活领域排除在历史书写之外，马克思和恩格斯对此进行了批判：

> 迄今为止的一切历史观不是完全忽视了历史的这一现实基础，就是把它仅仅看成与历史过程没有任何联系的附带因素。因此，历史总是遵照在它之外的某种尺度来编写的；现实的生活生产被看成是某种非历史的东西，而历史的东西则被看成是某种脱

---

① See Ramsey, William M. "Terrance Hayes and Natasha Trethewey: Contemporary Black Chroniclers of the Imagined South." *The Southern Literary Journal*, vol. XLⅣ, no. 2, Spring 2012.

② 王福民：《历史唯物主义对日常生活的关注》，《哲学研究》，2010 年第 8 期，第 32 页。

离日常生活的东西，某种处于世界之外和超乎世界之上的东西。[①]

基于展现真实南方历史的初衷，特雷瑟维采取了个人叙事的方式，着眼表现大历史背景下普通人和家庭的日常生活，用以弥补官方叙事中遗漏的部分。学者沃伦认为，特雷瑟维通过个体故事书写在公共历史书写的版图中发掘了一条新的个体记忆书写的缝隙，由此展开对南方历史的全面重构[②]；杜甘认为，特雷瑟维立足于个体经验却以客观务实的态度和文学技巧在其诗歌美学世界中重构了被忽视的地方历史[③]，等等。由此可见，特雷瑟维聚焦于个人的历史书写已经成为她显著的历史叙事途径，其对官方历史进行重构的意义也得到了学界的一致认可。

基于史实的日常生活想象是特雷瑟维诗歌中个人叙事的主要特征之一，这种叙事方式一方面强调个人故事的历史真实性，另一方面也承认了诗人的虚构想象在历史写作中的可行性。在此艺术手法的帮助下，个人日常叙事的私密性和具体性决定了这种叙事方式能够呈现出官方历史所有意或无意忽略的部分，而个人或家庭故事的发掘正好是对这种“历史遗漏”的补充。诗人文学想象的介入则留下了个人叙事对正常历史脉络或氛围的反叛，这些虚构仍然在历史环境中有迹可循，只是再也不会按照主流历史的预期去发展，人物的命运除了呼应现实，有了更为重要的意义，那就是传达诗人及其所代表的边缘群体的历史诉求，因此这些虚构的个人叙事多显现出对主流历史的颠覆。

特雷瑟维诗歌中个人日常叙事对历史的“补缺”主要体现在《家庭工作》中非裔底层劳动者的日常劳动生活讲述，尤其是在艰难生活

---

① 马克思，恩格斯：《马克思恩格斯选集（第一卷）》，北京：人民出版社，2012年，第173页。

② See Warren, Nagueyalti. “History, Memory, and Nostalgia in the Works of Natasha Trethewey.” *Southern Quarterly*, vol. 50, no. 4, Summer 2013, pp. 75-98.

③ See Dugan, Olga. “Renegade Poetics, Southscapes, and the Poetry of History in Natasha Trethewey's *Thrall*.” *The Journal of African American History*, vol. 98, no. 2, 2013, pp. 304-319.

中所展现出来的优秀品质和民族精神，这些是非裔群体赖以生存的精神内核，也是他们用来反驳和对抗主流文化的坚强阵地。所以，对于他们来说，突出这一部分被轻视的日常生活具有更加重要的意义。诗集中，以黑人女性为中心的非裔家庭日常生活中有两项重要的活动，一个是有关“储存”的活动，如采摘无花果制成腌制食品等，另一个是有关欣赏音乐的活动。这两项看似平常的生活内容却蕴含着对非裔家庭精神传统的发扬和延续。

诗歌中非裔家庭的“储存”活动包括储存食物和钱币，这分别在诗歌《采摘》（“Gathering”）和《算账》（“Accounting”）中被具体描述。《采摘》一诗描述的是诗人在秀格奶奶的带领下采摘院子里尚未成熟的无花果制作腌制果脯的童年回忆。诗中写道：

> 未成熟的无花果，还是青色，
> 硬邦邦就像珠宝——我们把它们存起来，
> 放在深口的白色罐子里。
>
> 它们迎着光
> 被放在窗台上，她告诉我，
> “等着吧，耐心一点。”
>
> 我每天都摸一摸它们，
> 看着它们变成金黄，变得甘甜，
> ……（*Domestic* 48）

经过时间的沉淀，苦涩的无花果青果逐渐变成了味道甘甜的果脯。这一制作过程需要极大的耐心，年幼的诗人总是耐不住性子，“每天都要摸一摸它们”，而秀格奶奶却只告诫她，不要着急。最终，时间没有辜负耐心等待的人，回馈给她们醇厚的甘甜滋味。如果通过制作果脯的过程，秀格奶奶想要教给年幼的特雷瑟维什么道理，那就是要磨炼自己的耐性，要甘于等待，静待生命的馈赠。在另一首诗歌《算账》中，储存行为的象征意义则更为明显，诗中描述了诗人的外祖母带着一群孩子在家中院子里埋藏钱罐的生活经历：

我数着，将这些硬币整齐排列
算盘不断计算出我们的价值，
算出我们能够存多少，累积起来
穿越四季——冬天来了
她紧紧盘起的辫子花白了；
……
城里的银行存的有钱，
但是这些，我们留在家里
用罐子装好埋在地下，
犄角旮旯的地方逐渐填满，坚固堆积
就像地基一样。(*Domestic* 47)

诗中有交代，他们在银行里存了钱，所以在地下埋葬钱币这一家庭传统的实用性已经退化，重要的是它的象征意义或精神意义。储存活动需要人对时间秉持信心，才能耐心等待结果的到来，这一生活智慧所强调的信心、耐心也是整个美国非裔民族在民主斗争中非常可贵的品质。美国非裔民族的苦难自十七世纪奴隶贸易始，1776 年美国独立，《独立宣言》(*The Declaration of Independence*) 宣称"人人生而平等"；1863 年林肯颁布《解放黑人奴隶宣言》(*The Emancipation Proclamation*)；1865 年《美国宪法第十三条修正案》(*The Thirteenth Amendment to the United States Constitution*) 通过，承认黑奴的合法权益；二十世纪六十年代，美国爆发大规模民权运动，马丁·路德·金 (Martin Luther King, Jr.)、马尔科姆·艾克斯 (Malcom X) 等人登上历史舞台；2020 年美国新冠疫情背景下，再次爆发"黑人的命也是命" (Black Lives Matter) 的全国范围内的黑人游行示威。两百多年来，虽然民主权利大大改善，但是针对黑人的种族歧视在现实和意识形态领域仍旧顽固存在，让非裔民族在梦想一次次破灭中依旧保持生存韧性的正是信心和耐心。这些族群赖以生存的强大精神力量外人不可知，但在非裔家庭的日常生活中却被一点一滴地传递给下一代。

另外一个特雷瑟维在诗歌中着重表现的是非裔家庭中不可或缺的音乐欣赏活动。特雷瑟维在访谈中也曾谈到，母亲酷爱收集唱片，死后还有大量的留存。如在《休息日》（“Secular”）一诗中，她对一位劳作一周后享受片刻闲暇的少女如此描写道：

> 柜子上，
> 一台崭新的留声机，
> 放着轻音乐，帕兰朵布鲁斯（parlando blues）——
> 毕格·玛玛，玛·芮妮，贝茜——
> ……（*Domestic* 15）

在繁重的劳动之余，这位家庭工作者只要获得一点闲暇的时间和自由的空间，她最好的休息方式就是欣赏音乐。对于非裔家庭来说，音乐不仅是一种串联家庭记忆的线索，同时也是他们处于现实艰难却依旧保持乐观优雅态度的象征。该诗中提到了黑人布鲁斯音乐和爵士乐等黑人传统音乐形式，以及著名黑人音乐家玛·芮妮（Ma Rainy）、贝茜·史密斯（Bessie Smith）等。美国非裔诗歌传统始于 16 世纪的“奴隶歌谣”（“Slave song”）和“劳动号子”（“Work song”）等音乐形式[①]，后来发展成了黑人布鲁斯音乐和爵士乐。在美国南方奴隶制时期，黑人音乐形式如鼓点等是黑人内部流通的语义符号，后来这种“伪装的交流”不再是必须，黑人传统音乐所传递出的精神自由对逼仄物理空间的超越，以及乐观姿态对残酷现实重压的耐受，成为非裔群体优秀传统精神的内核。这种优秀的非裔民族品质通过音乐欣赏这种极为普通的家庭活动留存下来。白人也欣赏此类音乐，但他们和从

---

① See Ramey，Lauri. “Chapter 2 - The Origins of African American Poetry.” *A History of African American Poetry*. New York：Cambridge Univerity Press，2019，pp. 48-91.

民族苦难史中走来的黑人获取的绝对不是一样的启示。

与非裔日常生活书写中"补缺式"讲述并行的"颠覆性"的历史讲述，则主要体现在诗人对虚构人物命运的有意安排，这集中体现在对奥菲利亚生活的描写中。在《贝乐克的奥菲利亚》中，诗人对奥菲利亚这个人物的身份设定是，二十世纪初，一个年轻白肤色的黑白混血女孩从美国南方种植园来到新奥尔良市寻找工作，她出生在一个贫苦雇农的家庭，只受过非常有限的学校教育，但是自己勤奋好学。这个身份的设置符合当时美国城市"新非裔移民"的历史，所以并不奇怪。当她来到新奥尔良，找工作到处碰壁，有黑人血统的女性只能从事洗衣女工等底层体力劳动。走投无路之下，她进入了红灯区妓女行业。故事到这里，情节安排都非常合理。接下来，白人摄影师贝乐克出现在她的生活中，以她为模特拍摄了一系列摄影艺术作品。这里的人物和事件都可以从历史上真实存在的贝乐克的影集《斯托利维亚》中找到印证，所以仍旧是符合史实的。但是之后的人物命运就显得"不合常理"了。奥菲利亚从白人摄影师那里学习了摄影技术，并购买了照相机。通过摄影活动，她转变了观察世界的视角，找到了新的人生价值。最后她带着她的相机走出了斯托利维亚，奔赴遥远的西部，寻求自由的生活。对于最后一部分情节，诗人并没有找到历史依据，而是基于自己的主观想象。据有关学者对历史上斯托利维亚妓女状况所进行的调查，当时在新奥尔良的红灯区，妓女以肤色划分成各个等级，她们的等级决定了能够服务的顾客人群，实际工作更是毫无人权可言[①]。下面这篇报告文章在对各种史料进行分析后作了如下总结：

> 良家妇女或是放荡女子到那里都是为了赚钱。有些希望一段时间过后自己能够离开那里，但是她们最终都在妓女的悲惨现实中麻木了。这份职业给她们带来的孤独感和不安全感令其无法忘

① See Foster，Craig L. "Tarnished Angels：Prostitution in Storyville，New Orleans，1900-1910." *Louisiana History：The Journal of the Louisiana Historical Association*，vol. 31，no. 4，Winter 1990，pp. 387-397.

怀。她们只是营造了一个充满谎言、梦想和不切实际幻想的世界。（Foster，397）

对比真实的历史，诗歌中的奥菲利亚几乎是不会产生于当时的新奥尔良红灯区的。诗人出于自己的目的“改变”了人物走向幻灭的命运，让她凭借摄影术走向了光明的人生。特雷瑟维明知不可为而为之，其背后的意图就在于她要以一个看似“罗曼蒂克”的荒谬故事对权威历史叙事发出挑战，以此引起一定的文化震荡。诗歌中奥菲利亚的故事也许显得虚假，但是其他像奥菲利亚一样被遗忘的边缘个体呢？虽然她们大多数不会处在奥菲利亚这样的极端环境下，但她们的故事就一定真像官方历史中讲的那样吗？按照怀特的观点，历史叙事都有其虚构性，在这一点上与文学相通，诗人虚构并理想化奥菲利亚这个角色，也就意味着任何已有的历史叙述也可能与现实偏离。诗人实际上是以虚假讽刺虚假，引发人们对历史的怀疑。

兼具历史考证与诗歌想象的非裔个人叙事既将文学叙事固定于具体的历史时刻表中，并依附于大历史的特性，使其具备可供推敲的真实性；同时又不拘泥于考据所得，在诗歌环境中被赋予了最大限度的故事丰富性，使非裔历史不再抽象疏远。特雷瑟维的个人日常叙事从根本上挑战了官方历史的稳定性和统一性，让被遗落在国家历史缝隙中的底层非裔个体展现出丰富而独特的个体历史经验。

第四节　个人叙事的多重历史文本

特雷瑟维诗歌中的个人叙事不仅仅是依赖于文字的语义功能，更是通过语言形式、个人身体和视觉历史等多重历史文本实现的。历史文本载体的多样性有利于对族群历史进行多维度的挖掘，同时展现历史的多元性与流动性。

一、身体、视觉和语言形式的历史书写

特雷瑟维作品中的个人历史叙事媒介超越了语言的语义文本，个

人的身体、视觉文本以及语言形式文本都成为记录历史的载体。

马克思认为："全部人类历史的第一个前提无疑是有生命的个人的存在。因此，第一个需要确认的事实就是这些个人的肉体组织以及由此产生的个人对其他自然的关系。"[①]身体上留下的痕迹是最有力的历史证明，人的身体是个体经历直观而物质的记录，是一种"历史的场所"[②]。因此，人的身体理应被视为个人历史的载体，应该成为个人历史叙事的对象。在文学作品中，身体通常被描述为历史的象征，承载着铭刻于其中的历史[③]。身体在特雷瑟维的作品中既是历史证据，也是历史讲述[④]。在《家庭工作》、《贝乐克的奥菲利亚》和《本土卫队》等作品中，特雷瑟维对人物身体进行了特别关注。特雷瑟维在诗歌《什么才是证据》("What Is Evidence")中写道，定义一个人在世界上真实存在的不是任何文件或者附加的装饰，如假牙和妆容等，而是这个个体自己的身体——遵循从生到死自然规律的身体。

基于对个人身体历史性的肯定，特雷瑟维诗歌中各种状态的身体都可视为对历史的表达，包括了过去的经历在身体上留下的痕迹，身体正在经历的变化以及身体经历的持续到将来的某种伤痛。个体的遭遇总是会在身体上留下印迹。在描写母亲遗体的诗歌中，特雷瑟维写道：

> 不是写着死亡日期、姓名的
> 小小标签，抽象如历史。

---

① 马克思，恩格斯：《马克思恩格斯选集（第一卷）》，北京：人民出版社，2012年，第146页。

② McVey, Christopher. "Reclaiming the Past: Michael Ondaatje and the Body of History." *Journal of Modern Literature*, vol. 37, no. 2, 2014, pp. 141-160, 152.

③ Mullins, Katie L. "'My Body is History': Embodying the Past, Present, and Future in Dionne Brand's San Souci and Other Stories." *Ariel: A Review of International English Literature*, vol. 42, no. 2, 2012, pp 5-22, 6.

④ McHaney, Pearl Amelia. "Natasha Trethewey's Triptych: The Bodies of History in *Bellocq's Ophelia, Native Guard,* and *Thrall.*" *Southern Quarterly*, vol. 50, no. 4, Summer 2013, pp. 153-172, 162, 167.

只有她身体的样子——破碎的
锁骨，穿透的太阳穴——她瘦削的骨架
逐日下陷，以万物消逝共同的方式。（*Native* 11）

各种伤痕在母亲的身体上留下不可更改的印记，这些是母亲人生遭遇的最有力证明，它们铭刻进诗人的记忆，纸质的文件可能会磨损，但是这些记忆永久保存于“记忆的册子”（*Native* 1）里。在特雷瑟维的笔下，历史不一定是要稳定明确如石碑上刻下的文字，或是档案中保存的记录。历史首先应该要真实，任何形式的“转写”都有可能破坏事件的本来面目，即使是可流传万世的纪念碑。那么，最具有真实性的就是个人的身体，任何经历包括时间的流逝都会在身体留下痕迹。即使身体作为自然生命循环的一部分会干枯、腐坏，但它依旧是对过去最直接、真实的证明。

身体的此刻状态则是它正在经历的历史。特雷瑟维在诗歌中对身体在当下时刻展现的姿态和变化进行了“延时性”描写。《本土卫队》的叙述者记录了战场上被自己阵营炮击的黑人战士缓缓倒地的姿态：

……我看到一个人在我身边
倒下，先是膝盖跪地，像是祈祷，然后
另一个，他的双臂伸展仿佛钉在
十字架上。每个子弹发射时枪管冒出的烟
就像一个灵魂离开。（*Native* 28）

叙述者以近距离的视角将死亡瞬间延长，仿佛摄影的慢镜头定格下了这一瞬间的整个过程。身体的动作如双膝跪地、倒下。为了突出这一过程的紧迫感，在一个战士还未完全倒下的时候，另一位战士也以双臂张开的姿态中弹、倒地。两个生命逝去时刻的交叠进一步增加了这一短暂时刻的容量。这首诗歌展现的是死亡当下的身体状态。

除此之外，诗人还从未来的视角对当下历史的延续进行了想象。身体的痕迹或是伤痛会延续到未来，成为一种“幻肢痛”。《本土卫队》中写道：

> 生病的、残废的，
> 每一个失去的肢体，和留下的部分：幻肢痛，
> 记忆萦绕着空荡荡的袖管；
> 葛底斯堡被野猪啃食的，没有标记的
> 在坟墓中。（*Native* 30）

即使是失去某个部分而变得残缺的身体，那缺失部分的“不在场”也能以一种生理痛感和记忆感知继续承载过去的历史。正如诗歌中被截肢的战士，即使血腥的战场厮杀已经离他远去，但是身体截去的部分却永久地留在了他的潜意识里，以至于他不断感受到失去肢体的疼痛，就像正在经历一般，这种幻肢痛导致过去永远不会远去，而是附着于身体的痛感神经，伴随着生命个体余下的整个历程。此外，这种历史的记忆不止存在于当事人的意识中，而且通过身体姿态传递给其他的个体，并在后者的意识中生根。所以，叙述者会梦到死去战士的眼睛仍然张开——暗淡迷茫就像搁浅的鱼的眼睛，但是却回过来直盯着他，（*Native* 28-29）这个场景勾连着战争本身停留在叙事者的脑海中，不断被记起，引发更深广的回忆，成为历史的心理文本。

各种阶段的身体，包括已经死去、消亡的身体，正在经历死亡的身体，以及已经进入人们记忆的身体，都在特雷瑟维的诗歌中被仔细刻画。时间的连续性使这些不同样态的身体组成了一种具有连续性的叙事，成为历史记录难能可贵却最为可信的载体。

视觉图像资料也是特雷瑟维个人叙事的重要载体，这些视觉艺术作品或历史文献在诗人的解读下，讲述了图像中沉默的人物所没能表达的历史。特雷瑟维在麻省大学阿默斯特分校攻读艺术学硕士学位的时候对摄影产生了浓厚的兴趣，并致力于挖掘取景框之外的故事。在对这些图像资料（主要是照片和绘画）进行书写时，她运用了“艺格符换诗”的手法。“艺格符换诗”是一种繁荣于文艺复兴时期的表达形式，“是一种描述性的语言，描述眼前所见到的情景，描述的对象

可以是人、物、场景、地方、动物甚至是变化中的事物……作家多描写视觉艺术作品。”在观察和描述的过程中可以出现对历史文献多种版本的解读。诗歌中对视觉历史文献的解读可以弥补后者的不足，“诗歌知晓或者讲述那些被沉默的图像抑制的事情”①。所以“视觉艺术诗”结合了图像与文字各自的表达优势，既提供了多维度的历史阐释，又打破了视觉材料所呈现的“部分真实”甚至谎言。

在多部作品中，诗人都引入了摄影和绘画作品作为个人化历史叙事的媒介。《家庭工作》的第一部分，诗人对反映民权运动以前美国黑人底层劳动者生活的摄影作品进行了解读，通过想象性描述展现了家庭工作者、洗衣女工、码头工人以及小商贩的劳动生活。《本土卫队》中，诗人通过一系列历史文献照片和绘画作品描述了采棉工人的艰苦劳动和贫苦生活，南方种族隔离制度下黑人孩子无法接受教育的惨况，以及内战给平民生活带来的巨大创伤。《贝乐克的奥菲利亚》则对反映二十世纪初新奥尔良混血妓女生活的摄影肖像作品进行了虚构性扩充，细节化展现了南方种族隔离制度下，处于社会最底层的黑人混血女性的贫穷、无奈、堕落以及内心的坚持。除了历史文献中反映个人生活的视觉艺术作品，家庭“历史文献”中的照片也成了特雷瑟维历史书写的媒介。如将外祖母在“黑人沙滩区”的沙滩照与自己在“开放区域”的沙滩照进行并行描述，以家庭视角展现了墨西哥湾岸区种族隔离的历史发展。《超越卡特里娜》中穿插的家庭照真实地再现了特雷瑟维的家庭在墨西哥湾岸区的格尔夫波特市所经历的艰苦创业、产业兴盛和飓风下的颓丧绝望乃至毁灭性的打击，成为叙述地方历史的第一手资料。由此可见，在历史讲述中，特雷瑟维将视觉文献作为重要的书写对象，通过对它们进行细致刻画和想象性扩充，使平面的图像变成立体的人物故事。这种超越文字文本的图像叙事超越了文字叙事的抽象性，扩充了历史表达的途径，提供了超越文字记载的历史参照。

① Kennedy, David and Richard Meek. *Ekphrastic Encounters: New Interdisciplinary Essays on Literature and the Visual Arts.* Manchester: Manchester University Press, 2019, p. 6.

特雷瑟维工于诗歌形式，特定的诗歌形式也成为其历史书写的特殊载体。诗歌形式是基于诗行和文字，在书面上建立起一种特殊的空间结构，本身具备表义功能①。在特雷瑟维的诗歌中，诗歌形式也传达出关于历史的隐喻。

诗歌形式讲述历史在特雷瑟维作品中首先表现为诗人对各种重复的使用，包括在字、词或某种意象的重复，以及诗行的重复。如诗歌《国王棉花，1907》（“King Cotton，1907”）中，“旗帜向下挥舞”和“棉花垛子升起来”两个意象各自在诗歌中出现了四次，分别用以强调“国王棉花”的盛况，同时这种盛况下面暗藏的是南方贵族的盲目乐观和自信；《通婚》（“Miscegination”）中“密西西比”一词出现了八次，突出了密西西比州《反种族通婚法案》对混血家庭的排挤。相较于单个词和意象的重复，诗行的重复在特雷瑟维的诗歌中更加多样化。首尾相连的“循环体”最具代表性。如《本土卫队》这首诗由十个首尾相接的诗节组成，十个小节组成了一首“闭环”的皇冠十四行诗，这种循环与诗歌内容中“为奴”的回忆以及“战争记忆”的重复泛起相呼应，就像过去会轮转到当下，并不会消失不见，表达了诗人关于历史循环和历史记忆保存的思考。

除了这种“和谐”的形式重复，某些作品中也出现了诗行缩进和行内空格，呈现碎片化的格式。诗集《奴隶》中如《启蒙》（“Enlightenment”）、《幸福》（“On Happiness”）等描述诗人与白人父亲关系的诗歌中，诗人多次使用诗行缩进，使整个诗歌在版面上形成单数行与奇数行组成的“锯齿状”，从诗行摆布上喻指混血女儿和白人父亲两套完全不同的种族观念和话语。《南方》中的“锯齿”也从形式上呼应了南方历史内在的不和谐性和分裂性，以及其中不同阵营永远无法统一的话语。《天意》一诗中出现了大量不规则的诗行缩进和行内空格，形式的破碎性呼应了诗歌所表现的卡梅耶飓风对家园和人的精神毁坏这一主题。两首反映白人父亲和混血孩子故事的诗歌

① 罗良功：《诗歌是语言的艺术吗？——英语诗歌文本初论》，《山东外语教学》，2017 年第 3 期，第 66、68 页。

《奴隶》和《悔改》也同样呈现了碎片化的形式特点，表现了因种族观念隔膜而被伤害得支离破碎的亲缘伦理关系，等等。

特雷瑟维善于使用各种传统诗歌形式，这些工整的形式被她视为一种“约束”，但是“这种约束克制传达出一种悲伤的语气，因为一首诗歌被形式束缚着，证明有些东西被抑制而没有被表达，暗示为了说出诗歌所呈现的内容，言说者所经历的艰难挣扎”①。强烈的言说欲望和寻找合适的言说形式的焦虑所构成的强烈张力，表现在特雷瑟维对诗歌形式的选择或改造中。她所使用的诗歌形式丰富，包含了十四行诗、盘头诗、布鲁斯诗、加萨、维拉内尔诗（villanelle）、回文诗（palindrome poem）和各种三行体、四行体诗等。规则形式的选择加强了历史言说的历史感和权威性，如船岛上黑人本土卫队士兵的日记是用十四行诗写成，这种规则形式和叙述者知识水平的反差看似不合理，却是诗人有意为之，目的就是增强从一个被历史无视的黑人士兵口中讲出的历史的合法性和可信度。

由此可见，无论是“和谐”的重复，还是“不和谐”的交错和破碎，或是规整的诗歌形式的使用，都从诗歌形式的层面最大限度地呼应或承载了诗人所要表达的历史内容和意旨。

综上，除了文字文本，特雷瑟维创新地将人物身体、视觉图像和诗歌形式纳入了历史媒介的范畴，呈现了“抽象的”文字历史所无法具体呈现的内容。新的历史叙事载体的引入突破了历史表达的单一语言向度，加强了特雷瑟维历史书写的表现力和说服力。

二、历史的流动性与多元性

特雷瑟维涵盖身体、视觉和诗歌形式等多重文本的历史叙事体现了她承认历史流动性与多元性的历史观，诗歌《时空理论》（“Theory of Time and Space”）和《什么才是证据》揭示了诗人对历史的态度。

---

① Hall, Joan Wylie. Ed. *Conversations with Natasha Trethewey*. Jackson: Mississippi University Press, 2013, p. 159.

在“时空理论”中，诗人写道，

你可以从此处到达彼处，尽管
无法回到原点。

所到之处对你来说
都是新的。

你只需要带上
必须携带的东西 —— 记忆的册子，
以及册子里偶尔空白的页面。(*Domestic* 1)

对诗人来说，时间就像河流，永远向前，处在绝对变化之中，而时间中的人也在不断变化，每一秒时间的流逝就像空间上每一个长度刻度的位移，空间位移也许可以恢复，但是由于时间的绝对变化，恢复出来的空间状态已经不是彼时的那个场景。特雷瑟维将空间和时间融合在一起，置于绝对的变化历程中，这就导致了人永远无法回到过去的某个空间或时间点，因此过去一旦逝去就永远无法被再次获得。那么人生活的历史依凭只剩下内容并不完整的记忆，但是也只有个人的记忆才是历史的可靠再现。诗人进而在《什么才是证据》中写道：

……不是
她受伤后置换的假牙，抑或是
那份官方文件——信封上的封印
和污迹下的签名。不是写着死亡日期和姓名的
小小标签，抽象如历史。(*Native* 11)

诗人认为代表母亲生命存在的不是像“历史一样抽象”的官方文件、签名和遗体标签，母亲的过往唯有通过她的身体——破碎的锁骨、穿透的太阳穴和瘦削的骨架才能被真实地讲述，即使她的身体逃不过万

物衰败的定律。由此可见，特雷瑟维认为真正的历史并不存在于抽象的文本材料中。文本材料的可靠性不仅值得怀疑，它有时甚至还和其他媒介构成同谋，掩盖历史真相，如诗歌《照片：冰雪天，1971》（"Photograph：Ice Storm，1971"）中所述，照片的场景以及背后的记录文字只呈现了当天晶莹剔透的冰雪世界，而忽略了母亲在室内遭受继父家暴的事实，图像和文字一起构成了一个关于冬日美景的谎言。一张看似中立的家庭照尚且如此，更不用说美化奴隶制的课本和电影，以及老师的传道会造成如何失真的历史误导。（*Domestic* 38）特雷瑟维的以上表述旨在证明几乎所有固化的历史载体如文字、图像和建筑等都是不可全信的，真正的历史是富于生命流动性的，并没有脱离自然的生命循环，因此，那些用于纪念的雕塑"是活着的"①。基于对历史性质的独到理解，特雷瑟维作品的个人叙事势必超越传统固化的、静态的历史表达。

特雷瑟维诗歌中历史的流动性主要体现在身体文本作为历史叙事文本的引入，因为相对于用恒定物质固定的历史如文字典籍、照片和雕塑等，人的身体具有不稳定性。《什么才是证据》中母亲的身体已经死亡，继而进入了腐朽阶段，而诗人仍然认为带着伤痕的身体是母亲个人历史的最真实有力的证明；《本土卫队》中被子弹击中、缓缓倒下的黑人战士的身体，以及被遗弃在战场上的尸体，都会随着时间流逝灰飞烟灭，诗人却尽力捕捉身体当下的姿态，在诗歌、回忆等另外的空间里延续他们的历史；等等。身体文本的不稳定性并不是它作为历史文本的瑕疵，而恰好是证明个体经历的最为可靠的资料，身体的变化也恰恰表现出历史的流动特性。

特雷瑟维诗歌中富有多样性的历史文本佐证了历史的多元性。知识阶层对官方历史的把控始于文字诞生之时，文艺复兴和启蒙思想并没有真正将历史讲述的权利赋予普通大众。那么，特雷瑟维就充当了历史弱势群体的喉舌，将留下他们生命印记的身体、图像转化成可登

---

① Hall，Joan Wylie. Ed. *Conversations with Natasha Trethewey*. Jackson：Mississippi University Press，2013，p. 131.

大雅之堂的诗歌语言，甚至经过深层次的艺术加工，以诗歌特有的形式特征将这些被湮没的故事表达出来。多重历史文本的在场证明了历史主体的多样性，进而为历史内容的多元性提供了可能。

身体作为历史文本使淹没于宏大历史潮流的个体被书写和铭记。特雷瑟维在诗歌中关注的个人身体往往来自于被历史遗弃的默默无闻的个体，而诗人却对其进行聚焦和扩大，让他们无声的"身体讲述"借诗人之口发出引人深思的声响，并且超越时空，引发共鸣。如对母亲遗体上的弹孔，采棉工人瘦削佝偻的病态身躯，负重的洗衣女工嘴唇紧闭的严肃神情，本土卫队士兵死时张开的手臂、跪地的膝盖、永不瞑目的眼睛和失去肢体的空荡荡的袖管等，这些来不及贡献自己话语的、消失在时间中的身体，在特雷瑟维的描写中得以呈现，并且凸显出重要细节，以引发对身体背后的事件或历史的叙述。而随着诗歌的固定，这些身体的历史叙事将得到延续和传播。

视觉文本对于多元历史叙事的贡献在于，首先可以赋予图像资料中的人物以发声的机会，其次是能够使图像资料所隐藏的或暗示的信息在诗歌语言中得以发掘。视觉文本不是单纯的可用人们的视觉感知系统进行处理的信息，而是"一种关于看见和看的行为的文化实践，以及在各种交流形式和媒介中生产出来的人工制品"①。因此，"相对于文字，视觉形象被视为确立和保留过去共同知识的更好的方式"②，能够折射出更为丰富的现实层面。照片中的家庭工作者、卖菜小贩、混血妓女、内战退伍战士等，他们在诗歌中或以第一人称进行自我讲述，或由诗人代其讲述自己的故事，总之，不再沉默。诗人的视角是精细的，可以放大图像信息中的细节，也可以探寻镜头之外拍摄者所避讳的内容。如家庭工作者快速移动的围裙在照片上留下的光斑，与诗人想象完全不同的洗衣女工严肃的表情，将黑人孩子拒之门外的黑人图书馆上的指示牌，黑人男子采摘鲜花场景之外的墓地，衣着光鲜

---

① See Maurantonio，Nicole. "The Uses of Visual History." *American Journalism*，vol. 32，no. 1，2015，pp. 78-87.

② See Maurantonio，Nicole. "The Uses of Visual History." *American Journalism*，vol. 32，no. 1，2015，pp. 78-87.

的妓女思绪之外的往事，丰收棉田之外为生存挣扎的采棉工人等。“视觉材料中展现和隐藏的张力使其不仅是丰富的历史资料，也是一种具有解读可能性的材料。”[①] 在解读图像之外信息的基础上，“展现”与“隐藏”动态关系背后的社会文化原因成为历史文化发掘和解读的重要课题，由此，诗歌的视觉文本叙事增加了历史的纵深。

诗歌形式则从诗歌独有的视觉角度参与到历史书写的意义构建中，强化了“无声个体和群体”的历史表达。诗歌的视觉形式是诗歌文本的重要内容，传达出诗歌文字无法表达也没有表达出来的意义[②]。如在回忆亡母的诗歌中，诗行的倒叙重复和循环闭合表达了无法用语言言明的延绵不尽的思念；本土卫队战士的日记诗行首尾相接，象征叙事的不间断性，呼应了黑人战士讲述自己历史的诉求；在描述卡梅耶飓风灾后情景的诗歌中，诗行破碎，就像人们在淹没了家园的海水中颤抖的影子，以及灾难后破碎的生活和记忆；用规则的诗歌形式来书写汹涌的愤怒和悲伤情感，暗示有些东西被压抑而未被表达，说与不说，是言说者内心的挣扎。诗歌形式是“外化”的表达途径，跳出语义的框架，作用于读者感官，强化了诗歌文字所要言说的内容。

身体叙事增加了更多历史言说者的声音，视觉叙事看似直观却引导历史探索走向纵深，而诗歌形式将要传达的意义置于语义层次之外，这些叙事媒介的引入不仅丰富了历史的媒介，而且为更多叙事主体进入历史讲述的行列提供了基础。相较于历史的文字叙述，身体、视觉艺术作品和诗歌形式都具有一种释义的直观性和开放性，它们看上去是一种确定的表征，实际上具有无限的解读空间。因此，以这些媒介为载体的历史呈现出更大程度的意义流动性和多元性。而流动、多元的历史则为历史的重新界定打开了窗口。

---

① See Maurantonio, Nicole. “The Uses of Visual History.” *American Journalism*, vol. 32, no. 1, 2015, pp. 78-87.

② 参见罗良功：《诗歌是语言的艺术吗？——英语诗歌文本初论》，《山东外语教学》，2017 年第 3 期，第 62-69 页。

小　结：读者认同、多文本历史与诗歌流通

特雷瑟维通过个人叙事的方式对公共历史进行了重构。在其诗歌中，诗人关注到的非裔个人叙事包括非裔个体的战争经验，非裔家庭日常生活史和新非裔移民创业史。这些个人叙事都以公共历史背景为参照。非裔个体战争经验主要在诗集《本土卫队》中通过一位黑人本土卫队战士的日记得以表达。他的战争书写融入了自己的特殊身份经历，即曾经的南方种植园奴隶，在军队中遭受种族歧视的黑人战士，同时也体现出基于一般人性、超越种族仇恨的同情和悲悯。非裔家庭日常生活史主要体现于《家庭工作》和《纪念碑》等作品以诗人外祖母为原型和核心的家庭生活书写。处在二十世纪南方种族隔离制度的阴影之下的非裔家庭生活充满艰难，种族主义思想甚至侵蚀着特雷瑟维所在的混血家庭，他们遭受着身体和精神的双重伤害，但是以外祖母为代表的非裔家庭成员以坚韧和智慧经营着自己的家庭生活。新非裔移民创业史主要体现在非虚构回忆录《超越卡特里娜》等作品关于诗人家族创业史的叙述中。作为二十世纪初的城市新非裔移民，特雷瑟维家族的第一代创业者通过艰苦劳动在新城市立足，经过四代人的持续努力，取得了家族创业的成功，同时他们也见证了墨西哥湾区的城市化进程。

特雷瑟维个人叙事的艺术特点首先体现在对失声个体的故事及言说的关注。诗歌中，故事主体或言说者往往因为种族、性别和职业等原因处于社会底层和历史失声的状态。如在内战中遭受种族歧视和打压的黑人本土卫队战士，从事家庭工作的非裔底层劳动女性，被城市就业环境恶意排挤的黑白混血妓女等。在诗歌中，他们的故事成为诗人写作的对象，这些人物甚至被赋予了自由言说的权利，进行自我讲述。通过赋予失声个体进行发声的权利，使这些遭遇“精神流放”的南方非裔获得了历史入场的资格。这些个体的入场被诗人赋予了优雅的姿态，体现于他们积极向上和坚忍不拔的生命态度上。特雷瑟维的这一艺术手段是对主流文化阶层的“历史健忘症”和对底层非裔个体

主观性历史歪曲的反叛和对抗。诗歌中个人叙事的艺术还体现在基于史实的日常生活想象。通过具体时间备注，诗人将个人历史叙事与真实的历史事件和时间进行对应；此外，她还将不同的个人叙事通过其共有的历史属性连接起来，以此来实现抽象层面的个人叙事与公共历史的对应。如死于枪杀案的母亲与被遗忘的黑人本土卫队战士在诗集《本土卫队》中被并置讲述，因为它们都是“历史健忘症”的受害者，被历史遗忘、抹除；《奴隶》中诗人与白人父亲充满矛盾的父女关系，以及“卡斯特”画作中的混血家庭被并行讲述，因为它们都体现了美国历史的启蒙思想传统，等等。所有这些叙事都通过非裔个人日常叙事得以实现。而这些个体化的日常叙事有着可供推敲的历史根据，虽然融入了诗人的想象性和虚构性描写，它们仍然成为可靠的历史文本，以富于日常生活肌理的个人叙事填补着官方历史的缝隙。此外，诗人在进行忠实于历史背景的日常生活书写时，对特定的人物增添了自己的主观想象成分，形成了后者对官方历史的颠覆。无论是“补缺式”还是“颠覆式”的日常生活书写，都为特雷瑟维以个人叙事重构官方历史提供了可能。在叙事媒介上，特雷瑟维的个人叙事采用了包括身体、视觉和语言形式在内的多重历史文本。处于自然生命进程和各个生命阶段的身体成为诗歌中承载历史意义的媒介，如被杀害的母亲的遗体和战场上黑人战士的尸体等。照片等图像资料也被诗人引入历史讲述之中，通过挖掘照片本身的历史内容和照片外的历史隐喻扩充了历史讲述的途径。诗歌形式如重复、破碎化格式等经过诗人的艺术加工也具备了历史内涵。多重历史文本的引入体现了特雷瑟维承认历史流动性与多元性的历史观。

历史的流动性与多元性是对历史稳定性和同一性的对抗，也只有在这个历史观念的前提下，美国非裔等历史失声群体才能打破官方历史的“铜墙铁壁”，对其进行重新界定，进而使这一群体获得历史合法性。非裔失声个体的历史入场、基于史实的个人日常叙事，以及多重历史叙事文本的引入实际上分别解决了非裔个体的言说权利、言说内容和言说媒介等问题。这些方面共同支撑了诗歌中的个人叙事对族群公共历史的重新书写。

诗歌中的个人历史书写对于国家公共历史的重构是基于对历史合法性的重新界定。怀特“历史就是叙事”这一观点的提出，使历史的唯一性及其官方话语权被打破。也可以理解为，历史从一种毋庸置疑的文化神坛上走下来，成为一种有无数个普通个体的言说所组成的多元性话语。那么对于历史真实的评判权就被赋予给了事件的亲历者和见证者。特雷瑟维诗歌的美国非裔历史书写就是由二十世纪南方底层非裔民众个体们讲述的。在具体的写作中，诗人采用了一种个人化、自传性甚至是私密性的讲述方式，并且引入了身体、视觉和诗歌形式等超越单一文字文本的历史文本，这些都增强了读者对这些历史讲述的体认。广大读者的认同，为这些诗歌及其历史书写的传播提供了基础。

然而，纸质书的发行在当下已经受到电子和多媒体文本的挑战，诗歌作为最古老的文学形式，其印刷、出版、流通也遭遇着瓶颈。相较于以传统印刷流通的诗集，借助现场朗读与网络传播的流通方式更易对读者产生广泛而深刻的影响。2007 年荣获美国普利策诗歌奖以来，特雷瑟维多次受邀进行现场诗歌朗诵与访谈。在 2012 至 2014 年间连续两届担任美国国家图书馆桂冠诗人期间，特雷瑟维与美国公共电视台（PBS）合作推出了“诗歌活着的地方”（“Where Poetry Lives”）系列实景诗歌播报。节目中，特雷瑟维随节目组来到密西西比州格尔夫波特市、纽约、底特律、西雅图等地，开展诗歌朗诵等活动。此外，她在社交媒体上的公共账号也成为其诗歌传播的重要途径。

特雷瑟维诗歌个人化历史书写的合法性是建立在读者认同的基础上的，也就是说，这些诗歌只有被不断阅读、传播和讨论才能获得生命力，继而参与国家和民族历史的构建。“在当今，文化娱乐化导致了文学的边缘化和危机，而事件的理论通过重新阐释文学的独特性有助于赋予它新的价值和使命。”① 文学事件“不仅包含文学创作和生

① 何成洲：《表演性理论：文学与艺术研究的新方向》，上海：生活·读书·新知三联书店，2022 年，第 60-61 页。

产，也涉及文学的接受和流通过程”[①]。读者参与了文学的传播和意义构建，这种基于文本与读者之间的互动，即是一种体验式的阅读。特雷瑟维的历史书写通过题材的个人化和媒介的多样性，有利于读者获得立体化的阅读感受，不仅如此，作为一位主流文化推崇的公众人物，她的诗歌朗读以及相关视音频材料的网络传播也为其诗歌影响力的扩大提供了便利。如此一来，这些诗歌中的言说就成为“活着的”历史。

① 何成洲：《表演性理论：文学与艺术研究的新方向》，上海：生活·读书·新知三联书店，2022年，第61页。

第三章　多元历史空间与个体主体性重建

空间化的历史写作是特雷瑟维诗歌历史书写的另一创新性手法。时空交融的历史观在其诗歌《时空理论》中早有体现，在她看来，时间的存在及流逝需要借助空间来体现，在诗歌艺术上则表现为历史书写的空间化。特雷瑟维对空间的观察体验让地理空间意识深入到她的内心，并灌注于她的诗歌创作中。她信奉古希腊哲学家赫拉特利特（Heraclitus，475BC—535BC）的格言——“地理就是命运”，认为自己是一个地方及其历史的产物[①]。在《南方》、《圣餐仪式》等诗歌中，代表其家乡格尔夫波特市[②]空间特征的海岸、港口、纪念碑等物像充斥诗行之中，凝聚了诗人对家乡这块土地的复杂感情。除了真实的地理空间层面，“心理地理”（“psychological geography”）一词也常出现在特雷瑟维的评论中[③]。因此，特雷瑟维在诗歌中指涉或描写的空间具备物理、精神和社会等多重属性，在写作过程中，各个层面的空间呈现出变化和互相连通等动态性。特雷瑟维的空间书写涉及多个层面，具体形态多样，但都是以空间中的人为核心，其目的是探究个体的主体性表征及其变化。个体主体性和空间的关系进入学术研究

---

① Byrd, Dove. & Natasha Trethewey. “Rudolph Byrd, Rita Dove, and Natasha Trethewey.” *Conversations with Natasha Trethewey*, Ed. Joan Wylie Hall, Jackson: Mississippi University Press, 2013, pp. 187-188.

② Gulfport：格尔夫波特市，密西西比州第二大城市，位于墨西哥湾海畔，是特雷瑟维外祖母家所在地。

③ 或“emotional geography”，参见 Hall，Joan Wylie. Ed. *Conversations with Natasha Trethewey*. Jackson：Mississippi University Press，2013，pp. 169，194，etc. 特雷瑟维未对“心理地理”一词进行确切定义，从其访谈描述和诗歌“时空理论”中可见，它表示掺杂了个体回忆和情感的现实物质空间。

视野是近半个世纪的事，在此理论框架下，主体常常用于表示“个体之人/能动者，既强调物理肉身又强调情感-智力过程的范围，主体由此思考其在世界的位置”①。人对空间的感官和把控，或人与空间的关系意味着一种主体性的展现和宣示。特雷瑟维诗歌中的双重空间书写即关注了诗歌言说者及人物与空间的关系，因此也暗示出其中个体的主体性现状。

第一节　诗歌中的空间迁移与交互

特雷瑟维诗歌的空间书写以个体为轴心，由个体存在的物理空间虚化出精神空间，或将人物和言说者情感进行物理具象化表达，抑或关注个体与社会空间的关系。物理、心理和社会作为特雷瑟维作品中文化空间的三个层面使诗歌中的空间建构呈现出多元动态的特点，体现在物理空间与心理空间的联通转换，以及社会空间与人关系的多样态。

一、物理空间的虚化

特雷瑟维诗歌中对物理空间的虚化处理即指诗人使人物或言说者的意识脱离现实空间，进入记忆、梦境等心理空间的过程，虚化的空间可以是意识领域对现实空间的再现，可以是对它的延展或异化，也可以是脱离现实常理的虚拟想象空间。在这些情形中，人物或身处逼仄、具有压迫性或充满敌意的现实空间中，通过构建自由的精神空间而从中逃离，或承受来自现实生活的创伤，希望在心理空间中得到慰藉和补偿。

从逼仄的、具有压迫性的空间进入到更广阔的精神空间，表现最为典型的是《贝乐克的奥菲利亚》中妓女奥菲利亚的心理空间建构。在进入新奥尔良红灯区之后，作为妓女的奥菲利亚必须遵守行业规

① 参见罗宾·朗赫斯特：《导言：主体性、空间和地方》，《文化地理学手册》，凯·安德森，莫娜·多莫什，史蒂夫·派尔，奈杰尔·斯利夫特主编，北京：商务印书馆，2009 年，第 414 页。

约，即不能离开妓院所在的红灯区。她所在的高级妓院室内装潢华贵浮夸，甚至还有微型的图书馆，但是奥菲利亚身处其中，犹如笼中的鸟儿，倍感压抑寂寞。在这首模仿妓院老鸨口吻写下的诗歌《伯爵夫人 P——对新人的劝诫》（"Countess P —'s Advice for New Girls — Storyville，1910"）中呈现了妓院的空间样貌：

> 看，这是个豪华的场所——发亮的
> 红木家具，蕨类植物的盆栽，两英寸厚的地毯。
> 装饰镜面的会客厅让一切增添了几倍 ——（*Bellocq's* 11）

在这个令人炫目的舒适环境中，妓女确是被物化的存在，这可以从老鸨对她们的"职业训练"看出：

> ……
> 让他的目光激活你，然后以
> 最取悦你的方式移动。等被问到了
> 再说话。把你自己想成融化的玻璃 ——
> 在他的鼻息下舒展、颤抖……（*Bellocq's* 11）

所以这个空间是一个拒绝奥菲利亚任何主体性特征的环境，她在这个空间中生存下去的唯一途径就是像一个任人摆弄的物品一样活着。妓院的繁华热闹和活色生香反衬出妓女奥菲利亚在这个环境中自身生命力的凋谢和主体性的磨灭。

奥菲利亚身处堕落丑恶的妓院，这里只有浮夸虚无的装饰、赤裸裸的金钱交易，还有无边无尽的孤独。由于受到现实空间的压迫，奥菲利亚在自己的日记和书信中时常由现实空间跳脱进自己的回忆、想象和梦境中，暂时逃离她所处的妓院和城市，进入更为广阔的精神世界。如她在 1911 年 3 月和 1911 年 12 月给老师的信中分别提到了家乡的教室：

我沉浸于幻想之中，我总是
想到你：那时我就像你手中的洋娃娃
你给我梳着辫子，我惊讶于
梳子——也就是你的手指——怎么能穿梭于
我的头发，就像筛落下细细的面粉。我也沉浸其中
我的脸——每一个姿势——调整
到你的样子，就像我坐在你眼前，因知识
容光焕发，我的眉毛扬起，

打探每一个你教的新东西。在那里，
在学校，我可以逃离沉重的生活：
洗衣、熨烫和湿床单，水雾
让我迷了眼；或是采摘的季节，
弯腰驼背匍匐在田里……（*Bellocq's* 20-21）

我希望我的镜头这样捕捉到你——从黑板
转过身，你的手上沾满
粉笔灰，脸上带着光，眉间
闪烁，眉毛下面，你的眼睛
回应着我的凝视。（*Bellocq's* 30）

记忆中的教室对奥菲利亚来说是与斯托利维亚妓院完全不同的另一个世界，那里有友善美丽的康斯彤老师，有令人神清气爽的课堂讲授，有远离生活劳累的放松和安全感，这些一直都是奥菲利亚珍惜的生活的美好意义所在。从空间的细节来看，奥菲利亚在描述教室空间时突出了两点，一个是这个空间的亮度，另一个是空间中人的状态。如果与奥菲利亚描述的另一个回忆空间对比，就能显出教室空间对人物的积极意义。在1911年4月的信中，她写道：

在梦里我又一次跑进了

那个在农场背面的
烟草仓库。开门时射进的光线惊起了
里面的蟑螂，它们从屋檐飞出，
翅膀扑打在我的脸上。(*Bellocq* 23)

奥菲利亚曾经在这个仓库中遭到别人的威胁和嘲笑，对她来说，这是一个她内心最阴暗的地方，所以在她的梦境中，这个仓库是封闭的、黑暗的，没有同伴，只有令人不安惊惧的蟑螂。相比之下，有康斯彤小姐的教室充满着光亮和温情，这样的空间才是能够安置她受伤心灵的地方，在奥菲利亚的意识里一直存在的教室成了一个精神避难所，保留了奥菲利亚对自由生活的印象和向往。

诗歌中另一个受到外部环境挤压人物的典型是言说者"我"。"我"生活在充满暴力威胁的家庭空间里，为了与不安定的外部空间对抗，"我"也为自己构建起了可以进行自我舒展的心理空间。诗歌《周六午后场电影》("Saturday Matinee")记录了"我"在自己的房间中"惬意"想象电影场景的日常经历：

在我的房间，我是一个好莱坞小明星
……

走廊那边，妈妈在轻声
抗议，继父的吼声盖过了
78 年留声机的杂音
……
我的金色房间是另一个世界。(*Domestic* 40-41)

我调大音量，想遮住隔壁海洛因的昏沉气味，
跌跌撞撞的声响，一片混乱
的喊叫。我变成了桑卓·迪，
我的妈妈变成拉娜·特纳，——我们的生活

是一个空荡荡的淡蓝色幕布，钻石落在上面
直到它被完全盖住。(*Domestic* 40)

“我”借助电影中的场景，幻想自己的房间是电影中的世界，母亲和我变成了电影中的白人母女，具有自主生活的权力。“我”进而想象自己的生活就像电影开头的画面——蓝色幕布上布满钻石，闪烁着宁静美丽的光芒。印象中的电影空间与现实空间的对接使“我”获得了摆脱苦闷危险的现实空间的渠道，伴随着自己的白日梦幻想，“我”给自己营造了一个私密的精神世界。

个体在现实空间中经受创伤，也会构建起精神空间，以弥补现实的空虚感，安抚伤痛感。如诗人在《神话》（“Myth”）中就描述了容纳对母亲思念的梦境空间。这首诗以回文（palindrome）的形式写成，诗歌后半部分是对前半部分的逆序重复。诗歌前半部分如下：

你走的时候我正睡着。
你就像是从某个缝隙溜走，一个我营造的
处于昏睡和清醒之间的空洞，

一个我安放你的幽冥空间，仍旧舍不得
放手。明天你又会离去，
但在梦中你还活着。所以我努力

将你带到晨间。沉沉睡去，辗转，
睁开眼发现，你并没有跟过来。
一次又一次，不断地放弃。(*Native* 14)

诗人为亡母营造的“幽冥空间”（“Erebus”）处于她睡梦和清醒之间，在这个不稳定的意识空间，诗人可以见到仿佛活着的母亲，但是这个空间永远只存在于半睡半醒之间的一刹那，睁开眼睛，这个空间就随着母亲的样子消散了。然而诗人并未放弃，而是不断地尝试，只为到达那个虚化的“幽冥空间”，从而与母亲在这个空间再一次团聚。这个神秘的精神空间让诗人非常向往，努力想要企及，是因为这里可以容纳她对母亲的思念，抚慰失去母亲的无法宣泄的伤痛。

诗歌中的妓女奥菲利亚和“我”，都从现实空间中遁入了某种精神空间，或因为现实空间的过度逼仄和异化，或因为生活创伤让人倍感空虚，亟待寻求另一空间的慰藉。她们所构建的虚化精神空间各有特点，无论是基于真实物理空间，还是与现实大相径庭，抑或只存在幻想之中，这些精神空间都满足了个体逃离现实、进入更自由安全领域的需求。

诗歌中充满敌意的现实空间除了会对个体的身体和精神构成压迫和威胁，也会在文化层面剥夺个体对空间的主导体验，在诗歌中，个体也是通过建构虚拟的意识空间来对抗这种压制性的现实文化空间。在一首名为《田园》（“Pastoral”）的诗中，诗人描述了一个特别的梦境空间，她写道：

在梦中，我和逃逸派诗人
站在一起。我们集合起来拍照。
我们身后，亚特兰大的地平线
被照相师的幕布遮蔽——
幕布上是一片繁茂的牧场，翠绿，布满目光温顺的奶牛
低声叫着，声音仿佛在说“不，不”。“是”，
我对端来波旁酒的酒侍说。
我们排开队来——罗伯特·潘·沃伦，
他告诉大家如何站位，声音
刚刚盖过了推土机的轰鸣。
一起叫“种族”（“race”），摄影师轻声说。当
闪光灯将我们定格，我又变成了黑脸。
“我的父亲是白人，”我告诉他们，“而且是田园诗人。”
“你就不恨南方吗？”他们问我。“你真的不恨吗？”（*Native* 35）

在诗人的梦境中，她和代表南方白人经典文学的诗人群体“逃逸派诗人”一起参加一个酒会，并且要一起留影，而背景的幕布展现的是这群诗人所推崇的旧南方的田园风光，因为推土机的轰鸣暗示现代文明对田园传统的侵蚀。而现实的潜文本是，像特雷瑟维这样具有黑人血统的诗人是不会被崇尚南方旧秩序的“逃逸派诗人”（The Fugitives）① 所接纳的，也即不会被南方主流文学标准所接纳，所以，在南方牧场这一共同空间与这群“逃逸派诗人”合照交谈只能出现在想象和梦境之中。虽然在这个梦中仍然不是一片和谐——大家拍照时喊出的口令竟然是“种族”（取 race 发音）一词，但是至少诗人和他们站在了一起，并发出了自己的声音。诗人创造的这一梦境空间是对被白人文化版图排挤的现实的抗议。

在对物质空间进行虚化处理的过程中，诗歌中都存在一个既有的现实物质空间，即使在有的诗歌中没有点明，人物所在的历史社会背景也提供了这一“潜在现实空间”。具有压迫性的或充满伤痛的现实物理空间给人造成的“受限感”实际上是因为，在这种空间中，个体的主体性受到压制。这种压制表面上是来自于空间的特性，实际上是隐藏于具体空间之下的各种“受限身份”。而诗歌中对这些现实空间的虚化扩大和美化正是“被伤害和限制的主体”逃脱这些“受限身份”，以期重获自由的途径。

二、心理空间的具象化

特雷瑟维在诗歌中极为关注生命个体的内心世界和心理意识。大多数作品中，特雷瑟维都以第一人称“我”进行叙述，描述自己和人物的情绪感知。由于特雷瑟维自身生命体验的特殊性，她深入到了极少数生命个体涉足的情感领域。为了实现她所一直强调的诗歌“共情”（“empathy”），诗人以细腻描写和奇奥的语义指涉，使这些特殊

---

① 逃逸派诗人：指二十世纪三十年代由若干美国南方白人诗人组成的崇尚旧南方传统的诗人群体，他们通常也属于“南方重农派”（“Southern Agrarians”），代表人物是罗伯特·潘·沃伦（Robert Penn Warren）。重农派诗人因为公开怀念内战前的南方文化秩序，罔顾奴隶制的罪恶而被反种族主义者谴责。

的切身感受着陆于看似平常的具体空间意象与情景。

特雷瑟维的特殊情感体验很大一部分来自对异化的家庭伦理亲情的矛盾感受，诗人因此常常处于进退两难的“阈限”（“lime”）位置。在与白人父亲的关系中，这种“阈限”有时是分隔两个房间的门框。特雷瑟维与白人父亲充满隔膜的父女关系源自父亲内心深植的种族主义观念，以及特雷瑟维对此的耿耿于怀。在《奴隶》这部诗集中，特雷瑟维在多首作品中都试图描写对父亲既爱又恨的复杂情感。亲情伦理不可改变，但是种族主义观念的存在也使父女不可亲近，所以在特雷瑟维笔下，父亲和“我”总是处在内外之间的“阈限”空间场景中，位置相近却无法真正相连。《越界》（“Fouled”）一诗描写了“我”照看病重父亲的场景，但是当“我”推门想进到父亲的房间，却发现：

> 这是我无法跨越的界限：
> 走廊的一线微光射进门框，落在他的文身上，
> 前臂上，一个船锚纠缠在锁链之中。（*Thrall* 54）

具象的房间和门框象征着“我”无法进入父亲的观念世界，我在父亲门前止步，就像他手臂上被铁链缠住的锚，意为停止。在另一首诗歌《转动》（“Rotation”）中，“我”和父亲的位置互换：

> 父亲站在门口
> 仿佛在照看睡梦中的我。
> 当我看到他的轮廓——泛光的幕布——
> 他已转身走了。（*Thrall* 55）

父亲同样也无法进入“我”的空间，与“我”享有父女间本来应该拥有的天伦之乐。物理空间的阻隔和身体的互相远离象征着二人意识形态的隔阂和心理距离。

诗人与母亲的关系中的“阈限”成了分隔两者的游泳池池水。对

特雷瑟维来说，她深刻感受到母亲的爱，但是因为母亲对自己的痛苦从来只字不言，并在最后用自己的生命“救赎”了特雷瑟维，所以母亲与其说是与诗人相濡以沫的亲人，不如说是救赎她的圣母玛利亚（Madonna）。对她来说，这仍然是一种可见却难以亲近的亲情体验。诗歌《召唤》（“Calling”）记录了诗人基于早年在游泳池溺水的经历而进行的幻想，诗中写道：

阳光穿过我头顶上
逐渐封闭的水面，我的母亲——她的身体
处在我和正空的太阳之间，一轮日冕
围绕着她的脸……
我正在下沉时，看见了黑皮肤的玛利亚；
有人将我拽出
池水的明亮顶盖
我升起来，启步，
从一个生命到另一个。（*Thrall* 66）

“我”的生活体验充满像溺水一样的窒息感，母亲化身玛丽亚，让“我”有重生的机会，但是她仿佛是水面之上的神性光晕，拯救“我”，却并不与“我”共同经历相同的窒息体验，至少，“我”没有察觉。

整个家和亲情也是诗人心中的“阈限”，在诗歌中化成家园空间与外界空间的中间地段，牵扯的同时又排斥着她。伦理亲情和家庭对特雷瑟维来说，是一个她想离开却被它羁绊的存在，这种矛盾心理被诗人借由一只猫的空间感得以表达。《黄昏》（“At Dust”）应该是诗集《本土卫队》中最为晦涩的一首，晦涩不在于诗人描写的具体空间意象，而在于意象背后传递的情感。诗中描写的是邻居唤猫咪回家，而猫咪却踟蹰在原处的情景，猫咪的视野和选择是言说者的想象。诗中写道：

在另一个院子，在我邻居的视线
之外，这只猫竖起耳朵，一开始转头朝向主人的声音，而后又转回到
她头顶闪烁的萤火之光。
她仿佛不能抉择
是越过矮树丛、
修剪整齐的花丛，跳进门廊，回到平静的光线之中，
还是待在远处：明暗闪烁的
不确定性——让她离开家的东西——
在她眼前轻快掠过。(*Native* 15)

这只猫处在花坛和野外之间的地方，听到主人的呼唤，一面眷恋着来自家的温暖灯光，一面又被野外草丛中发光的萤火虫所吸引，向往着外面世界的无限可能。两种吸引力在猫咪内心撕扯，无法抉择，它因此陷入的两难的境地，就像它所处的物理“阈限”区域。正如这只猫无法作出选择，处在亲情伦理羁绊中的特雷瑟维也是进退两难，深陷矛盾之中。

母亲去世以后，记忆伴随着心理创伤铭刻进特雷瑟维的生命历程，记忆中的创伤或带着创伤的记忆始终是特雷瑟维想要言说却觉得异常艰难的感受，这种心理上的痛感通过极度压缩的柔术表演空间得以表达。诗歌《小插图》（“Vignette”）解读了诗集《贝乐克的奥菲利亚》的封面画——一幅二十世纪初新奥尔良黑白混血妓女的照片。诗人以观赏者和言说者的角度注意到模特脸上的表情，“她眉头紧皱/向左边看向远处，越过了所有人。”（48）诗人通过想象，将妓女显现于脸上却无法对任何人言说的“痛”（“ache”）用具体的童年生活场景描述出来。她写道：

她不再听了；她忘记了
摄影师还在。她一定想起了
童年时看到柔术表演时的

惊奇——
杂技演员是如何将身体变小，装进
狭窄空间，他的肺
几乎不能舒展，只能小口喘气。她想到自己浅弱的呼吸——
背后拉紧的束身胸衣，一个身体压倒在她身上的重量。
拍下的那一刻，她意识到
肯定是一年难过一年，
那个杂技演员，也是，一定每晚
在帐中疼痛呻吟。（*Bellocq's* 47）

妓女的痛是夹杂着精神屈辱和身体疼痛的集合感受，因为屈辱所以无法言说，而极度缩小身体空间的柔术表演者虽然也是为了生存忍受着身体的扭曲疼痛，但是至少不至于羞于启口。从幼时观看表演的惊奇，到从事妓女工作后对痛苦的感同身受甚至更进一步的体悟，这种痛感只表现于眉头紧皱，却被执着于表达自己内心痛感的特雷瑟维进行了生动具体的表达。

当失去的痛感变成进入意识深处的创伤记忆，这些记忆使诗人抑制不住想要言说、释放的冲动，在诗歌中，创伤的持续性和记忆的若即若离通过身体之外以及身体之内可见又不可触摸的细微空间意象传递出来。出版较早的两部诗集《奴隶》和《本土卫队》都出现了诗人对创伤记忆的描述。《过去如何回来》（"How the Past Comes Back"）中将失去母亲的痛苦回忆喻为"一根红色羽毛/停在窗户上"。红色羽毛飘浮，窗户稳定，而这一根羽毛却被固定于稳定的空间平面，仿佛记忆不会散去。其实，同一诗集中的另一首诗歌《房中鸟》（"Bird in the House"）早就为这根红色羽毛的再次出现埋下了伏笔，该诗中，这只死去而后被父亲埋于泥土、失去痕迹的小鸟，曾经寄托了言说者对母亲的哀思。如果说窗户上的羽毛只是身体之外的外在空间呈现，那么《本土卫队》中的《纪念碑》一诗中，母亲墓前蚂蚁堆起的"纪念碑"则直接内化到言说者身体内部，成为"心头一个血泡"（*Native* 61）。

诗人在后来的诗集《纪念碑》中对这种创伤心理的表达进行了更为深入的探索，终于将其难以明确言说的创伤体验以联通外界与内心的复杂空间存在固定下来。《浮于水中》（“Waterborne”）一诗中，诗人由一幅画作《水中狂喜》（*Watery Ecstatic*）想到：

> 在梦中
> 我又变成一个孩子，在水下……
> 总是，被追逐。醒来，脑海装满
> 记忆：妈妈说出的最后的话——在她死后——在梦里：
> 你知道永不愈合的伤口
> 意味着什么吗？（*Monument* 172-173）

之后她继续想象水下空间漂浮的芦苇，以及吸附于苇叶上的蜗牛。这些都像极了她心中的创伤，“创伤是如何在我/身体的海水里生长，被遗忘之水冲刷”（*Monument*，173）。水下环境因为水的流动质性，其物理空间感变弱，表现了记忆空间的漂浮流动，貌似一切都会被冲刷离去，然而水中的苇丝以及攀缘于苇丝上的蜗牛任由时间之水冲刷，却没有半点消散的迹象。反而，这种意象经由诗人的思绪进入到她的身体，“掌纹/细微纠缠就像身体里的/血管——那些浮动的苇丝？”在看似漫无边际的意识流想象中，诗人对心理创伤的表达是凸显于具体空间描述的，这些描述阐明了这种创伤的特点：深入骨髓，深入到个体意识的每一个角落，并随个体生命不断生长。

与伤痛记忆纠缠的无奈不同，诗集中的倒数第二首诗《变形》（“Transfiguration”）透露出一种接受和释然，这种情绪的空间表达随之由过去倾向于封闭的空间转变为开放性的空间。在诗中，诗人认为钟、弹孔、地上死者的现场痕迹固定线等空间形象都不能代表“失去”（“loss”），而一株无花果树以及树枝上奋飞的红雀却被认为恰当地表达了她的心境。诗歌中这样写道：

> 今天，冬天的一棵无花果树让我驻足。

勾勒于雪地之中，黑色的树干就像它的影子，互生的树枝
向内蜷曲，成为一个巢的骨架。那一刻，我看着
一只明亮的红雀栖息在那，而后振翅飞翔。

这里的红雀与《房中鸟》、《过去如何回来》中鸟的意象形成互文。只是在后来创作的《变形》中，诗人采用的空间意象从房间室内、房外窗面，进而完全脱离人造家宅空间，来到了有白雪、无花果树和飞翔的鸟儿等意象的开阔自然空间；鸟儿意象也从死去的房中鸟、落下的羽毛变成了生命鲜活的形象。

由此可见，在诗人的意识中，对创伤的感触是不断变化的，从失去的绝望、失去至亲不可企及的无奈，到接受伤痛融入个体生命历程，再到在内心“筑巢”，随时接纳创伤回忆的“造访”，特雷瑟维将每个阶段的心理感受附着于恰当的具体生活和自然空间，逐渐释放了心中苦苦琢磨的情感，并最终走向个体与创伤记忆的和解。

三、聚焦于媒介的空间交互

特雷瑟维诗歌中，因为人的各种活动，社会空间处于不断的调整变化中。对这种变化中的社会空间的描写，诗人选择了将观察者和叙述者视角从社会空间内部迁移到人与社会空间之间，即通过引入人对空间施加影响的媒介，并对其进行聚焦性描写，以此串联起人与外界的关系，为实现空间的改造提供具体途径。诗歌中引入的人与空间交流互动的媒介集中表现为家庭环境中的物什、照相机及摄影术，以及以教堂为代表的社区文化支架等。

《家庭工作》中有多首诗歌描述了非裔女性整理家居环境，从事家务劳动的情景。如这首以《家务工作》（“Housekeeping”）命名的诗歌写道：

我们为损坏的物品哀悼，
扭曲的椅子腿，缺了口的盘子，
针脚磨平的衣服。我们用胶水

使出魔法，钉上钉子，修补破洞。
我们尽可能地省下东西，将小块
肥皂融在一起，收集落下的山核桃，留下猪颈骨
熬汤。朝墙上拍打地毯时，
我们看着灰尘，像点亮的星星，飘散到
院子各处。傍晚时分，我们放下
百叶窗，让房间凉下来，把蚊虫
赶出去。妈妈熨着衣服，唱着歌，沉浸于遐思。
我在邮购清单上做标记，
聆听路过的车。一整天我们都等待着
邮件，来自遥远地方的消息。（*Domestic* 52）

诗歌中细致记录了“我”和母亲收拾家务的一点一滴。家中的一切生活用品，包括椅子、餐盘、衣物、肥皂、山核桃、猪颈骨、地毯、百叶窗等都保留着人的温度，具有可爱的属性。连地毯上飘散的灰尘，都被诗人比作点点星光。即使它们并不珍贵，甚至已经陈旧破损，但是主人翁仍旧满怀爱意地对待它们，舍不得丢弃，尽可能地用双手对它们进行修缮，物尽其用。这些普通的物品组成了一个普通而充满生活热度的家庭空间，人物在对这些物品进行维护、改造的过程中实现了与家庭空间的互动，而这些生活用品就充当了人与家宅空间建立紧密联系的有效媒介。

在同一部诗集中的另一首诗歌《采摘》中，人与家用物品的互动则更为深入，实现了物从自然物到生活用品的转化，这首诗讲述的是诗人和秀格奶奶采摘、储存无花果的生活经历，诗中写道：

未成熟的无花果，还是青色，
硬邦邦就像珠宝——我们把它们存起来，
放在深口的白色罐子里。

它们迎着光

被放在窗台上，她告诉我，
“等着吧，耐心一点。”

我每天都摸一摸它们，
看着它们变成金黄，变得甘甜，
将这甘甜回馈给我们。

我开始明白
生命大抵如此——我们
从光中汲取所需。

发出光彩，将
被手摘下的日子储存进记忆，
我们脑海中的黑暗空间。（*Domestic* 48-49）

“我们”将自然环境中的无花果果实摘下，储存起来，当它们被装进玻璃罐子放到房间的窗台上，它就已经从自然物变成了具有家庭属性的生活物品。罐中的无花果吸收着太阳的光热，变成了发着光亮的腌制果脯。这个转化过程的每个阶段都离不开人的参与，首先将它们摘下，然后储存，然后是长时间的关注等待，不断挤压查验。不仅如此，从这个物的转化中，诗人意识到生命也和无花果一样，是不断变化、累积记忆的过程，这实际上是对自然物的精神归化，意味着更深层次的家庭空间改造。

人与社会空间的互动除了通过家庭生活用品，在特雷瑟维的诗歌中，还通过技术性设备和手段——摄像机和摄影术来实现，这集中体现在诗集《贝乐克的奥菲利亚》中。奥菲利亚在日记和书信中以较多篇幅描写了自己的摄影活动，以及摄影活动带来的人与环境关系的变化。在1912年3月的日记中，她写道：

在拥挤的街道上，我想让时间

停住，将它锁进我的暗箱中——
一辆火车从站内缓缓驶出，
乘客向开着的车窗外挥手告别，
留下站台上送别的人黯然神伤。
曾经我踏上火车；背井离乡，
我看着猩红的天，沉沉落日的余晖——
仿佛那余烬可以被我吹出火焰——夜
降临了，过去在我的身后暗去。
现在我期待着出发，汽笛
尖锐的号角。当我第一次试着拍下这个镜头
我想起了渐渐消失在
地平线的母亲——如此心神不宁，以至于看向了
没有脱去盖子的镜头，只清晰地看到自己的眼睛。(*Bellocq's* 46)

从时间和内容上分析，这首诗描述的场景对应了“斯托利维亚书信”部分的最后一首《1912 年 3 月——向西寄出的明信片》（“March 1912—Postcard，en route westward”）中的内容，即奥菲利亚决定离开新奥尔良，向西部出发。奥菲利亚和周围社会空间，如妓院、斯托利维亚红灯区和新奥尔良市等的关系在整部作品中经历了明显的变化。最初，作为一个妓女，她只能在红灯区内活动。这个时候白人摄影师过来给她拍照，她只能在妓院的场景中，按照摄影师的主观安排，配合拍照，与高级妓院的环境融为一体。后来随着参与摄影术的学习，她走出了红灯区的范围，和贝乐克到医院看望朋友，以医院场景拍照，因此被警察盘问并拘禁。她自己购买照相机之后，对新奥尔良的城市景观进行了自主拍摄，足迹范围也更为扩大。到了这首诗歌中的时刻，她已经决定完全脱离新奥尔良，去西部的广阔空间寻找新的生活。过去她被动地被火车拖拽着离开熟悉的家乡，而今她主动离开空间的束缚，热切盼望着“火车汽笛尖锐的号角”，她在环境中的主体性地位确实得到了提升。这首诗中，她想凭借照相机“让时间/

停住，将它锁进我的暗箱中”，证明她对空间已经由之前的观察变成掌控的欲望。而对奥菲利亚来说，照相机和摄影术是她与生活空间互动，并最终成为与空间的斡旋竞争中争得上风的必要媒介。

超越个人的生活空间，在社区环境中，人与空间的互动媒介则更为复杂和隐性，如诗人在诗集《会众》（*Congregation*）中所描述的黑人社区的教堂。这个教堂由诗人的外祖母创建，就在她家的街对面，教堂经历两次飓风袭击却总是被保存下来。在《超越卡特里娜》中有关于这座教堂的描写：

> 当1969年卡梅耶飓风（Camille）到来的时候，我只有三岁。外祖母街对面的橄榄山浸礼会教堂（Mount Olive Bapist Church），屋顶被掀去了。……在修缮中，教堂内饰焕然一新：深红色的地毯和红色天鹅绒的洗礼圣水盘帘幕——都是我外祖母亲手做的，作为她对上帝住所的礼拜。里面放进了一个新的管风琴和大理石祭台，上面写着“为了将我铭记”。（“Liturgy”，*Beyond* 64）

在卡梅耶飓风中，这座教堂被严重损坏，外祖母花费心血将其修缮，并让它更加容光焕发。因为教堂不仅是她个人的精神皈依，而且对于整个社区极为重要，它是社区空间的文化支架。教堂的精神连接作用超越了它的物质存在，即使它破败不堪，甚至惨遭毁灭，在社区遭受重大灾难和创伤的时刻，教堂仍旧是一个安置人们的灵魂、唤起他们对生活信心的物质-精神存在。最能凸显教堂精神支撑作用的是特雷瑟维对其外祖母葬礼的描写：

> 今天上午我们埋葬了外祖母，教堂是这样的。仍在重建之中——神殿无法使用——这里似乎已经被遗弃。两边第一层的窗户都被木板钉住，而高层两扇俯视阳台的窗户被飓风刮走，还空着。我能看见鸟儿从中进出。教堂指示牌还没有修好，上面大部分的玻璃不在了，几个字母零星挂着——一个“O”在一边，像

是毁坏的“F”，第二横不在了，就像孩子绞刑游戏中被挂着的人。

> 只有教堂后面一个小仓库棚子可以使用，在那里提供外祖母葬礼的餐食，它也作为临时的礼拜教室和医务室。……当我找到护士克劳奇先生，告诉他我将外祖母的遗体送回来举行葬礼时，他感谢我说，“这场飓风中我们失去了很多会众，保险公司无法赔付，橄榄山教堂仍旧在想办法筹钱修缮。”（“Cycle”，*Beyond* 98）

飓风过后，生命飘零，社区的重建还在艰难进行，这个时候外祖母的葬礼在整个破败不堪的教堂举行不仅是对死者一生精神追求的安放，同时也借这个悲痛悼念的契机让大家再一次聚到一起，疗治创伤，传递力量。教堂的摇摇欲坠和破败荒芜并没有阻碍它继续履行施惠救助的职责，教室和医疗站艰难维持，教堂仍旧是外祖母以及其他会众的精神皈依之地。教堂空间形态的破碎飘摇更加反衬出它强大的精神联结和支撑力量。在卡特里娜飓风袭击两周年后，人们集中在教堂中，举行纪念仪式，而这种仪式让整个社区因为共同的集体记忆而凝聚在一起[①]。诗人再一次回到这里：

> 那是礼拜天。在外祖母家街对面重建的教堂，
> 我步入它的前厅，看到的
> 不再是前几年坚固的墙面，而是
> 一堵新的玻璃做的墙，透过它我可以看见
> 祭坛圣地……（*Monument* 116）

教堂物质与精神的双重属性互相支持，在人的持续维护和修缮中，被构建成了社区居民和社区空间之间一个强大稳定的联系点。

---

① See Trethewey, Natasha. *Beyond Katrina: A Meditation on the Mississippi Gulf* Coast. Jackson: Georgia University Press, 2010, p. 64.

日常家庭物品、摄影机和摄影术、教堂都是特雷瑟维诗歌中人与社会空间进行互动，并对后者施加影响的媒介。诗人将这些媒介引入社会空间的书写中，提供了理解阐释空间新的、更有效的视角，捕捉了社会空间因人与之互动产生的变化，也更加突出了人与社会环境的辩证依存和流动变化的关系。

通过物理空间的虚化处理和意识空间的具象化，特雷瑟维打通了物理和精神两个层面的空间，丰富了两重空间各自的内涵。通过引入人与家庭、城市、社区等社会空间交互的媒介，以它们为中心探察人的活动以及由此带来的空间变化，实现了对社会空间改造过程的有效呈现和原因分析。特雷瑟维在诗歌中的空间建构不是在作品中建立起全新的物理、精神和社会空间，而是通过各种途径对各个层面的空间进行迁移和改造，在流动性的空间中来凸显人的主体性变化。

第二节　空间建构下的主体性强化

在虚实相间的空间书写中，特雷瑟维通过对物质空间的虚化，使个体进入梦境、回忆、想象等精神空间领域，这种空间范畴的转移和扩大带来了个体身份或主体性的变化。与物质空间的虚化处理相对，诗歌中对复杂心理意识和情感进行了具象化处理，在心理意识和日常物理空间情景之间构建起陌生化的语义关联，实现了个体对内心深处复杂情感的自由言说。而以物质媒介为支撑的人与社会空间的交互更是使个体参与到对后者的改造中。无论是寻找到精神安置的虚化空间，还是找到复杂或压抑情感的表达方式，抑或是对社会空间施加影响，都是个体主体性得到保全和伸张的表现。

一、现实身份的逃逸

特雷瑟维诗歌中现实空间的虚化使现实空间中主体性削弱或丧失的个体暂时逃脱某种受限身份的束缚，进入到一个可供其舒展或疗愈的心理空间。在诗歌中，这些受限身份包括社会底层劳动者、家庭暴力受害者、文化流亡者以及丧亲者等。

对于社会底层劳动者如妓女奥菲利亚和家庭暴力受害者如“我”，施加压力于个体的因素是较为显性的社会和家庭因素。生活于二十世纪初新奥尔良地区的黑白混血妓女奥菲利亚处在社会最底层，承受着来自阶级、性别和种族等权力压迫，这直观体现在其工作性质、日常生活和活动区域上。她的妓女身份与斯托利维亚这个地理空间紧紧焊接在一起，她无法哪怕是一刻逃离这个地方，否则将会被送进监狱，混血妓女的身份标签成为她受压迫命运的根源。奥菲利亚身上背负着多重身份标签——黑人血统、性工作者、女性。据记载，1898 年，斯托利维亚地区成为美国的合法红灯区，汇集了不同年龄、国籍和种族的性工作者。妓女按照这些因素进行标价，白人妓女中犹太人、东南欧人价格最低，黑人妓女价格低于白人，但是混血妓女占到总人数的 16%，价格普遍高于黑人妓女。一些高档妓院以混血妓女的种族特性为噱头招徕顾客。红灯区按种族进行不成文的分区，互相隔离①。类似于奥菲利亚所在的高档性交易场所，服务价格高昂，妓女们可以享受较为舒适的物质生活。但在光鲜的外表之下，是混血妓女这一身份对个体主体性的践踏。除了本身毫无尊严的工作，妓女们为了维持洁白的皮肤，往往要服用对身体有害的明矾等化学品。她们的一切活动都不能超出红灯区的范围，否则有被监禁处罚的危险。所以，对于奥菲利亚们来说，个性、自由、尊严所受到的极度挤压只有通过虚构的心理空间得到释放，从而使重压下的灵魂暂时逃脱现实身份的镣铐。

言说者“我”在家庭中处于继父暴力的阴影下。“我”在大多数情况下可以等同于诗人自己，据她讲述，母亲一度寻求法律途径带着特雷瑟维远离了继父。诗人在新家的门廊上、在母亲为她特地营造的玩耍空间里感受到了极大的自由和安全。然而，好景不长，不久后继父出狱，不断来骚扰，直至将其母亲枪杀。母亲提供的安全自由的家庭空间与之前有继父在的家庭空间形成极大反差。来自继父的家庭暴

---

① See Forster, L. Craig. “Tarnished Angles: Prostitution in Storyville, New Orleans, 1900-1910.” *Louisiana History: The Journal of the Louisiana Historical Association*, vol. 3, no. 4, 1900, pp. 387-397.

力以侵犯诗人日记隐私、对其进行人身限制和伤害威胁，以及对母亲的人身伤害直至谋杀等各种方式对特雷瑟维产生了一生挥之不去的消极影响。有学者通过实证研究发现，家庭暴力会对青少年自我认同或主体性的形成产生极大的阻碍作用①。年仅 19 岁的特雷瑟维只有通过营造想象的空间跳出那个充满威胁的家庭环境，逃脱家庭暴力受害者的身份。

对于文化流亡者"我"和丧亲者如"我"和父亲，对个体身份施加限制或压力的是比较隐性的文化和心理因素。"我"作为来自美国南方的黑白混血诗人，即使外表上继承了父亲的白人样貌，但是根据种族主义观念中的"一滴血原则"（"One Drop Principle"）②，"我"仍然被归为黑人。黑白混血的特雷瑟维处在泾渭分明的黑人世界和白人世界的夹缝中，她父母的婚姻和她的出生在密西西比州都被视为非法③。因此，她将自己视为故土上的流亡者。作为一位诗人，文化版图的排斥是她文学主体性的重要限制性因素。她在多个场合宣称自己是一个南方诗人，但是特雷瑟维却被代表南方本土话语的"逃逸派诗人"所坚持的信条排斥。所以，在梦境中，特雷瑟维终于和罗伯特·潘·沃伦（Robert Penn Warren）等南方经典作家站在了一起，共享亚特兰大的田园时空，这成为她摆脱种族主义文化偏见的压制、宣示自我身份的象征。

较之于文化因素更为隐性的是失去亲人的创伤等心理因素对个体

---

① See Makhubela, Malose S. "Exposure to Domestic Violence and Identity Development among Adolescent University Students in South Africa." *Psychol Rep*, vol. 110, no. 3, 2012, pp. 791-800. Also Boxler, Heather Nash. "Understanding the Performance: Learning Identity and Domestic Violence." *Adult Education Research Conference*, New Prairie Press, 2004.

② See Hollinger, A. David. "The One Drop Rule & the One Hate Rule." *Daedalus*, vol. 134, no. 1, Winter, 2005, pp. 18-28. 指的是，一个人如果其身上哪怕只有一滴黑人的血，那他就被归为黑人，无论长相如何接近白人。

③ 特雷瑟维父母于 1965 年结婚，而他们所在的密西西比州的"反种族通婚法"（Anti-miscegenation Law）直到 1987 年才废除，特雷瑟维出生于 1966 年，所以当时他们的婚姻和子女在该州属非法。

主体性的限制。特雷瑟维在其诗歌中着重刻画了父亲和“我”因失去至亲——“我”的母亲而承受的心理伤痛和空缺感。弗洛伊德考察了失去亲人对个体主体性的影响，他认为，个体所痛失的人或物内化到他们的“自我”（“ego”）中，将其从内分裂，造成“自我”缺失[①]。亲人或家人是个体完整主体性的组成部分，亲人的离去会给个体造成类似“幻肢痛”的感觉。为了缓和这种现实空缺的痛苦，还在世的个体总是幻想自己失去的“那一部分”即已故的亲人仍然没有离去。正是通过悼念（mourning），个体逐渐收回灌注于亲人的“自我”，回到意识领域的自我认同（identification）状态[②]。特雷瑟维和父亲就是通过这种方式，遁入幻想和梦境的领域，在那里与已故的母亲或妻子团聚。从相关题材在诗歌中出现的频率来看，特雷瑟维想要逃离丧亲者身份的愿望是强烈的。她在心理环境中营造各种场景都是为了能和母亲再次同处一个时空，以此摆脱有残缺感的主体感受，让自己再次“完整”。

主体性保持和实现的重要标志就是个体的自由和完整。因为社会、家庭、文化和心理各种因素而造成的个体身份的“受限感”让追求自由完整的个体产生逃逸现实受限身份的冲动与需求。特雷瑟维通过对现实生活的物质空间进行虚化处理，为苦于受限身份压制的个体提供了一条逃逸现实身份、再次“实现”主体性自由和完整的路径，在虚构的心理空间中解放被束缚的主体性。

二、情感表达的自由

特雷瑟维通过对心理意识的具象化处理表达了难以形容的对伦理亲情的矛盾和失去至亲的创伤等情感。其中，具象化空间意象对心理意识的语义指涉突破了多个范畴和维度，表现了诗人进行主体情感指

① See Ferber, Ilit. “Melancholy Philosophy: Freud and Benjamin.” *E-REA* (Online version), vol. 4, no. 1, 2006. https://journals.openedition.org/erea/413.

② See Freud, Sigmund. “Mourning and Melancholia.” *The Standard Edition of the Complete Psychological Works of Sigmund Freud*, vol. xiu, 1914-1916, Trans. & Ed. James Strachey, London: The Hogarth Press, 1953, pp. 243-258.

涉和阐释的自由。

对心理意识进行具象化描写的手法整体上打通了抽象意识空间和具体物质空间范畴的界限。对异化伦理亲情依恋却又想挣脱的矛盾心结，通过门廊的界限性空间位置、身体溺于池水、小猫踟蹰花坛边缘不肯回家等具体空间构建得以表达；对失去亲人的伤痛和创伤性记忆，通过蚂蚁的“纪念碑”、心头的血泡、窗玻璃上的鸟羽、水中的芦苇和蜗牛，以及雪地中的无花果树等空间意象得到恰当的比拟。所有这些语义指涉关系的构建都勾连起物质和意识两个存在范畴。

家庭伦理的异化和少年丧母带来的心理创伤使特雷瑟维的主体性变得残缺，亟须修补。将这些如乌云弥漫却又琢磨不透的情感恰如其分地描述出来，并且通过自己可解读的描述与读者产生共鸣，是诗人寻找主体修复“缺失或坏死”部分的有效途径。首先，对痛苦进行言说是受伤的主体性迈出的艰难的第一步。“对于创伤个体来说，他们亟须通过对自我进行连贯讲述来对抗创伤事件的影响，从而获得精神稳定。”[①] 特雷瑟维母亲去世的时候她才 19 岁，之后很多年，无论作为自己文学导师的父亲还是其他人对她进行劝说，她都拒绝言说内心的恐惧和痛苦。直到在其诗集《本土卫队》中，她才由内战中黑人本土卫队的故事找到出口，开始书写献给母亲的挽歌，将母亲受害的相关往事和自己的无尽的思念和负罪感诉诸笔端。所以，在被问及该部诗集克制冷静的诗歌形式与言说情感的矛盾时，她说，正是克制的形式暗示出言说者所经历的说与不说的痛苦挣扎。在决定对创伤进行言说之后，对于如何进行恰当的讲述，诗人也经历了尝试打磨的过程。2000 年出版的《家庭工作》对母亲的描述主要是对过去生活场景的回忆，2007 年出版的《本土卫队》正面描述了母亲的遇害和自己对母亲的追悼，表达了母亲的死给她内心带来的残缺感，而那首隐晦传递出源自异化家庭伦理的矛盾心理的《黄昏》（“At Dusk”）也收在本诗集中。2012 年出版的献给父亲的《奴隶》，其中第一首竟然是献给

---

① See Borg, Kurt. “Narrating Trauma: Judith Butler on Narrative Coherence and the Politics of Self-Narration.” *Life Writing*, vol. 15, no. 3, 2018, p. 447.

在世父亲的挽歌，可见诗人对言说自己内心创伤的“用力过猛”和“过犹不及”。直到在 2018 年出版的《纪念碑》的新诗《发声》（“Articulation”）中，诗人才真正到达了理性认识和接受这些生命创伤的状态，并对其进行恰如其分的言说。诗人在《到达》（“Reach”）等诗歌中表现出对父亲的平和态度，在《变形》（“Transfiguration”）和《发声》等诗歌中实现了自己与创伤的和解和自我救赎。为自己内心的“难言之隐”寻找合适的表达实际上也是个体生命加深自我认识和重新塑造主体性的过程。对于特雷瑟维来说，这一过程在其跨越虚实表意范畴的诗学实践中得以实现。

特雷瑟维跨范畴的指涉自由具体表现为打通多种表意范畴，如时空、视听感官、人与动物认知等。这些不同范畴间语义指涉关联的构建是诗人进行陌生化表达的载体。如以父亲抹平鸟儿的坟墓（*Thrall* 50）和蚂蚁一步步构建“纪念碑”（*Native* 43）的空间变化喻指时间对记忆的抹杀和对创伤的凸显，是以具体的空间意象描写抽象的时间，消除了空间与时间的界限。《纪念碑》一诗中这样描述：

今天，蚂蚁在台阶前
  忙碌着，迂回地穿梭于
它们正在建造的这座小山。
  我看着它们出现——

就像我忘记的一切——消失于
  地下——一个由
不断的新旧交替组成的世界。

……
在母亲的墓地，蚂蚁川流不息
  就像动脉里的血液，一座小山升了起来

在她未被照料的墓园。一点一点，

　红色泥土堆成小丘，散开来
就像草地上的皮疹
……

它们的劳动，提醒着我
　没有做的事情。即使现在，
那个土丘仍然是我心里的一个血泡，
　鲜红的，嗡嗡地发出声响。(*Native* 43)

诗人最开始在台阶前看到蚂蚁在泥土中穿梭，推起了一座“小山”，由此联想到土壤不断被蚂蚁搬运挪动，导致地底的空间一直在不断变化，因此她认为地下的世界是新旧交替的，一切变化都是时间流逝的体现。接着由这个情景，诗人回想起蚂蚁在母亲墓地上堆起小土丘的样子，做了她没有做的工作。诗人之所以没有为母亲立碑，一方面是因为不想母亲的墓碑上留下杀人凶手即继父的姓氏，但另一方面的根本原因则是诗人的时空观，即时间流逝不止，导致空间也处于绝对的变化中，所以她认为任何形式的物质固定都无法真正纪念母亲。但是蚂蚁们为母亲修建的“纪念碑”却永久地留在了她的意识里，最终转化成心头的一个盈盈血泡。诗人用一个进行时的动词“嗡嗡作响的”（“humming”）来描写这个血泡，表明她为母亲在心里营造的纪念碑是动态变化的。所以，蚂蚁以土丘做的纪念碑和我在内心建造的纪念碑都是不断变化的，其中凝聚了时间的历程。因而，这一连串具体意象实际上是在以看似静态的空间意向暗指思念与创伤蕴含的时间历程。围绕土丘这一空间意象，诗人找到了表达自己复杂思念情感的途径。

梦中“我”与父亲同在车内却听不见他的呼喊，听觉的抽离深化了“我”与父亲的疏离感，这一描写打通了视觉和听觉的感官范畴。在《汽笛》（“Siren”）一诗中，诗人描写了一个奇怪的梦境：

梦里我正在开车，

被捆绑在座位上
就像奥德修斯被缚于桅杆，
父亲从后座
叫我——引诱我
回到一个从来没有远去的过去。这就是
伤感的背叛。
……
我的耳朵完全听不见
父亲的声音；
我一定是执着于听他的声音
而陷入了痴迷。(*Thrall* 42)

诗人描述的这个梦境极为隐晦，表达了她对白人父亲难以言明的复杂情感。二人这种既亲近又疏离的感情，通过诗人对这个隐晦但具体的梦境场景的再现得到了表达。诗人与父亲坐在同一辆车中，诗人在驾驶，父亲在后座，两者在物理空间上非常近。但是父亲在后座向我喊话，我知道他在说话，想听清楚他的话却无论如何也听不到，这种奇怪的声音隔离象征着两人内心世界的疏离。声音的消失和隔离是一种听觉上受到阻碍的体验，但在梦中两人在空间上并没有隔阂，而是同处一个空间。因此听觉与视觉的感受之间形成了一种张力，表现了诗人与父亲之间“隐性的隔膜”对她带来的无奈和迷惘。这一首诗因为融合了视觉与听觉的描写而显得隐晦，而这种隐晦感恰好再现了诗人心中的感受。

诗人的情感描写，除了跨越了时间与空间、视觉与听觉的范畴界限，还联通了人与动物的认知范畴，如她以小猫在傍晚流连草丛时“所见所思”表达自己进退两难的心理状态。而诗人以“心头生长的血泡”(*Native* 43)和“手掌的毛细血管”(*Monument* 172)等微观空间意象表达弥漫于“我”整个认知情感空间的创伤回忆，是以微观范畴指涉宏观心理体验，等等。

特雷瑟维立足于自己的主体表达需要，突破常规的语义关联，构建起陌生化、个性化的情感指涉，这一诗歌技法对应的是诗人认识自身情感、释放情感，并最终自我调适的主体构建过程。

总的来说，特雷瑟维对心理意识的描写采取了空间具象化的表达方式。通过对无形的心理感受进行具体空间“赋形”或“表征”，埋藏于她心中、困扰她的矛盾执念和创伤记忆找到了抒发的窗口。而在进行“赋形”这一自由指涉和阐述的过程中，诗人对这些情感本身以及对自己作为一个生命个体的了解得以加深。以此，经历家庭伦理异化和丧母之痛的特雷瑟维松动了消极情感的钳制，开始恢复情感自由，重新建构起残缺受伤的个体主体性。

三、对社会空间的改造

在特雷瑟维的观察中，以美国南方非裔为代表的边缘个体或群体生活在一个充满敌意的社会空间。这一社会空间对这些个体在本质上是排斥、压迫和扼杀的。在揭露这一社会空间现实特点的基础上，特雷瑟维通过聚焦于空间中的个体状态，以及赋予个体以言说和行为的权利，来彰显他们对塑造其身份的社会空间的反塑造倾向，即个体抵制社会空间对其施加的影响，并由自我的主体性和能动性出发，对社会空间进行改造。

马克思主义认为，人的主观能动性能帮助其实现对客观世界的改造。列斐伏尔在《空间的生产》中围绕“生产”（“production”）概念对马克思主义的这一观点进行了阐释：“广义上讲，人类作为社会存在生产出了他们的生活，意识和世界，历史上和社会上的所有存在都需要被生产出来。‘自然’本身作为在社会生活中被感知的存在也是被改造，因此也可以说是被生产出来的。”① 在这个意义上，特雷瑟维诗歌中的美国非裔个体积极参与到了对社会环境的“生产”或改造中，具体表现为个体对劳动空间的改造，对家宅社区空间的建设，以及对城市空间的客体化转化。

---

① See Lefebvre, Henri. *The Production of Space*. Trans. Donald Nicholson-Smith, Oxford: Blackwell, 1991, p. 68.

在《家庭工作》中，以诗人外祖母为原型的底层非裔劳动者虽然受制于特定的劳动空间，但是却从未停止对其所处空间的回应，该诗集中记录了个体对劳动空间进行改造的各个阶段。在《工作中妇女的姿态》等诗歌中，处于雇主家宅工作环境中的家庭工作者，其主体特性几乎淹没于周围的物理环境——劳动对象与劳动工具中，个体对劳动空间的抵制大多停留于对"镜头"面无表情地直视和对摄影师指令的不配合。在《思索，1939》和《布料厂，格尔夫波特，密西西比，1956》中，个体对当前劳动环境如电梯间和流水线工厂等直接表示了不满，甚至正面的反抗。除了个体对劳动空间态度的变化，空间属性本身也逐渐发生转变，即从劳动者主体性完全压制的雇主家宅，到劳动环境些许改善的流水线工厂，再到个体合作经营的美发店，最后到完全自主经营的裁缝店。个体的主观选择和劳动实现了对自我劳动空间的改造。

对家宅和社区空间的建设主要表现在家庭成员对家宅空间的维护和建设，以及飓风袭击之后，格尔夫波特黑人社区的会众对社区空间的重建。在非裔家庭生活题材中，诗人在《家务工作》和《收款日》（"Collection Day"）等诗歌中描写了非裔家庭成员对家宅空间的改造和建设。她们收拾旧物，修缮后继续使用；（*Domestic* 52）精心选择室内装饰品，营造家宅空间的文化氛围；（*Domestic* 53）积攒钱币，以按揭的方式购置房产；（*Domestic* 54）等等。与《南方恐怖故事》（"Southern Gothic"）中所揭示的外部社会环境对非裔家庭的挤压和威胁相对，非裔个体对作为其社会性根基的家庭空间的维护和建设就是对外界威胁性空间的反抗。在社区层面，非裔会众面对被现代白人资本及其间接导致的飓风灾难摧毁的家园，积极地以黑人教堂的文化精神纽带将个体再次凝聚起来，共同参与到对社区房舍、公共设施的重建，以及更重要的，对黑人社区文化自主性的重建中。在诗集《纪念碑》和回忆录《超越卡特里娜》中，诗人描写了坚守家园、等待重建的表亲，守望海滩、参与救援并重拾自我的弟弟乔，以及努力搭建起社区人际关联的远亲罗伊等，并在《祈祷，1926》一诗中追溯了外祖母所代表的维系北格尔夫波特这个黑人社区生存的艰苦奋斗的劳动品质。

对城市空间的客体化转化集中体现在妓女奥菲利亚的案例中。奥菲利亚的活动范围在新奥尔良这座城市中被限定在斯托利维亚红灯区，作为个体，她要实现自我生存就必须完全驯服于城市空间对她的规约。在奥菲利亚和她所在的城市空间的关系中，后者成了压制性的主体，而前者反而是被绝对控制的客体。然而，特雷瑟维赋予了奥菲利亚反客为主的机会。通过学习摄影术和拥有照相机，她掌握了凝视外部空间甚至另一个自我的权力。在摄影术的帮助下，奥菲利亚从关注别人眼中的自己的客体性自我，转变成了关注自身和自己感官所见的世界的主体性自我。从最初因迈出红灯区被警察拘禁侮辱的卑微个体，到在镜头中反观自己、思考自我身份的独立个体，再到凝视城市空间，用镜头语言进行再现的自由个体，奥菲利亚完成了对其所在城市空间的客体化改造以及对自身的主体性塑造。

通过对社会空间的改造，非裔个体被社会规约压制的主体性得到了伸张和重建。外祖母为代表的非裔底层劳动者，以对劳动空间坚持不屑的对抗和改造为自己争取了更多的工作和生存空间；黑人社区中的居民通过对家宅和社区空间的维护和重建，在威胁性的社会空间中保持和延展了自己的文化家园；被城市空间拘禁和抛弃的边缘个体则在文化层面纠正了被异化的主体性。

文化空间中个体主体性的重建包括了受限身份的逃逸、情感指涉与阐释自由的实现，以及个体对空间的改造等三个层次，诗人从边缘个体生存空间的逼仄和承受的压迫性现实出发，逐步解除了空间对个体身份限制的镣铐，赋予他们言说和指涉的自由，进而与空间对个体的塑造性针锋相对，暗示出他们对空间进行反塑造的动机和实践。这三个层次正是现代文化空间中的非裔个体自我解放、实现主体性重建的过程。特雷瑟维以敏锐的诗人触角对物理、精神、社会等各个层次的空间进行体悟，融入其诗歌创作。从这些作品中，诗人的空间意识特征得以显现，具体表现为各个属性空间界限的模糊化，以及个体与空间的辩证生产关系。

各个属性空间界限的模糊化主要体现在物理与精神空间的联通融合，这一融合是通过空间的时间维度的引入来实现的。在其诗歌《时空理论》中，诗人写道：

> 沿着密西西比 49 号公路向南走，一个
> 接一个英里里程碑标志着
> 你生命中又一分时间的流逝。
> ……
> 在码头
> 你乘上去船岛的轮渡，
> 有人会给你拍照：
> 照片里——过去的你——
> 会等你归来。（*Native* 1-4）

诗歌中的公路旅途、轮渡游览都是首先以物理空间为依托和标识的，而诗人自然而然地将时间刻度融进了这些物理空间。所以，路径的延续也是时间的流逝，轮渡的往返同时也意味着时间历程在个体身上留下印记。而时间正是个体通往精神性空间，如回忆和梦境空间的媒介。如果这首诗歌所传达的空间意识略显含蓄，那么在诗歌《自拍照——1912 年 3 月》（“Self portrait-March，1912”）中则更为直观：奥菲利亚由镜头前忙碌的新奥尔良火车站台进入到了自己从家乡乘火车离家时的回忆空间。

人作为个体或群体是特雷瑟维笔下空间的固有成分，这些个体既是被诗人描写的客体，也是具有自我能动性的主体，个体与其所在的空间构成了一种辩证生产的关系，即个体是空间的一个要素，个体属性的界定受到空间的影响，而个体的能动性也参与到对空间的塑造过程中。列斐伏尔《空间的生产》一书中指出，空间具有社会性，是一系列人类社会活动的产物，它容纳了所有被生产出来的东西以及它们之间的关系①。据此观点，人既是空间生产的参与者，也是被生产出

---

① See Lefebvre，Henri. *The Production of Space*. Trans. Donald Nicholson-Smith，Oxford：Blackwell，1991，p. 73.

来的空间的组成部分。特雷瑟维的诗歌主要刻画了美国南方非裔个体尤其是女性个体的生活经验。以《家庭工作》中对底层非裔女性劳动者的描写和《贝乐克的奥菲利亚》中对混血妓女的生活工作记录为例，两部作品中的女性个体身份都受到其所在空间的界定。《家庭工作》中的女工所在的劳动空间都具有一种对个体进行"物化"的威慑力，而奥菲利亚所处的斯托利维亚红灯区更是在物理和心理层面对其进行妓女身份的规约。但是，特雷瑟维同时给予这些个体进行能动表达和行为的自主性，于是就出现了诗歌中描写的非裔底层工作者对空间物化的抵制，以及奥菲利亚通过摄影术对空间意义进行的自我建构。

特雷瑟维在其诗歌中引入的实际上是一种融合辩证的文化空间意识。美国文化地理学家爱德华·索亚（Edward Soja）提出的"第三空间"（"Third space"）理论在列斐伏尔社会空间理论的基础上进一步扩大了空间的内涵，他认为第三空间汇聚了主体性与客体性、精神与肉体、意识与无意识等各个元素，第三空间作为一种认识论是对之前物理-精神二分法下的空间意识的解构和重构[①]。不仅如此，索亚声明这个"第三空间"包容所有当下存在的文化思潮，意图将对空间的界定融入后现代文化批评的语境中。在这部著作中，他着重关注了女性批评和后殖民批评与空间批评的融合，即其在第三空间中的实现[②]。特雷瑟维所关注的虽然主要为美国南方的非裔个体，但题材的稳定性与展现内涵的丰富性并不冲突。一方面，她突破物理-精神空间的二分界限，大篇幅引入以回忆、梦境等，融会于物理空间的精神空间书写；另一方面，她从非裔个体的生活经验出发，展现了非裔个体所在空间的社会属性，即阶级、性别和种族等空间文化元素对个体的身份塑造。在此基础上，诗人将自己强调个体空间能动性的意识践

---

① 参见陆扬：《析索亚"第三空间"理论》，《天津社会科学》，2005年第2期，第32-37页。

② See Soja, Edward W. *Third space: Journeys to Los Angeles and Other Real-And-Imagined Places*. Oxford: Blackwell Publishers, 1996.

行在对人物主体性行为的描写中，被空间的各种社会属性塑造的非裔个体通过各种途径实现了对空间的改造。

第三节　对抗性社会空间中的主体生存

社会空间或空间的社会属性主要关注的是空间中的人类个体及个体之间的所有社会关系。特雷瑟维在其诗歌中着重再现了美国南方非裔个体尤其是女性个体的生活及心理状态。这些个体所在的社会空间对其生存状态、身份形成及变化时刻产生着影响。诗歌中，非裔日常生活中社会空间，如家宅私密空间、社区及跨社区的公共空间和社会化的自然地理空间等都与非裔个体呈现出一种对抗性的姿态。这种对抗具体表现为个体所在的生活空间对其构成隐性的威胁、排斥或显性的压制、掌控。

家庭私密空间是非裔个体与空间及空间中包含物品进行互动最为频繁的空间，因此也更易体现人与空间的关系或"掌控力对比"。私密空间的人与物或人与空间的力量对比关系在特雷瑟维诗歌中表现出三个层次：第一个层次，人对空间具有显性的掌控，但这种主体性受到来自空间的隐性威胁；第二个层次，人对空间具有较弱的掌控性，私密空间受到外围空间的显性威胁；第三个层次，人对空间完全失去掌控，个体完全退出本来为其所有的私密空间。

在诗歌第一层次的人与空间的关系中，非裔个体虽然具备对私密空间的掌控，但是却时刻将其萦绕在某种潜在的不利因素或威胁之中。诗集《家庭工作》尤其突出了非裔女性对家宅空间的掌控。如卖包菜的小贩在自己菜园和厨房中得心应手（7）；外祖母在家中经营裁缝店，一切井然有序（23）；"我"躲进自己的房间，享受室内摆设、电影和音乐，与室外的争吵隔绝（41）；女性在家中从事家务（13、54）、存储钱币（47）、归置物什（52）、设计装饰（53）等。但是这种家庭生活的惬意自足实际上萦绕着外界凝视、物质匮乏、身体力量衰退和社会不公等消极因素的潜在威胁。所以，卖包菜的小贩只能在内心反驳摄影师对自己私密生活的揣测，"我"躲在自己房间却时刻提防外面的家庭争吵，女性归置家中物件总是强调对物什的极度节俭，外祖母经营裁缝铺一丝不苟却无法阻挡年岁增长导致的无力感，“我”与外祖母装饰家宅却不会忘记悬挂代表非裔文化遗产的马丁·路德·金和肯尼迪总统的肖像，等等。

当人对空间的主体性进一步减弱，其所在的私密家庭空间就会受到来自内外的显性威胁，空间呈现出不稳定性。《南方恐怖故事》一诗中，由于种族主义观念的芥蒂，言说者与父母同卧一张床，却呈现出“反括号”的形态，各自沉默孤立，“整个房间，摇晃/在煤渣砖的地基上，更深地沉入/历史的淤泥中。”（55）家庭内部伦理关系的异化显现于其所在空间的动荡中。此外，诗歌《事件》（“Incident”）和《天意》中，白人极端种族主义者和飓风等外力直接影响了家庭私密空间的安全稳固。在这些案例中，非裔个体仍然在物质上维持了对家庭私密空间的掌控，但是掌控力已经受到了巨大的显性威胁。诗歌中个体对家庭私密空间完全失去掌控则体现为，因疾病、事故等原因，个体完全退出了这些空间，造成物理性缺席。类似情形在诗人描写母亲遇害后平静有序但空荡荡的家宅房间时表现出来（*Native* 13，*Monument* 178）。

在特雷瑟维的诗歌中，现实的社会公共空间与非裔个体的关系表现为空间对人身的限制、压迫和排斥，物质空间对个体的同化或个体在社会公共空间中的物化，以及社会公共空间中白人文化作为一种强势文化对非裔文化的排挤。

诗歌中社会公共空间对非裔个体身体的限制、压迫和排斥的情形下，个体身体的物理性存在在这些空间中被全然拒绝，以至于他们必须不在场。如《历史课》（“History Lesson”）一诗中，二十世纪三十年代，密西西比公共海滩绝大部分严禁黑人进入；《祈祷，1926》一诗中，外祖母必须小心翼翼地穿过白人居住区，在此区域之外捕捞海蟹；《通婚》一诗中言说者父母必须逃离密西西比州，到俄亥俄州举行跨种族婚礼；妓女奥菲利亚踏出了红灯区即被警察抓捕（*Bellocq's* 29），在她的其他信件中则列举了诸如纽约封闭的工厂火灾现场、南方农村的私刑以及妓院等直接夺去或逐渐消耗个体生命的社会空间。

在特雷瑟维笔下，社会公共空间往往具有侵略性，可以将作为主体的人物质化，这在描写非裔女性公共劳动空间的题材中尤为突出。《劳动中妇女的姿态》、《洗衣女工》、《布料厂，格尔夫波特市，密西西比，1956》等诗歌中，劳动中的黑人女性或面无表情从事冗杂的劳动，或成为生产线机器的奴隶，她们都在劳动空间强大的物质性面前受到压迫和威胁，甚至同化。另一首诗歌《猫头鹰酒吧》中，非裔码头工人生活的一切都围绕金钱展开，酒吧主人各种物质财富的象征和码头工人食不果腹的工作境遇共同烘托出被“物性”把控的社会生活。

除了显性的影响，特雷瑟维还关注了文化层面上社会空间对黑人群体的不着痕迹的压制和排挤，这让诗人产生了一种“心理流放”[①]的感触。诗歌《本土卫队挽歌》（“Elegy for Native Guards”）和《迪凯特广场沉思》（“Meditation at Decatur Square”）分别描写了船岛和亚特兰大市的内战南方军纪念碑，作为一种建筑语言，宣示着种族主义观念在这个城市公共空间中的存续，这无疑是对非裔群体无声的伤害。所以，特雷瑟维虽然在南方生活，却时刻感受到种族主义价值观主导的南方社会公共空间对自己的排斥和不认同。归属与远离的矛盾感情在她献给南方的颂歌《南方》、《浪子》（“Prodigal”）和《圣餐仪式》等诗歌中得到体现。

特雷瑟维鲜有完全以自然环境为题材的诗歌，她笔下的自然地理环境往往与人文环境互相纠缠，在人与环境的关系上，诗歌中的自然地理空间显示出美丽包容的特点，但实际上这种美丽包容背后是对个体的冷漠甚至对抗。自然空间的冷漠首先表现在美好自然景观与人物不幸命运的反差。在诗歌《黄昏，法兰克福，肯塔基》（“Early Evening，Frankfort，Kentucky”）中，处于热恋和怀孕喜悦中的母亲躺在一片三叶草地中，而言说者以全知视角由空间产生时间联想，躺

---

① “psychological exile”，语出自诗集《本土卫队》第 64 页中诗歌引言：“人类是唯一会经历心理流放的物种。”

在草地中央的母亲那时也正好处在短暂生命的中间——二十一岁[①]。又如，《周六兜风》（“Saturday Drive”）一诗的言说者同样以全知视角描写了给母亲幼时旅途带来自由感触的大海，殊不知在后来充满禁锢和恐惧的人生中，这只能成为永远的回忆。温柔的草地和广阔的大海作为美好情感的象征在特雷瑟维笔下因与人物命运形成对照而凸显了它们作为旁观者的冷漠和置身事外。

自然空间与人的对抗首先体现在自然对人类历史记忆的无视和抹杀。诗歌《朝圣》（“Pilgrimage”）中写道，“此处，河流改道，/转头远离城市/就像一个人转身，忘却，远离了过去——”（*Native* 28）而在诗歌《黄昏知识》（“Vespertina Cognitio”）中，诗人如此描写黄昏时人们捕虾收网的情景，“一整天，这样捞取——被拖拽的/波涛之下：走向流逝的韵律，/回来，回来，回来。”（*Thrall* 90）捕捞活动象征人对过去保持记忆的渴望和本能，但是自然的波涛却不断将“记忆”带走。自然空间有时直接脱去了美丽包容的外衣，呈现出生物争夺资源的原始力量。诗集《贝乐克的奥菲利亚》中，奥菲利亚在1911年7月的一天记录了新奥尔良被自然“侵占”的城市景观。她写道，“仿佛是自然的/茂盛，必须和人类在此处的创造/争个高下。”（*Bellog's* 25）诗歌中被“冲刷”（“whitewashed”）去颜色的、被苔藓“纠缠”（“tangled”）、被葡萄藤蔓“扼喉”（“choked”）的房屋处处展现了这个城市环境中人造空间的无力和退缩，以及自然力量的繁盛和强大。

特雷瑟维笔下的社会空间，即美国非裔家庭私密空间、社会公共空间和与社会化的自然地理空间充满对空间中的人的控制、威胁、挤压和敌对。人在空间中的主体性从不同层面被削弱甚至被否定。

以特定非裔个体为轴心，特雷瑟维延展出了包括物理、精神和社会各个层次的文化空间，她对空间内涵的理解和诗歌实践提供了研究非裔个体生存经验的文化空间视角。其具体的空间书写方式则突出了

---

① 特雷瑟维的母亲生于1944年，死于1985年，被害时41岁，所以诗歌中说二十一岁的母亲正处在其生命的中间。

她的最终关注点，即美国南方非裔个体在空间中的状态和生存策略。面对对抗性的社会空间，特雷瑟维诗歌中的空间迁移和改造艺术无疑为美国非裔等边缘群体暗示出了逃离现实束缚、追寻精神自由以及创建更美好生活环境可供尝试的有效策略。

小　结：历史建构中的主体性观照与主体自觉

特雷瑟维诗歌中空间化的历史书写关注的是历史洪流中主体性被压制或丧失的非裔个体的内心世界，是一种精神层面的现实。诗歌中对于该范畴历史的构建主要通过空间建构艺术体现为空间的迁移与改造，具体通过物理空间的虚化处理、心理意识的空间具象化，以及聚焦于媒介的空间交互来实现，因而诗歌中的空间建构呈现出多元性和流动性。对物理空间进行虚化处理观照了现实生活中受权力压迫、家庭暴力压迫和文化观念压迫的受压迫者个体，以及失去至亲而遭受情感空缺的个体。在关注个体心理的基础上，特雷瑟维则通过心理意识的空间具象化来对个体的内心世界进行细致刻画。诗歌主要关注了言说者“我”对异化的家庭伦理的矛盾感受和源自少年丧母经历的创伤记忆。诗人通过对这些复杂情感进行“赋形”或“表征”，表达了言说者难以言说却亟须言说的复杂情感。对心理意识进行的具象化描写整体上打通了抽象意识空间和具体物质空间范畴的界限，在具体表意范畴上的跨越则体现在联通视觉和听觉的感官范畴、人与动物的认知范畴，以及以微观范畴指涉宏观的心理体验等方面。在这一指涉和阐述的过程中，诗人对这些情感本身以及对自己作为一个生命个体的了解得以加深，进一步推进了受创伤个体的主体性弥合。

特雷瑟维的空间化历史书写是以个体主体性发展为脉络的。具体的书写技法都突出了对空间中个体主体性变化发展的关注，主要分为受限身份的逃逸、情感指涉与阐释的自由，以及非裔个体对社会空间的改造等三个方面或阶段。这三个阶段也呼应了非裔个体主体性成长的历时过程。诗歌中，非裔个体的主体性受限都来自现实世界施加于他们的某些身份，包括社会底层劳动者、家庭暴力受害者、文化流亡者和丧亲者等。虚化的心理空间的构建实际上使这些个体暂时逃离了这些受限身份，实现主体性的释放。在对心理意识的空间具象化书写的过程中，跨越表意范畴的陌生化语义关联的构建恰如其分地表达了言说者的内心情感意识，体现了诗人进行主体情感表达的自由。在此基础上，诗人赋予或暗示了受限个体对不友好的社会空间进行抵制和改造的能力，正是在对社会空间的抵制和改造中，他们实现了个体主体性最大程度的重建。从特雷瑟维诗歌的空间建构艺术可以总结出她的空间意识特征，即一种融合辩证的文化空间意识，体现出三方面的特征，即物理与精神空间的联通融合，个体与空间归属能动的辩证关系，以及对后现代文化批评思潮的包容性等。

特雷瑟维在诗歌中所进行的空间建构是对以美国南方底层非裔为代表的边缘个体和群体所处对抗性社会空间的回应。非裔个体的日常生活空间，如家宅私密空间、社区及跨社区的公共空间和社会化的自然地理空间等对这些个体都呈现出对抗性的特点，即空间对个体的排斥和压制。通过打破各层面空间界限的多元空间建构，诗人为不友好社会空间中被排斥、压迫的个体和群体，暗示出了一条逃离现实身份束缚、自由释放情感和重获个体主体性的路径。

特雷瑟维笔下的人物和言说者大多属于美国南方非裔群体，都背负着历史的沉疴，也在自己的现实生活中经历了各种程度的创伤，并祈求在心理世界得到释放和疗愈。特雷瑟维对此采取了直接面对和向深探索的现实主义态度，这体现了诗人作为这一群体中的一员其主体性的觉醒。诗人的整个探索过程从人物或言说者个体的现实生活空间出发，绝大多数情况从自己的亲身体验出发，顺应情感发展轨迹进入到个体心理空间的构建，转化自如、不着痕迹，在摆脱现实物质空间之后仍旧携带创伤、勇敢归来，深入到历史中弱势个体最深刻的感性体验，从细节处勾画出族群历史的图景。这是诗人的匠心和勇气。可贵的是，特雷瑟维秉持着现实主义的态度，真实记录了自己在这一探索过程中遭遇的情感对理性的挟持和偶尔的“误入歧途”。特雷瑟维的双重空间书写显于文字的是内容丰富的各个范畴的空间意象，而文字之下实为诗人的自我探索之旅。由己及他，在完成自我主体性重建后，诗人将其他受限个体的主体性重建历程也纳入诗歌空间建构的脉络中，呼唤如她一样的万千非裔创伤个体获得主体性的觉醒与重建。

第四章 “非个性化”风格与族群文化身份重塑

特雷瑟维诗歌的历史书写被认为具有克制、平实和精确等特点。她通常使用“哀伤的语气，但从不感伤或歇斯底里，总是克制的、平稳的，……从不将诗歌放任于无拘无束的情感”①。即使在处理强烈的情感和重大社会历史题材时，她也在语言和诗体选择等方面秉承一贯的客观冷静作风。她以客观冷峻、不着个人情感的标准书面语言描写非裔个体和群体的创伤经历，通常沿用既定的传统诗歌体裁来描述极具特殊性的个人和民族生存体验。特雷瑟维的诗歌语言与形式呈现出“非个性化诗歌”（“impersonal poetry”）特点。“非个性化”（“impersonal theory of poetry”）作为一种诗歌理论最初由美国诗人和评论家 T·S·艾略特（T. S. Eliot）提出。他在《传统与个人才能》（“Tradition and The Individual Talent”）一文中论述了这一诗歌理论的基本观点，其中针对诗歌与诗人的关系，他认为：“一个成熟诗人的头脑与不成熟的诗人头脑之间的区别不在于二者在‘性格’上的高低，前者不一定就是更有趣或者有‘内涵’，而一定是更完善的媒介，任何特别、多样化的情感都能自由进入其中并形成新的组合。”② 据此，诗人在创作中，他的情感和认知不应强调其自身的独特性，而应该作为一种外界情感的“容器”，这样才能最大限度地再

---

① See Turner, Daniel Cross & Natasha Trethewey. “Southern Crossings: An Interview with Natasha Trethewey.” *Conversations with Natasha Tretehwey*, Ed. Joan Wylie Hall, Jackson: Mississippi University Press, 2013, p. 158.

② Eliot. T. S. “Tradition and the Individual Talent.” *Selected Essays of T. S. Eliot*, 1917-1932, London: Faber and Faber Limited, 1932, p. 18.

现外部的事物以及外部事物在个体心中的情感投射，即诗人应力求达到一种“无我”的状态。对于特雷瑟维来说，她的诗歌语言和形式所传递出来的正是诗人的情感抽离和对事物与一般个体情感的客观表达[①]。

第一节 “非个性化”的诗歌风格

特雷瑟维的诗歌语言和形式具有“非个性化”的特点，具体表现在其客观冷峻的语言风格和对既定诗歌体裁的沿用。前者指的是对外界事物和个体情感体验进行描写时，诗人将自我情感抽离出来，对其不流露任何主观倾向或评价，因而所使用的诗歌语言呈现出客观冷峻的特点。后者指诗人倾向于沿用其形式已经被诗歌界和诗歌受众所接受的、已经被固定下来的传统诗歌体裁，如欧洲十四行诗等，而不着力于创造新的、突出诗人个性化的诗歌形式，来表达具体的诗歌主题。

一、客观冷峻的语言风格

特雷瑟维的诗歌创作所涉及的题材包括了美国内战、卡特里娜飓风等国家大事件，父母“非法婚姻”、母亲被继父枪杀等家庭大事件，以及其他如沦为性工作者等个体人物的大事件，然而在书写这些题材时，其诗歌语言都呈现出平实理性、不着个人情感的特点。其中，在描写死亡、悲剧性人物关系时，其客观语言风格与主题之间的张力尤为明显。

特雷瑟维的黑人母亲在与其白人父亲离婚后，带着特雷瑟维与一位黑人退役军人组成了新的家庭，然而，在特雷瑟维十九岁时，母亲被其第二任丈夫在家中枪杀。在诗集《本土卫队》中，特雷瑟维开始在诗歌中正面描写母亲的死。最有代表性的是她对母亲尸体的描写：

---

① 参见张松建：《艾略特“非个性化”理论溯源》，《外国文学评论》1999 年第 3 期，第 57-63 页。

不是她转瞬消逝的
用妆容掩饰的擦伤，眼眶瘀青，仿佛
她努力寻找出路时，
镜框挤压眼睛留下的印痕，不是她弯腰照看
炉子上炖着的骨头汤时，
努力平复的颤抖声音。不是
她受伤后置换的假牙，抑或是
那份官方文件——信封上的封印
和污迹下的签名。不是写着死亡日期和姓名的
小小标签，抽象如历史。
只有她身体的样子——破碎的
锁骨，穿透的太阳穴——她瘦削的骨架
逐日下陷，以万物消逝共同的方式。（*Native* 11）

得知母亲被害的消息后，特雷瑟维被警察从学校带回家中确认处理相关事宜，母亲躺在停尸房的样子深深铭刻在她的记忆里，但是这种回忆直到经过多年情感冷却之后才被诗人在诗歌中描写出来。如果不知道这首诗的创作背景，读者几乎不能察觉这是一个女儿对死于非命的母亲的尸体的描写。诗歌的前半段写的是诗人看到母亲尸体时，对其在生活中遭受的长期家庭暴力的回忆，但是在这种应该是充满气愤和悲痛的描写中，诗人略去了对家暴过程的谴责性再现等一切铺垫，而是直接截取了母亲身体的各种伤痕——面部擦伤、眼眶瘀青、击落的牙齿等进行突出描写，用词精简，毫无渲染。诗歌的后半段则是对尸体样态的直接刻画——被多发子弹击中的破碎的锁骨、穿透的太阳穴和长期精神性厌食症导致的瘦削的骨架，语言同样极其客观简洁，仿佛是一位法医科学性的尸体检验报告。不仅如此，诗人还将母亲的死置于一般意义生命消逝的语境中进行描述，认为这只是“万物消逝”不可避免的共同路径。诗人在语言处理上呈现出匪夷所思的冷峻态度，不是因为她不为母亲的死而感到愤怒和切肤之痛，而是她在寻找

一种比诗人主观渲染更为有力的表达方式，那就是让死者的身体“自行表达”。相较于诗人对母亲所承受伤痛的一味主观渲染和情绪化表达，携带着各种伤痕的母亲的身体可以直接作为一种客观现实依据，构成对家暴者和谋杀者最无可辩驳的犯罪证明。母亲已经死去，无法为自己控诉，那就由特雷瑟维及其诗歌作为另外的媒介，为其提供控诉的“场所”。

对死亡的客观描写还较为突出地体现在诗歌《本土卫队》中黑人战士对战场厮杀场景的叙述中。特雷瑟维在这首诗中借黑人战士之口记录道：

> ……炙热的空气携带着
> 肉体的恶臭，尸体在葬坑中腐坏。
> 苍蝇蜂拥盘旋——一片黑云。我们饥饿，逐渐虚弱。
> 当有人死去，我们吃他们的那份干粮。
>
> 当有人死去，我们吃他们的那份干粮，
> 尽力不去回忆他们被蛀空的牙槽，
> 脸上蛆虫蠕动的斑点。……（*Native* 28）

诗歌叙述者是一位看守南方军战俘的黑人战士，他与自己笔下描述的死去的战士处于同一身份群体，处于同一立场，也就是说，他很有可能也会遭受死去并且无人安葬的命运。然而，他在描述其他战士的死亡场景时，完全褪去了自己的恐惧情绪，仿佛这些战士的死不能对他的心理施加任何影响。这种“置身事外”使得他在描写时深入到尸体的各种悲惨细节，不作主观回避。他们去充满腐臭和蚊虫聚集的埋尸坑寻找可以充饥的干粮，看到尸体被蛆虫啃食而至牙齿脱落的牙槽，布满蛆虫啃食印记的脸庞。视角的逼近使这些令人作呕的尸体细节被具体展现。而在这样近距离观察尸体过后，这些活着的战士还要吃从这些尸体身上刨出的粮食，对于如此巨大的情感冲击力，这位言说者也只以一句“尽力不去回忆”轻描淡写地带过。在整个描写中，被描写的死者、活着的战士和言说者自身都被剥离了作为人的情感体验，仿佛人已经和埋尸坑里盘旋的苍蝇、尸体里忙碌的蛆虫一样，只是自然生命环境中的一分子，与蝼蚁无异。这种“自然主义”的语言风格析去了诗人的同情、怜悯等人性情感，将生命逝去的样态逼真客观地呈现，更加突出了战争环境中人的生命的卑微和无助。

特雷瑟维客观冷峻的语言风格除了体现在用精简的科学性语言书写死亡题材，还体现在对悲剧性人物关系的刻画中。《画面》（“Tableau”）一诗集中体现了诗人通过精确语言意象传达人物情感的技巧。诗中写道：

> 女人从有缺口的蓝色杯子
> 抿着茶，转了一下杯沿，
> 避开白色的破损缺口。
> 男人，大拇指捏着果子的蒂坑
> 从紧致的李肉上将皮
> 完整削下。
> 女人注视着他的手，
> 以及洁白的果肉上
> 被他用力按出的深色印痕。
> 女人的茶杯倾斜，
> 她第一次发现，
> 一条头发丝似的裂纹
> 已经开始将杯子分成两半。（*Domestic* 18）

诗歌描述了夫妻二人在家中共进早餐的生活场景。诗人所选取的意象生活化且简单，如李子、茶杯等。给李子去皮本来是极其平常的生活细节，女人却注视着洁白的李肉上被男人的手指捏出的印痕，同理，喝茶的时候，她也发现茶杯底部不明显的裂痕。这些显出不和谐的意象都是女性发现的，而李子上的印痕是男人施加的，再加上杯中的裂痕，暗示出诗歌主题绝非是安逸的日常家庭生活，而是和谐家庭生活表面下隐藏着的男性权力压制甚至暴力。诗人只对现象和活动进行陈述，没有使用任何主观性的情感或评价用语，让这些意象“自己”传达出意义。这种诗歌表达技巧沿袭了美国诗人庞德“意象主义”理论的观点，即认为诗歌语言应极尽精简，不用无实际意义的形容词，应呈现事物本身，而不要进行主观的抽象化处理①。本诗中，诗歌人物、诗歌言说者的情感都被客观化的意象描写排除在语言之外，腾出了具体物象进入诗歌的空间。而反观诗歌主题，语言的平静精简与深刻而无法言说的家庭矛盾甚至暴力形成了鲜明的反差。

对危机四伏的家庭关系的客观冷峻描写还表现在特雷瑟维自传性诗歌《混血儿》（“Mano Prieta”）中，该诗描写的是诗人与父母拍摄全家福的场景。诗中写道：

> 他（父亲）的扶手椅是一个王座，
> 而我靠在他身上，被摆在
> 他的膝盖上——他的手垂下
> 我的肩膀。他的椅背上，
> 我的母亲环绕着我，
> 倚坐在边缘，仿佛就要坠落。
> ……
> 她的黑色食指按着我的手臂……

坐在一起拍摄全家福证明家庭关系和谐，但是其中每个个体的动作却表现了深层次的矛盾。诗人只用精确的动词再现了照片的内容：“我”“靠”（“leaning”）在父亲身上，被“摆在”（“propped”）他的膝盖上，父亲“垂下手臂”（“draped”），母亲“落在边缘”（“perched at the edge”），“用食指按着我的手臂”（“pressed my arm with a forefinger”）等。白人父亲的权威感、黑人母亲的边缘感，以及混血

① See Pound, Ezra. “A Few Don'ts by an Imagiste.” *Poetry*, vol. 1, no. 6, 1913, pp. 200-206.

的“我”的被胁迫感都通过对照片的“看图说话”不着痕迹地传递出来。

特雷瑟维“不愿意在作品中为了过度表达情感而营造一个画面”[①]，用词的平实客观和精微恰当是特雷瑟维诗歌创作的一贯特点，体现在每一部诗集之中。诗歌创作中诗人主体的弱化与诗人情感的抽离使其在语言及意象使用上极尽客观、平实、简洁，毫无夸张渲染之嫌。在处理源于自身生活经历甚至创伤体验的题材，如丧母和黑白混血家庭的隔膜时，以及在处理战争等凸显人性灾难的题材如战场上的生命消亡时，特雷瑟维使用了科学化的语言、“自然主义”的现象描写，以及“意象主义”的物象呈现方式，这些都可归为一种“非个性化”的诗歌创作手法。在所有这些诗歌创作中，诗人让所描述的对象借助诗歌进行自由、自主呈现，而诗人和诗歌只作为一种承载各种情感的“场所”。在这一方面，特雷瑟维表现出了英国诗人约翰·济慈（John Keats）所言的诗人的“消极能力”（“negative capability”），即一种“安于不确定、神秘性、疑问之中，而不汲汲探求事实和理由的能力”[②]。事实上，所谓的“非个性化”诗学并非艾略特一人独创，而是一个不断发展的理论流派。济慈的“消极能力”说、居斯塔夫·福楼拜（Gustave Flaubert）与爱弥尔·左拉（Emile Zola）的自然主义理论以及庞德的“意象主义”观点都为艾略特“非个性化”诗学的提出构建了理论基础。因此，特雷瑟维诗歌中的语言特征既有科学化的客观描写，也有自然主义的场景再现，还有意象主义的物象表达，这都是“非个性化”语言风格的表现。

二、传统诗体的沿用

在诗歌体裁和形式上，特雷瑟维多采用既已存在并被固定下来的

---

① See Hall, Joan Wylie. Ed. *Conversations with Natasha Trethewey*. Jackson: Mississippi University Press, 2013, p. 158.

② See Keats, John. “To George and Tom Keats, Hampstead, Sunday 21st December 1817.” *Selected Letters of John Keats* (Revised Version), Ed. Grant F. Scott, London: Cambridge University Press, 2002, p. 60.

传统诗歌体裁和形式。她所采用的传统诗歌体裁具有文化多元性，既包括来自白人文化传统的欧洲十四行诗（sonnet）、维拉内尔诗等，也包括来自其他较为边缘的民族传统诗体，如马来西亚盘头诗、阿拉伯的加萨诗等。

她对欧洲传统诗体的使用最为突出的是十四行诗。诗集《本土卫队》中的标题诗所采用的即为皇冠十四行诗，这首诗以日记形式写成，是一位美国内战中的黑人战士记录的参战经历。其中第一节、第二节及最后一节如下：

1862 年 11 月
真相要被讲述，我不想忘记
我过去生活的种种：大地上
的奴役之歌……
……
记忆的诱惑——不完整、不稳定——钝化了
奴隶主的皮鞭，加剧了奴隶的伤痛。

1862 年 12 月
对奴隶而言，奴隶主的存在加深他们
躬身劳作的程度，……
……
每一面上
他的历史与我的交叉。

……

1865 年
……
战场之下，绿意又生，
死亡的躯体腐烂——尸骨组成的脚手架

我们踩在上面，遗忘。真相要被讲述。（*Native* 30）

该诗共有十个诗节，每节有十四个诗行。这十个诗节首尾相接，即第一节的末行是第二节的首行，以此类推，最后一节的末行是第一节的首行。因此整首诗成为一个形式上的“闭环”，形似圆形皇冠，是为皇冠十四行诗。如所引部分诗节所示，第一节末行与第二节首行，都是对“奴隶主加深奴隶的伤痛”这一中心意思的变体表达，两个诗节通过这两行诗的变体重复衔接起来，本诗的其他诗节就是通过诗行的“首尾相接”关联起来的。而最后一节的末行与第一节的首行也遵此规则得到重复，即诗歌开头写道，“真相要被讲述，我不想忘记……”（37），末行写道，“我们踩在上面，遗忘。真相要被讲述。（43）”诗歌以讲述真相始，以讲述真相终，这一意旨在最显眼的位置被重复表达。与诗歌语义上的直接重复呼应，诗行形式上的“一唱一叠”本身喻指有些历史为了不被遗忘，需要反复讲述，例如内战中的黑人参与。特雷瑟维提及这首诗的创作时说道：“我实际上是在一层累加一层地建构起对过去进行反复考察和铭记的强烈意识。”①

特雷瑟维还借用了十四行诗的格式创作了献给母亲的挽歌。在这首《墓园布鲁斯》中，虽然杂糅了黑人布鲁斯歌（blues song）的诗行重复和语义转折表达策略，但是诗人最终将对母亲的忧思放进了十四行诗的格式框架。诗中写道：

我们将她下葬时，雨一直在下；
下葬时，雨从教堂一直下到墓地。
脚下稀泥的吸拽发出空洞的声音。

当牧师呼唤时，我举起了手；
当他呼唤见证人的时候我举起了手——

---

① Hall，Joan Wylie. Ed. *Conversations with Natasha Trethewey*. Jackson：Mississippi University Press，2013，p. 157.

“死亡停下了身体的工作，灵魂则不会止步。”

……

我徘徊在死去的人的姓名之间：
母亲的名字，刻在石碑上，枕着我的头。(*Native* 8)

全诗由四个三行体和一个双行体诗节组成，共十四个诗行，叙述了诗人的母亲在墓园下葬的情景。诗歌中融入了布鲁斯歌的表意策略，即在前面四个三行诗节中，每节的第二行是对第一行的变体重复，第三行是在前两行基础上的语义转折，在这首诗中具体为由前两行的景观描写转向第三行的人物情感描写，如第一节为：“我们将她下葬时，雨一直在下；/下葬时，雨从教堂一直下到墓地。/脚下稀泥的吸拽发出空洞的声音。”前两行意思相近，描述下葬日的天气，而在第三行的描写中开始掺杂人物情感，“空洞的声音”呼应了“我”失去母亲的巨大缺失感。但是从总体上，这仍然是一首十四行诗，全诗保留了十四行总数，而最后一个双行诗节中以“d”音押尾韵。十四行诗的总体格式，与挽歌主题呼应，优雅规则的诗行和押韵赋予葬礼画面以肃穆感。

在历史题材诗歌《国王棉花，1907》(“King Cotton, 1907”)中，诗人则使用了源自十七世纪法国歌谣的维拉内尔诗体。诗歌由五个三行体诗节和一个四行体诗节组成，首节的第一行与第三行在后面的四个三行体诗节的末行中交错重复，并组成最后一个四行体诗节的最后两行。诗歌的第一节和最后一节如下：

从照片中的每个角落，旗帜飘扬在
维克斯堡的主街道上。堆积成拱门
的棉花垛子拔地而起……

棉花包围着他们，他们坐在一个个
隆起的小山丘上，背对着我们。从这架拱门，

从照片中的每个角落，旗帜飘扬，
巨大的棉花垛从地上高高拔起。(*Native* 21)

可见，第一节的首尾两行正是最后一节的最后两行。维拉内尔诗通常用于表达田园主题的诗歌，在二十世纪受到一系列主流白人诗人的青睐，如奥斯卡·王尔德（Oscar Wilde）、W·H·奥登（W. H. Auden）、谢默斯·希尼（Seamus Heaney）、西尔维亚·普拉特（Sylvia Plath）等。后又受到美国二十世纪末、二十一世纪初号召复兴规则韵律诗等传统诗歌形式的"新形式主义"（"New Formalism"）诗人的推崇。所以，维拉内尔从来都被认为是精英诗歌形式的代表。而特雷瑟维使用严格的维拉内尔诗体，表现的是美国南方棉田丰收的景象，这与美国南方田园诗代表"逃逸派诗人"如罗伯特·潘·沃伦等所关注的田园主题相距甚远。对美国南方黑人来说，"田园"与美好无关，只有关于奴隶种植园主的悲惨记忆。所以，特雷瑟维以该诗体表现南方棉田的场景，实则传递出对白人所谓田园诗传统的讽刺和对抗。

除了沿用白人传统诗歌形式进行非裔生存经验的书写，特雷瑟维还在诗歌中引入了与非裔一样在美国处于文化边缘地位的其他民族的诗歌题材。诗歌《事件》就是以源自东南亚马来民族的诗体盘头诗写成，该诗由五个诗节组成，每节有四个诗行，叙述了美国南方黑人社区居民遭受白人种族主义组织 3K 党明目张胆的生命威胁的故事。第二节的奇数行分别是对第一节的偶数行的重复，以此类推，那么最后一节的最后一行对第一节的首行进行重复。诗歌的第一、二节和最后一节如下：

我们每年都讲述这个故事——
我们如何从窗户向外窥视，窗帘拉下——
尽管并没有严重的事情发生，
烧焦了的草坪现在又变绿了。

我们从窗户向外窥视，窗帘拉下，

像圣诞树被捆扎起来的十字架那里，
烧焦的草坪仍然是绿色。然而
我们灭掉屋内的灯，点起海啸应急灯。

……

这些人完事了，便悄悄地离开。没有人再来。
没有什么严重的事情发生。
到了早上所有的火焰都暗淡下去。
我们每年都讲述这个故事。

诗歌讲述的是诗人儿时在外祖母家听到的密西西比州的北格尔夫波特市的恐怖故事——白人极端种族主义组织3K党在他们家门口的草坪上焚烧十字架。这一种族主义行为虽然没有给非裔居民带来实质性的生命伤害和财产损失，但是足以让他们躲在黑暗的屋子里不敢轻举妄动，更不用说出面反抗或维护自己的私人领地，而只能远远地躲在暗处观伺。诗歌以“我们每年都讲述这个故事——”开始，也以这个诗行结束。盘头诗诗行间“交错往复”的特点，象征着种族主义记忆在南方黑人心中挥之不去的阴影，这种消极印象作为非裔族群的创伤记忆被一代代流传下来。这个只属于美国南方黑人记忆的恐怖故事具有其民族特殊性，但是特雷瑟维却借用了盘头诗这种外来诗歌形式。传统的盘头诗不限长度，可以随诗人喜好无限延展下去，诗行的重复规则适合表达对过去的痴迷和不断追寻的主题。所以，虽然来自与非裔民族无关的马来民族，诗歌的表意策略却能很好地契合特雷瑟维对美国南方非裔民族历史的书写需要。

诗歌《通婚》采用了阿拉伯传统诗体加萨（ghazel）[①]。诗歌讲述

---

① 本书中译为加萨诗体，源于阿拉伯的传统爱情诗体，中世纪被波斯诗人使用，由韵律复杂的双行体组成，每节双行体以同一个词结尾，结尾词前是诗歌第一节中出现两次的押韵词所押的韵，最后一节通常包含诗人的名字。波斯传统的“加萨”诗体中每节韵律长度相同，诗歌主题包括性渴望、宗教虔诚或神秘主义。

了特雷瑟维父母逃离禁止黑白种族通婚的密西西比州，到达俄亥俄州举行婚礼的往事。部分诗行如下：

> 1965 年我的父母违背了两条密西西比州的法律；
> 他们去俄亥俄州结婚，然后回到密西西比。
>
> 他们越过河流进入辛辛那提，这个城市的名字
> 以“罪恶”一词的发音开始，“密西西比”中也有“错误”一词的发音
>
> ……
>
> 我比乔·克里斯莫斯懂得多。娜塔莎是一个俄国名字——
> 即使我不是俄国人；它仍指的是圣诞之子，即使在远离俄国的密西西比。 （*Native* 36）

此处所引是诗歌的前两节和最后一节。全诗由七个双行诗节组成，第一节的两行末尾，以及其他诗节的最后一词均为“Mississippi”，而按照规则，结尾词（Mississippi）前是诗歌第一节中出现两次的押韵词（Mississippi）所押的韵，即“i”音，在该诗中，这个韵包含在“in”和“leaving”这两个词中。诗歌中写道：“他们越过一条河进入到辛辛那提（Cincinnati），这个城市名的/第一个音类似罪恶（sin），和‘密西西比’（Mississippi）一词中的错误——‘mis’。”（48）加萨诗体中对押韵词的重复遍布每个诗节，而在这首诗中，对于所押的韵“i”的重复还遍及到押韵词“密西西比”之外的“辛辛那提”和“罪恶”，等词，这个发音所代表的意思“罪恶”，因此随着相关发音扩散到全部诗行。这样的诗韵安排使整首诗读起来像是对美国南方反异族通婚法的不断控诉。在阿拉伯文化中，“加萨体诗”因其高频度的韵词重复加强了诗歌的情感渲染，通常用于表达温柔缠绵的爱情。特雷瑟维借用“加萨体诗”写父母的爱情故事。私奔结婚对于处于美国南方的白人父亲和黑人母亲来说并不是一件浪漫的事，而是为了逃

避现实严酷的反异族通婚法，这种法律严重限制了如特雷瑟维父母之类人群的恋爱婚姻自由权利。诗歌形式加持的父母爱情只存在于诗歌的畅想中，而在现实中却被种族主义观念及制度割裂得粉碎。诗人选用外来爱情诗题材，在保留父母爱情原本的温情之余，对白人爱情诗歌体裁的回避，也暗示了对白人至上价值观的不屑和控诉。

规范的传统诗歌体裁长久以来被认为是精英文化阶层的专属。在美国非裔文学作为一个文学类别的形成时期（1760—1820）[①] 和二十世纪两次主要的黑人文艺复兴[②]之前，非裔诗人为了赢得白人精英文学批评家的认可，往往通过传统诗歌体裁和规范的英语来证明他们的诗歌技艺，如被誉为第一位美国非裔诗人的菲利斯·惠特莉（Phillis Wheatley，1753-1784），以及被威廉姆斯·迪恩·豪威尔（William Dean Howells）讥评为“反映了黑人低级古怪特性”的保罗·劳伦斯·邓巴（Paul Laurence Dunbar）[③]。而在黑人艺术运动之后，使用欧洲传统诗歌体裁进行写作又成为美国非裔诗人突出的诗学特征之一，如对特雷瑟维影响深远的丽塔·达夫（Rita Dove）等。美国非裔传统文学建立之初与二十世纪及以后的规范诗体写作在写作主题和形式外延上都有了明显差别，其创作原则的分野大概与杜波依斯在其文《黑人艺术的标准》（“Criteria of Negro Art”）提出的黑人要建立自己的文学审查标准有关[④]。特雷瑟维在大学接受了创意写作的专业训练，

---

① See Carretta, Vincent. “The Emergence of an African American Literary Canon, 1760-1820.” *The Cambridge History of African American Literature*, Eds Maryemma Graham et Jerry W. Ward, Jr., New York: Cambridge University Press, 2011, pp. 52-65.

② 两次黑人文艺复兴指的是哈莱姆文艺复兴（Harlem Renaissane，1920s-1930s）和黑人艺术运动（Black Arts Movement，1960s-1970s）。

③ See Leonard, Keith. “‘We Wear the Mask’: The Making of a Poet.” *The Cambridge History of African American Literature*, Eds. Maryemma Graham et. Jerry W. Ward, Jr., New York: Cambridge University Press, 2011, pp. 206-219, 209.

④ See Dubois, W. E. B. “Criteria of Negro Art.” *African American Literature Criticism*, 1773-2000, Ed. Hazel Arnett Ervin, New York: Twayne Publishers, pp. 39-43.

早年在波士顿地区加入“暗房子”诗人团体。与前辈不同的是，特雷瑟维采用的传统诗歌体裁更具多元性，同时更专注于在这一形式外衣下引入更有“发言权”的非裔底层个体，以此将诗体与主题张力最大化。于是，在她的笔下，只在奴隶主手下零星学过识字的内战黑人士兵使用形式复杂的皇冠十四行诗写下了自己的参战经历；来自南方的黑白混血妓女奥菲利亚以多首三行诗、四行诗记录下自己在红灯区工作生活的细节；盘头诗、加萨诗和回文诗书写的都是美国南方底层非裔居民的艰难生活和真挚情感。

特雷瑟维对传统诗歌体裁的沿用，并不是源于她诗歌形式创新能力的薄弱，而是一种有意为之。实际上如诗歌《墓园布鲁斯》就能够体现诗人在诗体创新杂糅上的技艺，美国2020年普利策诗歌奖获得者杰瑞科·布朗（Jericho Brown）就曾高度评价特雷瑟维具有“站立在两种诗歌传统之间”的能力[①]。基于此，诗人将诗歌形式创新搁置一边，采用包括白人及其他边缘化民族的传统诗歌形式，来书写其族群的生存经验和情感体验，不仅在形式上与其他文化进行连接，还从诗体深层次的主题倾向性上构建起非裔生活与其他文化群体之间的隐形关联或互通。这体现了特雷瑟维以诗歌形式为媒介进行族群文化沟通的诗歌立意。

特雷瑟维诗歌中客观冷峻的语言与传统诗歌体裁的沿用都是其“非个性化”诗歌风格的体现。语言与形式作为诗歌表征的主要途径，是诗人凸显其个人诗歌技艺的主要媒介，而特雷瑟维却有意选择了回避方言特性的一般性标准英语和情感抽离的客观语言表达，在诗歌形式上也竭力掩盖其技艺的锋芒，将极具民族特殊性的主题内容归置于既已存在的、被文化传统和大众接受的诗体格式。这种文体上的“背其道而行之”，一方面增加了文体与主题之间的张力，另一方面则传达了诗人超越诗歌创作本身的追求文化平等的意图。

---

① See Brown, Jericho & Michael Dumanis. "Jericho Brown in Conversation with Michael Dumanis." Oct. 27, 2018. http://www.benningtonreview.org/jericho-brown-interview.

第二节 边缘族群的崇高化

特雷瑟维作为一位具有历史和民族使命感的美国当代非裔女性诗人，她在诗歌中表现的主要题材是美国非裔群体的生存经验；加之其作为一名黑白混血女性的人生经历，个人的心理体验也成为她关注的对象。然而，无论是非裔族群的命运，还是作为女性、混血的个人情感历程，都无法进入到以“欧洲中心主义”、“男性至上主义”等罗各斯意识形态为主导的“经典”评价系统之内。文学经典生成受多种因素影响，其中特定的批评话语和权力机构影响甚大，其背后政治形势和意识形态的力量不可低估。对此，傅守祥等学者在《外国文学经典生成与传播研究》的第一卷“外国文学经典的建构方式”一章中有过系统阐述[①]。社会权力的变化在文化层面就体现为文化批评对“经典性”标准的挑战和重构。美国著名文学批评家阿罗德·布鲁姆一贯反对文化批评对“经典性”进行重构的努力，他在《西方正典》(*Western Canon*)一书中立场鲜明地提出：“审美选择总是经典构成的每一世俗方面的指导准则，……对西方经典来说，没有什么比遴选规则更重要了，这些规则是精英们按照严格的艺术标准建立起来的。”从他对“经典”的定义中，可以了解所谓“精英的艺术标准”的内涵，他写道：“世俗经典意指一些受到认可的作家作品，它实际上直到十八世纪中叶才出现，即出现于敏感、感伤和崇高的文学年代。威廉·柯林斯的《颂诗》在‘敏感’的英雄先驱中追溯崇高经典，自古希腊直到弥尔顿，因此是最早宣扬世俗经典传统的英语诗作之一。”[②]由此可见，布鲁姆认为的经典文学应遵循源自古希腊柏拉图或亚里士多德宣扬崇高、和谐的美学传统。与美国黑人艺术运动和当代先锋黑

① 参见傅守祥：《外国文学经典的建构方式》，《外国文学经典生成与传播研究(第一卷)》，吴笛总主编，傅守祥等著，北京：北京大学出版社，2019 年，第 156-199 页。

② 参见哈罗德·布鲁姆：《经典悲歌》，《西方正典》，江宁康译，南京：译林出版社，2020 年，第 13-33 页。

人诗人选择的经典化路径不同，特雷瑟维在语言形式风格上选择了精英化写作的方式，使其诗歌作品实现了崇高化。在此基础上，诗人进行其文化身份困境的突围，从而达到自身文学身份的提升。

一、十四行诗与底层黑人叙事

诗歌体裁是评价诗歌作品崇高与否的重要标准之一。古罗马文艺批评家贺拉斯（Horace）在《诗艺》中提出要“让各种题材守住它所应在之处”，认为《荷马史诗》“扬抑抑格六音步”（“dactylic hexameter”）或“英雄格”（heroic verse）的诗歌格式适合于表现帝王将相的丰功伟绩和宏大战争等崇高主题，而长短不齐的对句则适于描写男女之情[①]。其实，崇高诗学对诗歌整齐和谐格律的青睐自古希腊就已形成。亚里士多德（Aristotle）在《诗学》中指出，诗歌源于人对“曲调感和节奏感”的自然摹拟天性，诗人分为较庄重的诗人和较轻浮的诗人，前者多创作赞美诗和颂诗，后者多创作“讽刺格”诗，前者如“英雄格诗”，后者如“长短格诗”。他进而言明，“美化的语言”指的就是有节奏、曲调和歌曲的语言[②]。所以，亚里士多德所代表的西方古典美学崇尚诗歌的节奏韵律，而表现崇高主题的体裁则应具备整齐和谐的格律。

除了针对诗歌格律的崇高性的探讨，古罗马文艺评论家朗吉努斯（Longinus）在其著名的《论崇高》一文中进一步全面阐释了崇高的内涵和标准。在“第一篇绪论”中，他列举了崇高的五条标准，即“第一是要能作庄严伟大的思想，第二是具有慷慨激昂的热情，第三是构想辞格的藻饰，第四是使用高雅的措辞，最后是尊严和高雅结构”[③]。其中前两条是最根本的原因，即诗人的自身天赋和修养，后

---

① 参见贺拉斯：《诗艺——致皮索书》，《缪灵珠美学译文集》（第一卷），缪灵珠译，章安祺编订，北京：中国人民大学出版社，1998 年，第 43 页。

② 参见亚里士多德：《诗学》，《缪灵珠美学译文集》（第一卷），缪灵珠译，章安祺编订，北京：中国人民大学出版社，1998 年，第 6、8 页。

③ 参见朗吉努斯：《论崇高》，《缪灵珠美学译文集》（第一卷）. 缪灵珠译，章安祺编订，北京：中国人民大学出版社，1998 年，第 83 页。

三者指出了语言、修辞和形式的高雅标准。其中，在论及崇高诗歌的结构时，同样强调了诗歌的格律性，认为整齐和谐的英雄体适于表达崇高主题。此外，他在文中也提到另一条走向崇高的道路，那就是对古代伟大散文家和诗人们的模仿和竞赛，如柏拉图对荷马的借鉴和发扬。所以，西方古典美学对崇高诗歌的界定标准除了强调主题上的高尚宏伟，也强调诗歌形式上的整齐和谐。

特雷瑟维对欧洲传统诗体的沿用在当代美国诗坛中不由得让人眼前一亮，尤其是在书写美国非裔或混血女性等边缘人群的作品中，形式的经典性与主题的边缘性更是构成了强烈的张力，凸显了诗人在形式选择上传递出的文化意图。特雷瑟维对欧洲传统诗体最为巧妙的应用体现在其诗歌《本土卫队》中，这首诗也是其普利策诗歌奖获奖作品的标题诗。

该诗以皇冠十四行诗的形式写成，全诗由十个十四行诗的诗节组成，每个诗节的首行重复上一节的末行，以此类推，全诗的最后一行与首行重复，由此构成类似“皇冠”的圆形。诗歌以第一人称视角写成，言说者是诗人根据史实虚构的一位在美国内战中看守南军战俘监狱的黑人本土卫队战士。日记整体形式是一则日记，因此每节之前有明确的写作时间信息。如诗歌的第一节：

1862 年 11 月
真相要被讲述，我不想忘记
我过去生活的种种：大地上
的奴役之歌——在河流入海口的挽歌
此处它奔流入海湾，蜿蜒在
被藤蔓勒喉的树林中。我想着携带
对自由的向往，尽管我已经被释放，
记忆，而非不断的回忆。
是的：我生而为奴，在丰收之时
的圣天教区；我已经
三十三岁了，还有一段更年轻的历史

刻在我的背上。现在我用笔墨
留下记录，一个私密的日记本，不是
记忆的诱惑——不完整、不稳定——钝化
了奴隶主的皮鞭，加剧了奴隶的伤痛。

诗歌的每个诗节都是十四行，每个诗行也遵循英国十四行诗每行十个音节的规则，但是诗行的格律和韵式却没有对任何一种十四行诗的格式严格遵循。每个诗节首尾相连，构成意义的连续和重复。在整体格式上，诗人完整地呈现了一首皇冠十四行诗的框架。

诗人在此诗中对十四行诗体的巧妙应用不止体现在她对皇冠十四行体这种复杂诗歌体裁的掌握，更在于她对这个诗体不着痕迹的改造。特雷瑟维的特定表达意图，通过诗歌叙述者、主题和日记格式传递出来。该诗的叙述者是一位内战中北军阵营的黑人战士，诗歌内容显示，他曾经是南方种植园奴隶，从来没有离开过南方，只在杜马斯的帮助下学会了识字。在当时的种族制度下，这样一位黑人能够学习基本的文字都已经是难能可贵了，可是就是这样一位战士，特雷瑟维竟然让他创作出了格式极为复杂且形式高雅的十四行诗。十四行诗是源于意大利中世纪宫廷的一种古老格律诗体裁，后流传到西班牙、法国、德国和英国等西欧国家，十八世纪下半叶传入美国。西方主流诗人弥尔顿、华兹华斯、莎士比亚等都留下了丰富的十四行诗作品，应该说，“西方大诗人中没有写过十四行诗的屈指可数”。约翰·多恩（John Donne）更是将十四行诗比作“精制的瓮”，可以装下“最伟大的骨灰”①。可见十四行诗是西方主流和高雅诗体的代表。而在特雷瑟维的笔下，这位内战中的美国黑人战士加入了“西方大诗人”的行列。

十四行诗最初多用于表达爱情主题，莎士比亚拓展了“典雅爱情”（“courtly love”）范畴，约翰·多恩用以写宗教主题，而约翰·

---

① 参见赵元：《西方文论关键词：十四行诗》，《外国文学》，2020 年第 5 期，第 116-123 页。

弥尔顿（John Milton）也以此表达政治主题等，在主题上，十四行诗倾向于高雅。而在《本土卫队》中，形式精巧的皇冠十四行诗体所承载的却是一位黑人战士私密的个人经历和战争体验。即使是书写美国内战这种宏大的战争题材，诗歌叙事者却并没有着力渲染战争场面的浩荡宏伟和正义旗帜的高扬，她所关注的却是战争中黑人战士所遭受的歧视打压、战士们及其家庭受到的无差别伤害、无人收敛的战士尸体等国家战争史尽力回避的细节。诗歌实际内容超出了读者基于诗歌典雅题材的主题预期，二者之间形成了强烈的反差。另外，诗人将这首十四行组诗镶嵌进了日记这种私密文体之中，使战士的讲述从十四行诗的辞格铺张中安静下来，不是大声宣告，而是窃窃私语，后者自有引发共情的力量。

十四行诗体裁的选用不仅赋予这位黑人战士的私密讲述以崇高性，而且在西方经典诗歌形式与黑人经验的巨大张力中，诗人想要提升黑人叙事者和叙事地位的主观意愿得到了伸张。

同理，诗人在献给其母亲的挽歌《墓园布鲁斯》中也使用了十四行诗的形式。她在诗集《本土卫队》中将对母亲的哀悼和对本土卫队的纪念并行书写，是因为他们有共通性，即都是自己无法言说而被历史遗忘的人。后者淹没于白人主导的国家主流叙事中，而前者随着身体的消逝而淹没于尘土之中，甚至连墓碑都没有。因为母亲的沉默和暴力受害者的身份，她的个人历史无法进入崇高的行列。特雷瑟维在自传回忆录《纪念大道》的开头描述了这个标题的来历：母亲就死在位于家门口的这条纪念大道上。她写道：“这条道路起点在亚特兰大市中心，向东蜿蜒直到石岭山（Stone Mountain），山上是美国最大的南方联邦（Confederacy）纪念浮雕。永久纪念着南方的白人传统，山体拔地而起，就像一个潜入水中的巨人的头颅——眉头镌刻着南方英雄主义的遗梦……”[①] 在主流价值观中母亲的不崇高与浮雕上南方联邦领袖的崇高形成鲜明对照，诗人对浮雕的正面描写实际上暗含讽

---

① Trethewey, Natasha. “Prologue.” *Memorial Drive: A Daughter's Memoir*, NY: Harper Collins Publishers, 2020, pp. 5-14.

刺。真正的崇高应该重新定义，特雷瑟维用诗人的权利，以十四行诗的形式为母亲写就了肃穆高贵的挽歌，而这种纪念比石碑和雕刻更加不朽。

特雷瑟维有意采用十四行诗等欧洲主流传统诗歌体裁，用于描写内战中的黑人战士、死于暴力的母亲等与崇高无缘的底层个体的生存经验，目的就是增加形式与主题之间的张力，借以凸显诗人提升叙事者、被讲述者或者叙事本身的崇高性。

二、语言的客观性与恐惧感的崇高性

特雷瑟维诗歌的语言具有客观冷峻的特点，尤其是在表现有关死亡等激发人恐惧和同情的场景时，这一特点更为突出。客观、有距离感的语言一方面有利于对死亡场面作出细节化的刻画，另一方面拉开了读者和所描写人物的距离，使读者在“安全范围”之中领略令人恐惧的时刻，从而更能激发因恐惧而生发的崇高感。经典崇高论的英国代表人物埃德蒙·伯克（Edmund Burke）在其论文集《崇高与美》（*Of Sublime and Beauty*）中对古罗马文艺评论家朗基努斯的崇高论进行了改造，讨论了恐惧等负面情绪与崇高感的关系。他认为“崇高美感的欣喜（delight）是混合了痛感的快感，混合了恐惧的激情”①。有学者总结道，伯克的崇高论是“阈限性”的体验，即“感到了生命的威胁感，亲临生存的边界；却又停留在边界的安全线之内，可以提供审美的从容”②。也就是说，作品中对死亡等恐怖场景的客观描述既使读者体验到令人痛苦、紧张的主题氛围，又保证了欣赏的安全距离，使读者更能从这种消极的恐惧情绪中生发出一种崇高感，这便是恐惧感的崇高性。

特雷瑟维诗歌中的恐怖场景描写主要集中在对其死于枪杀的母亲尸体及内战中战场死伤场景的描写。对母亲尸体的描写集中在诗歌

---

① 参见陈榕：《恐怖及其观众：论伯克崇高论中的情感、政治与伦理》，《外国文学》，2020 年第 6 期，第 132 页。

② 参见陈榕：《恐怖及其观众：论伯克崇高论中的情感、政治与伦理》，《外国文学》，2020 年第 6 期，第 133 页。

《什么才是证据》中，从本节第一部分对诗行的引述可见，特雷瑟维完全抽离了自己作为死者女儿的主观情绪，用科学化的客观语言描写了母亲尸体的细节，包括被子弹穿透的太阳穴、锁骨，以及由长期的厌食症导致的瘦骨嶙峋的骨架。尸体在生活中总是让人忌讳并生出恐惧情绪，因为尸体是死亡这一抽象感受的直接显现。诗人对尸体状态的细致刻画以及对之前母亲身体所受的种种暴力伤害的回忆，不仅让读者为尸体和死亡本身感到恐惧，更让人自然在头脑中构建起母亲一次次承受家暴的情景，而后者似乎更能激发读者心中毫无边际的恐惧甚至窒息感。然而，如伯克所描述的，读者处在“安全范围”之内。这种安全范围当然取决于读者与人物之间的文本界限，更与诗人可以拉开的情感距离有关。诗人通过客观冷峻的诗歌语言首先拉开了自己和人物之间的距离，而读者是通过诗人的再现来感受人物及其所在的场景，如此一来，读者实际上获得了“观看”的双重安全距离。此种语言风格使诗歌达到了“场景逼真”和“观看安全”两个实现恐怖崇高感的必要条件，因而尤能激发由恐惧生出的崇高感。

特雷瑟维对战场上死伤和厮杀场景的描述较其对母亲尸体的描写更具有“自然主义”的特点，这集中在诗歌《本土卫队》中，在诗歌《南方》（“South”）中也有寥寥数语却令人震撼的描写。《本土卫队》一诗中对战士死亡的场景描写有多处，除了本节第一部分中引述的对埋尸坑的集中描写外，还有对个体死亡瞬间的动态刻画：

> ……我看到一个人在我身边
> 倒下，先是膝盖跪地，像是祈祷，然后
> 另一个，他的双臂伸展仿佛钉在
> 十字架上。每个子弹发射时枪管冒出的烟
> 就像一个灵魂离开。（*Native* 26）

以及他们死后的样子：

> 我梦见他们

眼睛仍然睁着——暗淡、阴郁
就像岸上搁浅鱼儿的眼睛，但是，他们目不转睛——
回头盯着我
……
生病的、残废的，
每一个失去的肢体，和留下的部分：幻肢痛，
记忆萦绕着空荡荡的袖管；
葛底斯堡被野猪啃食的，没有标记的
在坟墓中。（*Native* 29-30）

在《南方》一诗中，尸体的描写通过“浮肿”（swelled）和“变黑”（blackened）两个词传神：

在哈德孙港口他们的身体浮肿
又在太阳下变黑——裸露在外
直到大地的绿毯将他们掩盖……（*Native* 65）

其中对士兵中弹倒地的过程描写，语言平淡，甚至还以祈祷的祥和画面作比拟，但是当读者心态平和地顺着诗人的描写继续阅读的时候，发现就像枪口的青烟飘散一样，这就是一个生命的逝去。青烟轻若无物，但是生命本来珍贵厚重，不应这样轻易飘散，平淡的隐喻和生命消逝的沉重主题之间的张力凸显出来，引人唏嘘。而后面的诗行所展现的尸体眼睛、肢体、皮肤等细节与之前埋尸坑的描写类似。诗人仿佛一个打扫战场的人，亲眼见到士兵死去的各种样子，眼睛仍旧睁开，但目光已凝滞，缺失的肢体散落战场，只留下空空的袖管以及无尽的幻肢痛，没被收敛的尸体发肿变黑，被动物啃食，与死去的动物无异。对此情景，人们自然而然生出怜悯之情，尤其当这些死者还是自己的同胞时。当然诗人也不例外，但是她可以隐藏自己的情感，将生出怜悯之情的主体转移到自然之上，让大地以其青青草蔓为尸体加上衾盖。同样，在这样的描写中，诗人既要具备“近距离观察”的方

位优势，以细致逼真地呈现尸体和场景状态，同时自己又不能迷失于恐惧和同情的情绪迷雾之中，要能抽身而出，营造出“观看的安全环境”，只有如此，读者才能“近距离”体验恐惧和悲悯，同时又“安全”地生出同情和崇敬。亚里士多德将其“净化说”阐释为：“凭借激发怜悯与恐惧以促使此类（消极）情绪的净化。”① 所以悲剧较之喜剧更有感化人心、净化心灵、引导教化的作用。特雷瑟维正是通过逼真、细节化同时又客观冷峻的语言风格使读者正面“观看死亡”，并由场景和隐喻引发关于死亡背景和后续的联想，在这个过程中释放恐惧情感，得到精神的升华，由此体验一种崇高感。

特雷瑟维在处理这类伤痛、恐怖题材时依旧克制了自己的情感，牢牢守住了诗人作为有效讲述者的本位。正如亚里士多德在称赞荷马的时候所说的，“诗人应尽量少用自己的身份说话，否则就不成为‘摹拟者’”②。后世济慈所言的“诗人的消极能力”其实也是对诗人主体抽离要求的进一步阐释，乃至到了现代主义诗歌中庞德的“意象主义”和艾略特“非个性化”理论，无不在劝诫诗人淡化自己的身份，让所言之物“自在表达”。从这个意义上来说，特雷瑟维克制冷静、客观简洁的语言风格表明了她对西方经典美学和诗学观念的践行，这无疑也是诗人在努力赋予作品崇高性的基础上进行自身文化身份提升的证明。

三、族裔诗人的崇高化

诗人特雷瑟维出身于一个黑白混血家庭，她童年的大部分生活经历都深深根植于美国南方的密西西比州，即外祖母家。其白人父亲艾瑞克·特雷瑟维是一位加拿大裔的白人诗人，他在特雷瑟维的诗歌启蒙和专业发展中实际上充当了“导师”的角色，据诗人描述，父亲是启蒙思想的坚持者。而特雷瑟维进行诗歌创作的动力和源泉大部分来

---

① 亚里士多德：《诗学》，《缪灵珠美学译文集》（第一卷），缪灵珠译，章安祺编订，北京：中国人民大学出版社，1998 年，第 31 页。

② 亚里士多德：《诗学》，《缪灵珠美学译文集》（第一卷），缪灵珠译，章安祺编订，北京：中国人民大学出版社，1998 年，第 24 页。

自于幼年丧母的伤痛和黑人社区生活体验。特雷瑟维的族裔背景和创伤经历从一开始就注定了她将面临自身的文化身份困境。她诗歌作品中的与主题间充满张力的文体特征也是这种文化困境的显现。

从诗歌语言和体裁等外部表征来看，特雷瑟维是以“白人的”方式来写作的。她的诗歌作品语言规范准确，几乎没有黑人方言；娴熟使用的隐喻、双关等修辞手法，以小见大，含蓄优雅；形式规范，多采用欧洲和其他民族的传统诗歌体裁；布鲁斯等黑人文化元素多以隐性的方式杂糅进诗体创作中，如《墓园布鲁斯》[①]。她的诗歌随处可见希腊神话和经典白人诗人如奥登、惠特曼、沃伦等的影响。如在诗歌《神话》中，诗人借用希腊神话中的“冥界”意象来再现已故母亲在梦中出现的情景。在诗集《本土卫队》中，诗人在第三部分开头借用惠特曼歌颂美国南方的诗句作为题记，“哦，吸引人的南方！哦闪烁光芒、孕育芬芳的南方！我的南方！/哦，迅猛的勇气，沸腾的血性和热爱！善良与罪恶！”（*Native*，46）[②]《田园诗》（“Pastoral”）中，特雷瑟维叙述了罗伯特·潘·沃伦强势地出现在她梦中的情景，而在诗歌《本土卫队挽歌》（“Elegy for the Native Guards”）中，她又引用了另外一位“逃逸派诗人”艾伦·泰特（Allen Tate）描写内战的诗句作为该组诗的题记。

然而，从诗歌的主题来看，特雷瑟维主要关注的是美国非裔特别是南方普通非裔的生活境遇。《家庭工作》描写了美国二十世纪初到前民权运动时期南方底层非裔劳动者的日常生活，其中以诗人的外祖母为代表；《贝乐克的奥菲利亚》以二十世纪初新奥尔良红灯区的一位黑白混血妓女的口吻讲述了妓女们的工作生活状态；《本土卫队》则将诗人母亲——一位普通的南方黑人女性的生活遭遇与一位内战中

---

① 《墓园布鲁斯》（“Graveyard Blues”）是一首“布鲁斯十四行诗”（“blues sonnet”），即美国非裔传统布鲁斯歌和欧洲十四行诗的杂糅。其中布鲁斯歌的特点体现于，在前面四个三行诗节中，每节的第二行是对第一行的变体重复，第三行是在前两行基础上的语义转折；诗歌中十四行诗的特点则体现在，全诗保留了十四行总数，而在最后一个双行诗节中以“d”音押尾韵。

② See Whitman，Walt. “Longing for Home.”

的黑人本土卫队战士并列，讲述了被历史遗忘的失声非裔个体的人生；非虚构回忆录《超越卡特里娜》聚焦于特雷瑟维家族作为二十世纪南方城市新移民的奋斗史，赞扬了南方非裔社区坚忍不拔的品质；《奴隶》则大胆揭露了历史中启蒙传统下的种族主义观念对黑白混血人群的压迫和摒弃，并以自己与白人父亲的关系作为现实参照系；诗歌选集《纪念碑》汇集了之前的主要作品，并在新创作的“发声”部分中，更深入地探寻了混血家庭的伦理关系。这些被特雷瑟维书写的普通非裔个体承受着来自家庭、社会和历史的各种创伤，但是他们的热爱和坚持都传递了共同的民族精神。所以，有批评的声音说特雷瑟维“只写种族”[①]。

对于各种标签，如非裔诗人、女性诗人等，特雷瑟维更倾向于自己被称为“美国南方诗人”，这可以认为是她现下的文化选择，而这种选择的作出表明了她作为一个族裔诗人对文化突围和自我身份提升的诉求。她在诗歌《田园诗》中通过虚构的梦境表现了自己所面临的这一困境，即对于自己“美国南方诗人”身份的界定。诗歌中写道，诗人在梦中与一众南方流亡诗人列队合影，其中包括沃伦，但是快门按下的一刻，大家却叫出了“种族”（“race”）一词作为表情口令。曝光之下，自己的黑色脸庞显现出来。她辩解说自己的父亲也是白人，也是来自田园。这首诗传达了特雷瑟维想要被美国主流文化传统接受的渴望，同时也暗示，在种族主义传统下，这一“跻身”行为根本无从实现。所以，特雷瑟维对自己“美国南方诗人”身份确定的前提是对美国文化传统中的“南方诗人”的内涵进行挑战。在与迈克汉尼的访谈中，特雷瑟维谈到诗集《本土卫队》第三部分就是为了突出自己创作的南方性，这一部分以诗歌《田园诗》开始，引用了多位南方作家的语句作为题记。针对“南方历史或诗歌属于谁”的问题，她的回答是：“历史属于我们所有人，我们的一项使命就是尽可能完美

---

① See Kaplan, Sara. “Interview: Natasha Trethewey on Facts, Photographs, and Loss.” *Conversations with Natasha Trethewey*, Ed. Joan Wylie Hall, Jackson: Mississippi University Press, 2013, pp. 37-44.

呈现人类生活本身具备的和艺术创作所要求的复杂性和人性。”[①] 重构非裔历史，进而撼动美国官方历史传统的精英主义和种族主义根基是特雷瑟维诗歌创作的文化意图之一，这在本书第二章中有详细论述。只有经历了这一步，非裔诗人和非裔书写才能堂堂正正地进入国家文学殿堂。非裔诗人所面临的经典化与民族化的两难困境才能解除。从特雷瑟维作为一位诗人的成长轨迹来看，至少到目前为止，她的文化选择是正确的。

十九世纪二三十年代的哈莱姆文艺复兴中，非裔学者就黑人文化艺术标准进行了激烈的争论：杜波依斯强调文艺的民族宣传性和制定独立于白人评判标准的黑人文艺标准的迫切性；在此基础上，兰斯顿·休斯（Langston Hughes）指出黑人艺术家要立志表现黑人民族素材；与二者针锋相对，阿兰·洛克（Alain Locke）认为黑人艺术家应该拥有创作的自由[②]。到了二十世纪六七十年代的黑人艺术运动时期，非裔文学家们一致推崇“黑即是美”这种突出黑人性的美学艺术标准。无论强调民族性与否，这些批评家所关注的都是非裔文化独立的问题。无论是采用白人的还是黑人的文化标准，其实都是一种维护黑人民族身份的策略。以特雷瑟维为代表的美国当代非裔诗人以经典化的文体特征为策略，传递出的实际上是更为强烈和有说服力的非裔文化自信。

二十一世纪崭露头角的美国当代非裔诗人如特雷瑟维、崔西·史密斯（Tracy Smith）、凯文·杨（Kevin Young）、泰辛巴·杰斯（Tyehimba Jess）、杰瑞科·布朗等，相较于黑人艺术运动时期的诗人，他们的作品在文体风格上有明显差异。也许是基于新时代诗人的

---

① See McHaney, Pearl Amelia & Natasha Trethewey. "An Interview with Natasha Trethewey." *Conversations* with Natasha Trethewey, Ed. Joan Wylie Hall, Jackson: Mississippi University Press, 2013, pp. 45-60.

② See DuBois, W. E. B. "Criteria of Negro Art." Hughes, Langston. "The Negro Artist and the racial Mountain." Alain Locke. "Art or Propaganda?" *African American Literature Criticism*, 1773-2000, Ed. Hazel Arnett Ervin, New York: Twayne Publishers, 1999, pp. 39-43, 44-48, 49-50.

学院派背景，他们的诗歌创作多采用规范的书面语言；在形式选择上具备更大的自由，或广泛借用各种传统诗歌体裁，或进行后现代诗体杂糅；在诗歌题材上呈现出社会性到文化性的转向，从过去对奴隶制、种族隔离、民权运动等黑人群体社会困境的“直抒胸臆”式揭露，转变为更具文化隐喻性的历史、记忆等问题。这些都可以视为当代非裔诗人的经典化努力，亦是一种新的民族文化策略。深入研究作品，就会发现，诗人们仍旧秉持着对本民族当下生存境遇的深切关注，以各种艺术手段凸显当下的族群文化困境和优势。

经典化的文化策略并没有弱化非裔诗人的民族性，反而是对他们文化自信的表达。对于特雷瑟维来说，经典化策略助力于其作品文体张力的实现。而这一文体张力最终凸显的就是诗人对其民族文化身份的坚守和对民族历史的正视。对非裔民族文化身份的坚守是非裔诗人文化自信的基础。“长期处于美国文化边缘的美国非裔诗人要进入经典或中心，必须有明确的文化定位。……他们经典化的一个重要条件就是坚守自己的文化身份。”[①] 特雷瑟维对民族文化的坚守并非声嘶力竭的呼吁或直截了当的展示，而是将非裔文学或文化元素较为隐形地杂糅于诗歌作品中。例如，她将布鲁斯音乐的灵魂——一唱三叠和语义转折融入十四行诗的创作之中，将爵士乐的多声部和即兴创作特点融入自由体诗的创作之中，等等。而显示出她对自身民族性坚守的除了这些隐性的诗体特征，还有她的诗歌主题，包括对被遗忘的非裔历史和非裔个体与群体的内心创伤进程的关注等。只是，她给所有的内容都套上了符合所谓主流文化标准的“优雅的信封”。所以，无论采用何种形式，特雷瑟维对本民族文化身份的坚守是毋庸置疑的。

作为一位来自美国南方、具有黑白双重血统的非裔女性诗人，特雷瑟维要实现自己文化身份的提升、进入所谓经典作家的行列，必须不断地进行文化突围，让自己的创作能够经得起西方主流美学和文学评价标准的检验甚至是责难。她对西方经典诗体的娴熟使用，对语言

---

① 参见罗良功：《美国非裔诗歌中的声音诗学》，《外国文学研究》，2015 年第 1 期，第 66 页。

客观特性的严格把控，都使其作品实现了崇高化。更难能可贵的是，她并没有摒弃或搁置对民族性的伸张，而是在诗歌语言形式与主题的张力中凸显了她想要传达的民族历史观、文化观。两者的结合既促成了诗人实践其文学创作的初衷，即“为被遗忘者言说”，也满足了她提升作为诗人的文化身份、实现自身崇高化的诉求。

通过以西方主流美学认可的高雅诗体书写边缘族群的生存经验，以客观的语言表现本来骇人的场景和事件，特雷瑟维以其“非个性化”的诗歌艺术彰显了她作为一个在西方主流评价体系中被藐视的族裔诗人。其文化身份的提升，无论是诗歌中的个体，还是族群经验，抑或是诗歌外进行书写的诗人，他们的崇高化都指向以非裔群体为代表的边缘族群的崇高化。

第三节　特殊经验的普遍化

特雷瑟维“非个性化”的诗歌语言和形式提升了诗歌和诗人的崇高性，同时因为使用通用的标准英语写作，并借鉴来自多个文化群体，特别是和美国非裔民族一样的其他边缘文化群体的传统诗歌体裁，因而在更广泛的边缘文化群体之中赢得了文化理解、认可和支持，即实现了特殊经验的普遍化。

一、标准语言与多元形式

特雷瑟维作为一位美国非裔诗人，她并没有将富有本民族特色的黑人方言和艺术形式刻意地引入诗歌创作，甚至在尽力回避，因此，除去主题和体裁，从她的作品中很难从语言和形式上窥探诗人的特殊文化背景。在语言上，其诗歌多以通用的标准书面英语写成；在形式上，她广泛沿用了来自东方世界的各种传统诗歌体裁，呈现出文化多元性。

在特雷瑟维本人作为言说者的诗歌中，几乎从未出现具有南方地方特色或黑人方言特色的语言，其整体语言风格规范易懂。如在这首《比目鱼》（“Flounder”）中，诗人写道：

拿着，她说，把它戴在头上。
她递给我一顶帽子。
你差不多像你爹一样白，(You' bout as white as your dad,)
你要继续这样。(and you gone stay like that.)

秀格奶奶将她的尼龙丝袜放下 (Aunt Sugar rolled her nylons down)
直到骨节凸出的脚踝，(around reach bony ankle,)
我也卷下我的白色长袜 (and I rolled down my white knee socks)
摇荡起细瘦的双腿，(letting my thin legs dangle,)

在紧贴水面的地方将其盘起， (circling them just above water)
鲦鱼银色的鳞背 (and silver backs of minnows)
四处轻快地穿插于 (flitting here then there between)
阳光斑点和树荫之间。(the sun spots and the shadows.)
…… (*Domestic* 35)

诗歌描写的是诗人儿时在家乡和秀格奶奶一起去河边捕鱼的愉快经历。诗歌中主要的讲述者是诗人自己，此外也有诗人引述的秀格奶奶的话，如此处引述的第一节。秀格奶奶是一位受教育程度较高的南方黑人女性，曾做过实验员的工作，但是，即使在她的语言中也还是出现了些许南方黑人方言的细节，如句子中谓语的省略，将"You are about as white as your dad"讲成"You' bout as white as your dad"等。这里的第二、三节的言说者变成了诗人自己，两个诗节实际上只有一个句子，即使用了"跨行连续"（"enjambment"）的写作方法。从这两节的英文原文中可看出，整个句子由两个并列的谓语分句组成，第二个分句后面加上了数个伴随状语结构，句子虽长，结构却是随语义顺序铺陈开来，且标点符号使用标准，并没有因为诗歌格式增加理解难度。

为了主题表达需要，特雷瑟维在诗歌中除了以自己的口吻进行讲述，还引入了一些虚构的人物作为言说者，具有代表性的是《本土卫队》中的黑人本土卫队战士和《贝乐克的奥菲利亚》中的妓女奥菲利亚。诗歌内容显示，他们都来自美国南方的社会最底层，只受过极其有限的非正式教育。前者曾经是种植园奴隶，后者也是来自南方的贫苦佃农。按照当时的历史背景和诗歌中的背景铺垫，二人可能无法写出规范清楚的语言，更不用说还去除了黑人方言的痕迹。只需参照《比目鱼》中受过较好教育的秀格奶奶所使用的语言就知道，黑人战士和妓女奥菲利亚在诗歌中所用的语言是经过特雷瑟维刻意“调试”的。诗人革去了本应具有的黑人方言成分和语法甚至拼写错误，而呈现于读者眼前的奥菲利亚的日记讲述是这样的：

我熟知了相机——它的（I've learned the camera well - the danger）
危险，它所呈现的部分真实，还有（of it，the half-truths it can tell，but also）
它将我们捆绑于过去的方式，让（the way it fastens us to out pasts，makes grand）
未被修饰的瞬间变得宏伟。（the unadorned moment. This is how）

我希望我的镜头这样捕捉到你——从黑板（I hope my lens would find you — turning）
转过身，你的手上沾满（from the board，your hands dusted）
粉笔灰，脸上带着光，眉间（with chalk，light on your face，your brow）
闪烁，眉毛下面，你的眼睛（shining，and beneath it your eyes）

回应着我自己的凝视。……（returning my own gaze…）（*Bellocq's* 30）

从语言层面，言说者奥菲利亚的用词平易，没有任何复杂词汇，但是句子较长，语法和标点正确。所引部分跨越三个诗节，由两个完整语句组成。每个句子主体都是简单的主谓结构，以破折号连接起后续的同位语解释成分，内容较多，但都是一项一项按自然语义顺序连贯铺陈，不存在复杂定语从句等增加语义理解难度的设置。同样也使用了“跨行连续”，在遵照诗歌形式的同时，保留了语义的流畅。

可见，无论是诗人自己作为诗歌的言说者，还是借用其他人物的身份进行言说，在语言上都具有平易规范的统一性，为了实现这一点，诗人有时甚至牺牲了人物的个性。语言的通用性和一般性客观上扩大了诗歌的受众，各种受教育程度特别是受教育程度低的读者都能毫无困难地理解诗歌传达的内容，为特雷瑟维诗歌叙事获得广泛的接受和共鸣提供了客观条件。

为特雷瑟维诗歌带来更广阔受众的还有她对来自多民族特别是被边缘化的东方民族传统诗歌形式的借用，包括源自马来民族的盘头诗、阿拉伯的加萨诗和日本的俳句（haiku）等。在借用这些诗体进行创作时，特雷瑟维都尽力在英语诗歌的环境中保留原诗体的诗行和韵律格式特点。

本章第一节已对盘头诗《事件》和加萨诗《通婚》作了分析，探寻了诗歌特定的诗行韵律格式与主题表达的呼应。在《贝乐克的奥菲利亚》中这首《1913 三月——寄往西部的明信片》则是以“俳句”形式写成，全诗如下：

终于我们将
打破这季节，脱下
外衣，冬天的

灰暗外壳。树

颤抖着新叶，细小
花朵，春天的

闪烁衣裙。我
意识到它的来临
从未如此过——

湿草叶悸动
执着的蟋蟀，坚定
像欲望。此时，

我感知到树——
萌芽，绿叶鞘迸裂——
不合身的皮。(*Bellocq's* 33)

特雷瑟维极少创作自然题材的诗歌，这首俳句则蕴含了灵动的自然意蕴。俳句是源自日本的简短诗歌形式，由三个诗行组成，三个诗行的音节数分别为5/7/5。诗歌多为自然主题，由季节景物相关，阐发哲理幽思。这首诗的言说者仍然是处于斯托利维亚的妓女奥菲利亚，她描写了自己在春天来临时见到的自然景象：树木萌发新叶，草地蟋蟀悸动，到处是膨胀的生命力。学者琼斯在分析这首诗时指出："这首诗象征着奥菲利亚的新生，她从梦中的旅行转变到实际的旅行，'向西'走出封闭的妓院。她通过自然世界，从一个人为建构的环境逃离，进入移民的行列。"[①] 特雷瑟维使用俳句这种强调自然性和人对自然思考的诗歌形式，帮助奥菲利亚找到了从满目疮痍的世界救赎自己的路径。俳句不仅是一种诗歌形式，更是一种自然哲学，是联通人与自然世界的渠道。奥菲利亚正是借助春天的景象获得了开启人生新

---

① See Jones, Meta Duewa. "Reframing Exposure: Natasha Trethewey's Forms of Enclosure." *ELH*, vol. 82, no. 2, Summer 2015, p. 417.

旅程的力量。

诗人选用这些具体的格式自然是为了满足特定题材的写作需要，但是除了出于文学创作的考虑，诗人在诗体选择的文化倾向性也值得思考。从她借用的其他民族诗歌形式的地域分布来看，盘头诗、加萨诗和俳句都来自东方民族。在西方中心主义和美国文化霸权语境下，东方被界定为“二元对立”中的“他者”，其文化被认为是“亚文化”或“次文化”。同样，美国非裔民族在美国是饱受歧视打压的少数族裔，黑人文化与央格鲁-撒克逊白人文化比起来也被认为是不重要的“他者”。美国非裔与东方民族在文化地位上存在共通之处。

这几种诗体的文化内涵与其历史息息相关。源自十五世纪马来民族（Malay）的盘头诗最初于十九世纪出现在威廉·马斯顿（William Marsden）所著的《马来语语法词典》（*A Dictionary and Grammar of the Malayan Language*，1812）中，是一首英文译诗，后来法国诗人维克多·雨果（Victor Hugo）在其《东方诗集》（*Les Orietales*）中收入了法国诗人欧内斯特·福伊奈特（Ernest Fouinet）的法文译本。二十世纪该诗体传入美国，美国诗人约翰·阿什伯里（John Ashbery）、唐纳德·加斯蒂斯（Donald Justice）等都创作过盘头诗。加萨诗源自七世纪的阿拉伯，在中东和南亚的伊斯兰世界广泛流传，直到十九世纪才进入西方视野，最初由约翰·沃尔夫冈·冯·歌德（Johann Wolfgang von Goethe）译入德国。俳句形成于十七世纪的日本，于十九世纪初由荷兰商人传入西方世界，作为一种外来诗歌形式最开始遭到西方学者的鄙夷。对特雷瑟维借用的这几种东方世界的诗体稍作历史追溯就可以看出，盘头诗、加萨诗和俳句都在发源国有深厚的文化根基和受众，是该民族优秀传统文化的产物。而它们都是大约于十九世纪初由西方人介绍到欧洲国家，进而在更广泛的西方世界传播。十九世纪是欧美国家完成工业革命对亚非地区进行殖民活动的时期。东方世界被英法等工业帝国的坚船利炮轰开国门，被动进入了世界化进程。马克思和恩格斯在《共产党宣言》中断言：“各民族的精神产品成了公共的财产。民族的片面性和局限性日益成为不可能。

于是由许多种民族的和地方的文学形成了一种世界的文学。”① 这几种诗体由东方传入西方的轨迹就是所谓“世界文学”形成的具体表现。在政治经济背景下的这一文化迁移使这些文学形式从一开始就被刻上了“边缘文化”的标签。

与这些东方文学形式一样，非裔文学作为少数族裔文学在美国文学中也面临着被边缘、被贬低的困境，一代代非裔作家一直在作经典化的努力，试图让非裔文学进入美国文学的中心。特雷瑟维对来自东方的“边缘”诗体的沿用，使其作品更易在这些多元文化板块中获得更多的受众，从而赢得更广泛的文化认同和支持。

二、边缘群体的文化认同

特雷瑟维对简明标准语言的使用，以及对来自东方世界的外来传统诗歌形式的借用都显示出了诗人在更大文化版图中寻求认同和支持的诉求。为了获得边缘群体的文化认同，她所采取的艺术手段就是用具有普遍流通性的语言和特定文化群体所乐于接受的诗歌形式，讲述不同文化群体之间引起共情的经历，即作为西方中心主义和文化霸权下的边缘群体的遭遇。

如果单纯从语言和形式上套用东方民族的传统，而在诗歌主题上与之毫无关联，也很难实现不同文化之间的共情。因此，特雷瑟维将语言、形式和主题统一于边缘群体经历的书写中。如上文所分析的几首诗歌，都在这三个方面实现了和谐统一。盘头诗《事件》以诗行的循环重复突出了种族主义犯罪给美国非裔民族带来的不断延续的精神恐惧；加萨诗《通婚》以高频重复的带有“原罪”隐喻的“密西西比”这一韵脚词反映了非裔生活中不可跨越的种族禁忌；奥菲利亚的俳句《1913 三月——寄往西部的明信片》则代表着处于各种价值评价体系底层的混血妓女向自然和精神世界寻求自由的努力。种族主义是殖民时代和后殖民时代边缘群体挥之不去的阴影，而这也是东方世

① See Marx, Karl and Frederick Engels. *Manifesto of the Communist Party*. NY: International Publishers, 1948, p. 13.

界长期以来被建构、曲解的内在原因。萨义德在《东方学》中对这一知识体系的本质进行了深刻的揭露：

> 它（东方学）不仅是对基本的地域划分（世界由东方和西方两大不平等部分组成），而且是对整个“利益”体系的一种精心谋划——它通过学术发现、语言重构、心理分析、自然描述或社会描述将这些利益体系创造出来，并且使其得以维持下去；它本身就是，而不是表达了对一个与自己显然不同的（或新异的、替代性的）世界进行理解——在某些情况下是控制、操纵甚至吞并——的愿望或意图……（16）[①]

所以，东方世界被西方世界主导的话语体系所把控，以至于任何关于东方的描述都有可能是权力的精心设计。东方世界不仅曾经在领土、经济和政治等显性方面被规划进殖民者的版图，而且在历史、文化、意识形态等隐性方面也被西方渗透甚至把控。这是一种更大范围和更深层次的种族主义压迫。在此意义上，美国非裔和东方世界的其他民族有着共同的命运和困境。

在特雷瑟维的诗歌中，边缘文化群体以诗歌为媒介形成一股合力，与主流文化及其背后的社会群体形成了对峙，特雷瑟维的文化视野其实超越非裔民族和美国本身，而是具备了一种跨民族、跨国家性的文化意识。而这种在同为弱势群体的民族中寻求共识的策略早在二十世纪初期就已经在美国黑人思想家中出现。美国黑人文化领袖杜波依斯在其著作《黑人》（*The Negro*）[②] 中指出了美国黑人权利斗争的国际社会主义路径：

> “泛非运动”（Pan-African Movement）绝不只是狭隘的种族

① 爱德华·W·萨义德：《东方学》，王宇根译，北京：生活·读书·新知三联书店，1999，第16、17页。

② DuBois, W. E. B. *The Negro*. Philadelphia: Pennsylvania University Press, 1915, pp. 241-242.

> 运动。具有远见的黑人已经感到了一种联合的到来：一个世界各地劳工阶级的联合，一个有各色族群的联合，一个人类的新的集合体。既已提出的解决非洲和美国黑人问题的经济方案已经使我们意识到，鉴于欧洲和美国的现代白人劳工对军事主义和殖民扩张的支撑，他们的手里握着黑人解放的钥匙。只要黑人劳工仍旧是奴隶，白人劳工就不可能解放。(241-242)

杜波依斯认识到美国黑人面临的种族压迫与世界范围内的帝国主义殖民扩张有着不可分割的联系，而美国非裔要进行有效的民主权力斗争则需要寻求国际支持，构建一种统一体，这个统一体超越了国界和肤色。杜波依斯有关国际社会主义的思想成为美国黑人斗争历程中的有力思想武器，得到延续和继承。在哈莱姆文艺复兴中，诗人兰斯顿·休斯、克劳德·麦凯（Claude Mackay）等就在创作中表现出了国际社会主义或共产主义的倾向。

二十世纪黑人权力运动（Black Power Movement）领袖阿米力·巴拉卡（Amiri Baraka）也认识到狭隘的黑人民族主义的危害。1974年，在《纽约时报》的一次采访中，巴拉卡声称："说白人就是敌人，这是一种狭隘的民族主义……说'所有的非黑人族群都是敌人'，这种民族主义是一种病态和犯罪，事实上是一种法西斯。"[①] 通过将世界上其他在殖民主义进程中被边缘化的民族纳入美国非裔的同一阵营，美国非裔群体在与白人群体进行对抗的过程中就会获得更多的国际支持。在这一政治思想的指导下，美国非裔文化界表现出了对东方文化的亲近。巴拉卡早年就出于对伊斯兰文化的推崇而将其本名勒洛伊·琼斯（LeRoi Jones）改为伊玛目·阿米力·巴拉卡（Imamu Amiri Baraka），其中的"伊玛目"就是指伊斯兰教中的"阿訇"，后来才简化为阿米力·巴拉卡。黑人艺术运动（Black Arts Movement）的代表人物索尼娅·桑切斯（Sonia Sanchez）也曾加入"伊斯兰国"

---

① Sullivan, Joseph F. "Baraka Drops 'Racism' For Socialism of Marx." *New York Times*, Dec. 27, 1974. https://www.nytimes.com/1974/12/27/archives/barka-drops-racism-for-socialism-of-marx-special-to-the-new-york.html.

(“Nation of Islam”)，曾在七十年代到中国旅行，她还创作了大量的俳句，并在此基础上创造了桑句这种诗歌体裁。

特雷瑟维作为二十一世纪的美国当代非裔诗人，其面临的文化环境已经发生了重大变化，比如她深入关注了混血人这一边缘群体的困境。但是西方中心主义等罗各斯思想仍旧存在，因此，处于边缘地位的文化群体仍旧面临着与“中心”对抗的问题。与前辈的文化策略比起来，特雷瑟维的文化策略显得含蓄克制。但是，从她的诗体风格上仍旧可以看到寻求边缘文化群体之间文化认同的构想。

特雷瑟维“非个性化”的诗歌文体含蓄地传达了诗人为实现边缘个体的崇高化与特殊经历的普遍化所进行的艺术层面的探索。前者力图使非裔诗歌和诗人进入符合西方古典美学标准的高雅文学行列，并提升诗人的文化身份；后者则通过寻求在西方中心主义挟制下同为边缘群体的文化认同，来形成一股与文化霸权对抗的合力。诗人对这两个目标的追求体现了她为争取自身和非裔等边缘群体文化平等所做的巨大努力。

“非个性化”的诗歌文体看似是诗人主体的淡化甚至退出，在其极尽克制的规范语言和循规蹈矩的传统诗体写作中，实际上注入了诗人特定的文化意图。当代美国非裔诗人在艺术手法上更加多元和含蓄，他们不再在语言和形式民族性上大肆声张，而是更为精确地把握时代文化脉搏，向内向深地寻求更加能引起人们共情的文化表达。

小　结：美国非裔民族的文化身份建构

特雷瑟维诗歌历史书写的“非个性化”特征主要体现在其客观冷峻的语言风格和对传统诗歌体裁的沿用。前者具体体现在，诗人在描写自己母亲的尸体时抽离了个人主观情感，以科学化的语言对其进行了细致的描述；在对战争中的战士死伤场景进行描述时，诗人采用近距离观察的视角，以“自然主义”的语言描述了血淋淋的、令人作呕的死伤惨状；在对复杂隐性的人物关系进行描写时，则采用对一般意象进行客观描写的方式，精简却蕴含丰富，等等。语言的克制平稳和一般性与诗歌令人惊骇或唏嘘的悲剧主题之间构成了巨大张力，更加凸显了后者。诗人在诗歌体裁上倾向于使用传统的诗歌体裁，这些诗歌体裁既有十四行诗、维拉内尔诗体等源自白人文化传统的欧洲经典诗体，也有盘头诗、加萨诗和俳句等来自东方世界的传统诗歌形式。所以在诗体选择上，特雷瑟维的诗歌呈现出文化多元性。在沿用这些传统诗歌体裁时，诗人以具体诗歌格式特征呼应了诗歌主题，如以诗行循环重复喻指延续的种族主义创伤等。特雷瑟维的语言形式特征回避了诗人的主观性，呈现出“非个性化”特征，这践行了艾略特的“非个性化”诗歌理论对诗人主体淡化的要求，特雷瑟维也在此过程中验证了济慈所言的诗人的“消极能力”。

特雷瑟维诗歌的语言形式特征表达了她力图使非裔边缘个体实现崇高化的意图。如在其代表性诗集《本土卫队》中，特雷瑟维使用十四行诗的形式书写了一位黑人本土卫队战士的个人战争体验，也使用这种诗体书写了对母亲的挽歌。十四行诗符合西方古典美学崇高论对诗歌体裁的要求，是西方主流诗人争相使用的经典诗体。而诗人却让一位并未受过正规教育的前黑人奴隶写出了形式精巧的皇冠十四行体诗歌，并且也没有遵循十四行诗的主题传统，即表达爱情、宗教、政治等“高雅主题”，而是在诗歌中表现了战争的血腥、种族歧视、人的生命如草芥等人类宏大历史中的阴暗面。在写给母亲的挽歌《墓园布鲁斯》中，诗人用规则典雅的格式写出了对母亲——一位生前默默无闻地承受暴力、死后将湮没于尘埃的底层非裔女性的庄重悼念。十四行诗体的选择使诗歌言说者、人物和主题内容都得到了提升，即一种文学的崇高化。而“主流形式”与“边缘叙事”之间的张力也增添了特雷瑟维诗歌的内涵。在书写死亡、伤痛等悲剧性题材时，特雷瑟维语言的客观性既使读者对死亡、尸体等引起人恐惧悲伤情绪的场景能够“近距离观看”，同时也因为诗人主体情感的抽离保证了读者的“安全性”，二者的满足能够使读者对这些恐怖的诗歌题材产生崇高感，化生出一种基于恐怖感的崇高性。这也是特雷瑟维诗歌实现边缘个体崇高化的途径之一。对于诗人自身来说，“非个性化”的诗歌风格是使她摆脱自己的文化身份困境，实现作为族裔诗人的崇高化，从而进入经典化行列的方式。作为一位生于美国南方的黑白混血女性诗人，以“逃逸派”诗人为代表的南方经典诗歌群体拒绝她的加入，她在诗歌文体风格上对西方古典美学的靠拢或沿袭，对艾略特、济慈等西方主流诗人思想的借鉴都证明她努力提升自我身份的能力和意愿。可贵的是，作为一位有深刻历史意识和民族责任感的当代诗人，在努力进行崇高化和经典化的同时，她并没有搁置对族群经验的关注，而后者实际上也增加了其“非个性化”风格下的文体张力，增加了主题的层次。

特雷瑟维“非个性化”诗歌风格也传递出其将族群特殊经验普遍化的意图。诗人一贯使用简明规范的通用书面语言，甚至刻意回避了民族性和区域性的语言特征，句式语法流畅，用词简明规范，增加了诗歌的流通性，扩大了读者群。在诗体选用上对各种文化元素特别是世界其他边缘群体的文化元素持开放拥抱的态度。如她所使用的盘头诗、加萨诗和俳句，就分别源自马来西亚、阿拉伯和日本等东方民族。她在借用这些诗歌形式时不仅在英语环境中严格遵循了格式要求，并且在主题上对诗歌本来的主题倾向性进行了呼应，表现了对这些外来诗歌题材的“尊重”。通用的语言和多元的形式为特雷瑟维诗歌的普遍接受提供了基础。通过引入西方视野下处于边缘地位族群的传统诗歌形式，首先从文化形式上将诗人所属的非裔群体与其他边缘群体联系起来，获得实现文化认同的媒介；同时，在具体的诗歌主题上，特雷瑟维对非裔族群的“边缘化”经验的书写则从内涵上使该民族与饱受西方殖民和文化胁迫的东方民族组成了同一的文化阵营。这种呼吁边缘文化群体形成合力，与主流价值进行对抗的策略在美国非裔民主权利斗争史上早有先声。美国黑人文化领袖杜波依斯和黑人权力运动先导巴拉卡等人的“泛非主义”、“国际社会主义”思想都蕴含了非裔群体与世界范围内边缘群体争取互相同情、共同抵制帝国殖民主义的策略。特雷瑟维作为当代诗人，对文化现状有更敏锐的思考，她将边缘个体的崇高化与特殊经验的普遍化的文化诉求融入自己对诗歌艺术进行锤炼的过程中。

这两个目标的实现，一方面使特雷瑟维所代表的边缘族群获得了文化身份的提升，使原本被西方价值体系所贬抑的族群经验经过诗人“非个性化”的艺术手段进入高雅的文化殿堂；另一方面，她对本民族艺术风格的刻意回避和对其他边缘族群文化的接纳引入，在展现诗人开放平等文化观的同时，也将这些边缘族群的身份一并提高，非裔族群与其他边缘族群一同站在了更高层次的文化舞台上，向世人，尤其是向曾经排斥、忽视他们的西方主流文化价值体系的捍卫者宣示一种充满活力的族群新形象。

结　语

特雷瑟维的诗歌创作源于她充满创伤的家庭生活背景、她对家乡美国南方爱恨纠缠的复杂情感，以及南方非裔群体历史话语和文化身份缺失这一现实的深刻体察。她立足于诗歌艺术和自己作为一名来自美国南方的黑白混血女性诗人的文化身份，以具有特色的诗歌创作技巧，揭露了南方非裔群体和个体遭受的“历史健忘症”（“history amnesia”）以及白人中心主义主导下对该民族历史的歪曲。她选取了视觉艺术作品、个人历史和生存空间的视角，对白人权力主导下的美国南方非裔历史进行了解构，继而以非裔个体日常生活建构起新的民族历史，并深入到个体心理层面，考察非裔个体的自我迷失与主体性重建等问题。她的现实关注通过这些诗歌艺术策略得以传达，而她的艺术创造也超越了现实问题，彰显了她作为诗人的美学和文化追求。

诗歌的“元视觉艺术”是特雷瑟维从视觉艺术作品中发掘历史“不和谐”破绽的途径。她在诗歌中深入挖掘了视觉艺术作品的创作过程，研究创作者意图，进而揭露隐藏于视觉艺术作品中的权力建构，并在此基础上运用“元视觉艺术”的具体艺术手法对这些权力进行消解。“元视觉艺术”的提出是基于后现代批评中的“元叙事”概念，结合特雷瑟维对视觉艺术作品创作过程的关注而总结提炼出来的。它在具体的诗歌作品中表现为对视觉艺术的创作过程的书写、创作者心理描写以及人物的“面具化”表达。其中对视觉艺术作品创作过程的描写，“元摄影艺术”关注了摄影作品背景选择、人物造型细节和摄影师指令等各个环节，而“元绘画艺术”则关注了绘画构图、光线调适和色彩选择等具体环节，并特别关注了“原笔画再现”艺术中的作品修改过程。创作者心理也有其变化过程，通常与摄影和绘画作品中的人物内心活动之间存在矛盾，二者之间构成的张力以及在视觉艺术作品中的显现成为“元视觉艺术”特别展现的内容。视觉艺术创作过程的另一主体便是被展现的人物。诗人赋予了人物最大限度地自我讲述的自由，让他们进行“面具化表达”，即诗人借人物之口，讲述摄影和绘画作品所忽略的甚至是视觉艺术家故意曲解的生活和历史真实。所以，诗歌的“元视觉艺术”探究了包括技术操作以及活动中两个主体表达之内的整个艺术创作过程。在对这些环节进行探寻和扩展的基础上，视觉艺术中的权力建构被揭露出来。权力在艺术作品中的建构主要通过创作者意图显现出来，也就是说创作者的意图是观赏者深入到视觉艺术背后凝聚的权力的主要途径。文中通过对视觉艺术作品具体技术属性进行分析，探讨了不同作品暗含的创作者意图。这些技术属性包括：物质性的技术要素，如光线、色彩、构图等；创作的多主体性，即由创作者意识主导，而作品中的人物意识与之并存；作品的瞬时性和平面性；等等。因此，从艺术作品的色彩构图、人物神态动作的细节，以及被过度简化或过度设计的定格画面等各个细节都可以分析出创作者有意设计、突出、弱化或删略的内容，以此窥探创作者有意或无意隐藏的真正创作意图。从创作者意图出发，继续对视觉艺术作品的历史、社会等外部环境进行探寻可以得出，视觉艺术实际上促成了社会权力的合法化，并充当了后者的载体和宣传媒介。在此基础上，本书分析了诗歌作品中揭露的阶级、性别和种族三种主要的权力类型以及它们在艺术作品中的表现。

特雷瑟维并不满足于对权力现实的揭露，而是更进一步在“元视觉艺术”范围内对它们进行了一定程度的对抗和解构。通过展现人物的生活真实与视觉艺术所呈现的表象之间的差异，由前者对后者进行消解；以诗歌中人物和摄影师或画家主体关系的置换为依据，阐述这一文学设置所蕴含的对固有权力关系的解构性；基于视觉艺术作品的平面性和瞬时性，以主体内容为线索发掘它们以及艺术作品与社会历史现实之间超越时空的互文互证，从而对艺术家意图进行消解，进而解构其背后的权力构架。所以，诗歌“元视觉艺术”从视觉艺术的技术属性出发，揭示了视觉艺术作品背后的权力现实，并针对现实提供了艺术层面的解构途径。

在通过诗歌的“元视觉艺术”对美国官方历史背后的白人和男性中心主义进行揭露和一定程度的消解之后，特雷瑟维以个人化的历史叙事重新建构了被忽略或歪曲的南方黑人的历史。她从失声个人的历史讲述出发，通过争取这些个人的历史讲述权利，提供了日常生活化的历史叙事版本，并引入了超越文字语义的多文本叙事媒介，进行了对族群历史的重构。她选取了内战中的黑人本土卫队战士、以祖母为代表的前民权运动时期底层非裔劳动者，以及二十世纪初新奥尔良红灯区的黑白混血妓女等具有代表性的个体，从他们的视角对宏大历史背景下的个人见闻和经历进行了讲述，提供了非裔个人的战争经验、非裔家庭日常生活史和新非裔移民创业史等与国家历史叙事辩证统一的个人历史版本。这三类个人叙事从多个层面共同实现了诗人对族群历史进行重新建构的文化意图。从叙述主体来看，黑人战士、家庭工作妇女和混血妓女等都是在国家官方历史中湮没于“历史健忘症”的失声群体，他们从来不被赋予为自己言说的机会和权利。而诗人不仅将他们的故事作为叙事对象，并且引入他们的叙事视角，甚至采用“面具诗”和“自由间接引语”等方式让这些弱势个体直接讲述自己的故事和思想。从叙事内容来看，诗歌中的个人叙事具有日常生活的特征。诗人通过具体时间标注等手段为个人叙事提供历史考证的依据，同时从人物视角进行日常生活的想象，使叙事具备一定自由发挥的空间。历史与个人经历构成新叙事的内在张力，对官方族群历史进行了重构。从叙事的文本特征来看，特雷瑟维引入了身体、视觉和语言形式等超越文字语义文本的多重叙事文本。母亲、战士、采棉工等个人的身体样态，文献中的视觉艺术作品，以及诗歌特有的排列格式和形式特征都作为叙事的媒介，承载了一定的历史隐喻，凸显了历史的流动性与多元性，而这两点证明了历史的开放性，为历史的不断重新讲述提供了可能。所以，特雷瑟维诗歌中的个人叙事从叙事主体、叙事题材和叙事媒介三个方面实现了诗人重构族群历史的目的。

美国南方黑人个体的历史叙事展现着官方历史所忽视的弱势个体的日常生活，但尚不能深入到这些个体的心理现实和主体性维系与重构中。空间化的历史书写则是特雷瑟维突破生活表象，探求个人内心世界的方式。她在诗歌的空间书写中突破了物理和精神空间的界限，并将视角聚焦于人与社会空间进行互动的媒介，从而实现空间的迁移和交互，这首先通过物理空间的虚化来实现，即指，诗人使人物或言说者的意识脱离现实空间，进入记忆、梦境等心理空间。在诗歌中表现为两种情形，一是人物身处逼仄、具有压迫性和充满敌意的现实空间中，通过想象等手段迁移到虚化的精神空间领域；二是个体在现实生活中承受了创伤，通过进入自己营造出来的心理空间得到慰藉和补偿。同时，心理空间的具象化也是空间转化的另一表现；它指的是诗人以具体空间意象来准确表达个体内心深处复杂幽微的情感体验。本书提炼出了三种具有代表性的空间意象。处于两个空间范畴之间的“阈限”位置，如门框、池水等被用来指涉异化的家庭伦理亲情给诗人带来的矛盾感受。极度压缩的柔术表演空间则用来表达诗人幼年丧母的深深痛楚。窗户上的羽毛、心中的血泡等身体内外的微小空间、联通人的内心和自然界的具有“通感性”的苇丝、暗示开放性的意象无花果枝桠和飞鸟等一系列层层递进的空间组合再现了诗人不同阶段的创伤体验。空间融合转换的第三种方式则为聚焦于媒介的空间交互，这指的是诗人通过引入人对空间施加影响的媒介，对其进行聚焦性描写，以此串联起人与外界的关系，为实现空间的改造提供具体途径。诗歌中较为集中的空间交互媒介包括家庭中的日常生活用品、照相机及摄影术，以及黑人社区中的教堂。个体通过对日常生活用品进行整理、维护和制作对家宅空间进行了有效的干预和改造。奥菲利亚通过照相机和摄影术改变了自己在空间中的位置，超越了社会空间的掌控。黑人社区的教堂几经摧毁和重建，不断生发出将黑人社区中的个体聚合一起的精神联结力量，不仅联结着社区中的个体，也作为一种空间媒介联结着社区居民与整个社区空间。物理空间的虚化处理、心理空间的具象化，以及聚焦于媒介的空间交互组成了特雷瑟维联通各层面空间属性的空间建构艺术。

特雷瑟维在诗歌中通过空间建构艺术传递出对个体主体性进行强化的文化意图。物理空间的虚化处理联通了物理和精神空间领域，让承受压制和创伤的个体摆脱现实身份的束缚，进入到一个更为安定自由的虚化空间，得到主体性的恢复和释放。心理意识的空间具象化则为复杂幽微又难以言说的个人内心情感找到具体准确的空间意象的表达，使积压于心的情感得到宣泄，使人获得情感表达的自由。聚焦于媒介的空间交互提供了个体通过媒介对社会空间进行改造的条件，增强了个体对空间的影响，使其完成主体性的保全和重建。对限制性身份的逃离、对情感表达困难的突破，以及对不友好社会空间的改造都是个体主体性得到强化的表现。

特雷瑟维诗歌的多元空间构建艺术是诗人对非裔个体所处的对抗性社会空间的回应，是在诗歌语境下对现实困境暗示的解救之法。对抗性的社会空间体现在家庭私密空间和社会公共空间两个层面。在家庭私密空间中，根据人与空间的“掌控力对比”的不同情形，空间对人的对抗性呈现出三个层次：人对空间具有显性掌控，但受到空间的隐性威胁；人对空间的掌控力弱，私密空间受到外界空间的威胁；人对空间失去掌控，个体在空间中缺席。在公共空间领域，社会空间的异化则表现为空间对人身的限制、压迫和排斥，物质空间对个体的同化或个体在社会公共空间中的物化，以及社会公共空间中白人文化作为一种强势文化对非裔文化的排挤。特雷瑟维空间化的历史书写关注的是主体性被压制或丧失的非裔个体的内心世界，而艺术上对这种抽象存在的空间化正呼应着历史中这些个体寻求主体完整性和独立性的过程。通过联通各个层面空间的诗歌艺术创造，特雷瑟维为受压制、排挤的边缘个体和群体暗示出了一条实现自我救赎的途径。

特雷瑟维以“元视觉艺术”揭露和消解了操控历史的权力，以个人化历史叙事建构了与公共历史并置的个人历史版本，以空间书写探求历史洪流中个体主体性的维持与重建，这似乎已经完成了重构民族历史的文化实践。然而，特雷瑟维在诗歌创作中凸显的整体文体风格是令人无法回避的事实，尤其是她在作品中所呈现的冷静客观的语言形式风格与感性细腻的题材之间的强大张力，以及她对欧洲传统律诗题材的倚重与对世界其他民族诗歌形式的大方接纳，都需要一个合理的解释。

整体来看，特雷瑟维采用了如艾略特所言的“非个性化”的语言和形式风格，具体体现为客观冷峻的语言风格和对传统诗歌体裁的沿用。其中客观冷峻的语言具体体现在以科学化的语言描写死亡和尸体等易于引起情绪震动的场景，以“自然主义”风格的细致刻画表现令人作呕的战场死伤情景，以及用“意象派”所推崇的准确客观的意象表现复杂的人物情感和事实。通过这些手段，特雷瑟维抽离了自己的主观情感，以理性克制的态度进行了描写和讲述。对传统诗歌的沿用既包括对欧洲主流诗歌体裁如十四行诗和维拉内尔诗体的使用，也包括对来自边缘文化群体的传统诗体如马来西亚盘头诗、阿拉伯加萨诗和日本俳句的借用。

从历史观照和现实功用的角度，“非个性化”的诗歌文体风格正契合了特雷瑟维以诗歌探求历史真相，进而对民族历史进行合理重构的初衷。“非个性化”的诗歌文体风格所强调的正是济慈所言的诗人的“消极能力”，即一种置身事外，堪当万物明鉴的文学立场及实现这一点所需的创作能力。特雷瑟维即使是面对母亲被害这样引起巨大情感震动的题材，仍旧能够写出冷静平白的文字，将激荡的主观情绪嵌进规整的诗歌格式，这体现了她刻意与写作对象拉开距离的决心。因为只有这样，才能几乎不偏不倚地呈现事实真相，提供较为可信的历史版本。而读者对于一个情绪化言说者的期待破灭之后，这种文体选择本身所暗示的弱势群体所遭受的言说的禁锢就显得尤为突出。毕竟，她的历史书写并非为了诉说个人经历，而是从个人的视角为整个被迫缄默的族群言说。

诗人特雷瑟维对客观性叙事和描写的追求事实上造就了一种美学意义的“崇高性”。这种“崇高性”首先源自对底层言说者所使用十四行诗等规范诗歌体裁的设置，即言说者的崇高化；其次，是在一定距离下对死亡、战争等严肃题材的再现，即诗歌主题上的崇高；最后则源自特雷瑟维诗歌风格带来的她所代表的族裔诗人的崇高化。就客观历史背景而言，特雷瑟维诗歌中，内战中的黑人本土卫队战士、新奥尔良的黑白混血妓女等言说者所选用的文本形式颇有不合理之处，关于这一点前文中已做分析。无论诗人此设计的用意为何，却带来了言说者身份合法性提高的实际效果。在诗歌中，特雷瑟维通过再现死亡现场，批判了社会规约和思想传统对诸如其母亲在内的南方底层个体的侵害，唤醒了沉睡于美国官方内战历史缝隙中的非裔经验，在白人主导的社会运行和官方历史中几乎不值一提的弱势个体经验因为诗人的客观化处理，被赋予了一种美学氛围上的崇高感。特雷瑟维作为一位族裔诗人的崇高化既体现在其美学成就上，也体现在其文化立场上。她打破了不同艺术领域、社会阶层和民族间的藩篱，大大提升了诗歌艺术的表现力，使诗歌的历史书写细致入微又鞭辟入里，形成了独特的历史书写风格。她的历史书写虽为本民族言说，却也对世界其他弱势民族的艺术形式尊重地采用，这体现了诗人兼容并包的文化立场。

特雷瑟维的诗歌实践也是一位少数族裔女性诗人的文化突围。她没有在艺术手法和策略上延续自黑人艺术运动以来形成的对黑人民族性的绝对推崇，而是将欧洲白人的传统艺术形式和美学标准作为其创作的参照，然而，深究其书写的内核，仍旧是为美国非裔民族发声。可见，她还是继承了美国非裔诗歌改造现实的传统，只不过在艺术策略上展现了突破传统壁垒的勇气。她奉行白人诗歌传统和艺术标准，同时也对世界其他民族的艺术形式进行借用。可见她的艺术策略是以一种立足于多民族文化和群体的兼容并包，来消弭由人类意识形态偏见构建的文化壁垒，由此，为她的民族性言说争取合法性。她的经典化表达策略最终成为民族性表达的路径，并且暗示出对西方美学标准主导下的经典性内涵进行的消解。特雷瑟维的诗歌技艺和文化视野已然突破了美国非裔诗人这一身份限定，为新时期美国族裔诗人的文化身份争取更为多元的定义或者不被定义。这些努力使特雷瑟维具备了一种“文化英雄”的属性，或至少是“文化勇士”。

在更大的文化语境中，特雷瑟维对多民族艺术形式的借用以及标准语言的坚持表达出了她对文化平等的追求。“非个性化”的风格实际上承载了两个方面的文化功能，除了造就前文所说的崇高性，还带来了民族经验的普遍化。为了某些个体或群体的特殊经验被其他群体普遍了解，进而认可，特雷瑟维使用了通用的语言和多元的诗歌形式。前者具体表现为简明规范的书面用语，即用词平易、句法流畅，并对地方性和民族性的语言特色进行规避，这样尽可能地扩大诗歌的受众。多元的诗歌形式主要体现在诗人对来自其他边缘群体尤其是东方民族的传统诗歌体裁的沿用。在借用这些诗歌体裁时，诗人对形式进行了严格把握，并借以凸显主题，同时在主题上也与所沿用形式原本的主题倾向相呼应，这都体现了对既有诗体的尊重。通用的语言和多元的形式使诗歌尽可能地排除了其他群体对特雷瑟维诗歌理解的障碍，并通过诗歌的种族歧视等共通性的主题引起其他边缘民族的共鸣和文化认同。处于西方中心主义和文化霸权下的边缘群体在彼此文化认同的基础上形成一股合力，与中心文化和价值进行对峙，以伸张其追求文化平等的诉求，展示出富有活力的族群新形象。

特雷瑟维诗歌中突出跨媒介性、个人性、空间多元性以及文体客观性的历史书写艺术增强了读者对言说者历史讲述的体认。她突破界限、尊重个体，并且谨守诗人“消极能力”，以此邀请读者共同参与意义抑或是历史的建构。诗人在通过诗歌的“元视觉艺术”对权力主导下的历史表演进行批判的基础上，引入了包括读者在内多主体的互动和意义建构机制，带来了读者甚至是言说者的事件性转变；个人化和私密性的历史书写利于唤醒读者的个人经历与家庭记忆；历史的空间化以空间表征个体的心理现实，探索主体性觉醒与重建。这些艺术手法使历史书写以可被亲切感知的方式融入了个体的阅读体验，每一位被打动的读者也成为特雷瑟维诗歌历史建构中真正可靠的载体。

综上所述，特雷瑟维的历史书写是诗人在去中心化时代为强化民族文化身份认同所作出的建设性努力。这种努力搁置了深刻的民族仇恨与伤痛，以一种开放性和面向未来的姿态，警醒大众关于权力的无孔不入，弥合意识形态隔膜造成的历史缝隙，赞扬由内而外生发的生存勇气，宣告着广阔包容的文化理想。当今世界，民族板块的界限日益交融，但种族主义和单边主义仍旧盛行，对文化领域话语权的争夺实为激烈。特雷瑟维作为当代最有影响力的美国非裔诗人之一，她在诗歌中所完成的社会使命和所构建的文化理想为弱势族群的文化生产提供了有益的借鉴。

参考文献

［1］ Anon. The Great Migration［EB/OL］.（2021-01-26）［2024-08-20］. https://www.history.com/topics/black-history/great-migration

［2］ BALDICK C. The concise Oxford dictionary of literary terms［M］. Oxford: Univ. Oxfo. Press, 2009.

［3］ BERRY M F. Negro troops in blue and gray: the Louisiana Native Guards 1861-1863［J］. Louisiana history: the journal of the Louisiana historical association, 1967, 8(2): 165-190.

［4］ BIEDSONG D O. "Memories that are(n't) mine": matrilineal trauma and defiant reinscription in Natasha Trethewey's Native Guard［J］. African American review, 2015, 48(1): 97-110.

［5］ BORG K. Narrating trauma: Judith Butler on narrative coherence and the politics of self-narration［J］. Life Writing, 2018, 15(3): 447-465.

［6］ BOXLER H N. Understanding the performance: learning identity and domestic violence: adult education research conference proceedings［C/OL］. Manhattan, KS: New Prairie Press, 2004［2024-08-20］. https://newprairiepress.org/aerc/2004/papers/11.

［7］ BROWN J, Dumanis M. Jericho Brown in conversation with Michael Dumanis［EB/OL］.（2018-10-27）［2024-08-24］. https://www.benningtonreview.org/jericho-brown-interview.

［8］ DAVIS T M. Enfoldments: Natasha Trethewey's racial-spacial phototexting［J］. Southern Quarterly, 2013, 50(4): 37-54.

［9］ DEBO A. Ophelia speaks: resurrecting still lives in Natasha

Trethewey's Bellocq's Ophelia[J]. African American review, 2008, 42 (2): 201-214.

[10] DE CENZO G. Natasha Trethewey: the native guard of southern history[J]. South atlantic review, 2008, 73 (1): 20-49.

[11] DOGGORY T. Yeats and American poetry: the tradition of the self[M]. Princeton: Princeton University Press, 1983.

[12] DU Yingying. A possibility of lyrical progression: an analysis of the thing-power in Natasha Trethewey's Native Guard[J]. Forum for world literature studies, 2018, 10(2): 286-301.

[13] DUBOIS W E B. The negro[M]. Philadelphia: Univ. Penn. Press, 1915.

[14] DUGAN O. Renegade poetics, southscapes, and the poetry of history in Natasha Trethewey's Thrall[J]. The journal of African American history, 2013, 98 (2): 304-319.

[15] ELIOT T S. Selected essays of T S Eliot, 1917-1932[M]. London: Faber and Faber Limited, 1932.

[16] ERVIN H A. African American literary criticism, 1773-2000[M]. NY: Twayne Publishers, 1999.

[17] FERBER I. Melancholy philosophy: Freud and Benjamin[J/OL]. E-RE, 2006, 4 (1) [2024-08-20]. https://journals.openedition.org/erea/413.

[18] FOSTER C L. Tarnished angels: prostitution in Storyville, New Orleans, 1900-1910 [J]. Louisiana history: the journal of the Louisiana historical association, 1990, 31 (4): 387-397.

[19] FREUD S. Mourning and melancholia[M]// The standard edition of the complete psychological works of Sigmund Freud, volume xiv 1914-1916, James S, trans. & ed. London: The Hogarth Press, 1953: 243-258.

[20] FROMM E. Beyond the chains of illusion: my encounter with Marx and Freud[M]. London: continuum, 2009.

[21] GOAD J. Throwaway bodies in the poetry of Natasha Trethewey[J]. South: a scholarly journal, 2016, 48 (2): 265-282.

[22] GRAHAM M, WARD J, Jr. The Cambridge history of African American literature[M]. London: Univ. Camb. Press, 2011.

[23] HALL J W. Conversations with Natasha Trethewey[M]. Jackson: Univ. Miss. Press, 2013.

[24] HAYDEN R. Metahistory: the historical imagination in the nineteenth-century Europe [M]. Baltimore: Univ. John. H Press, 1973.

[25] HENNINGER K R. What remains: race, nation, and the adult child in the poetry of Natasha Trethewey[J]. The southern quarterly, 2013, 50 (4): 55-74.

[26] HOLLANDSWORTH J G, Jr. The Louisiana native guards: the black military experience during the Civil War[M]. Baton Rouge: Univ. Loui. Stat. Press, 1995.

[27] HOLLINGER D A. The one drop rule & the one hate rule [J]. Daedalus, 2005, 134 (1): 18-28.

[28] IRIGARAY L. This sex which is not one[M]. Porter C, Burke C. trans. New York: Univ. Corn. Press, 1985.

[29] JONES M D. Reframing exposure: Natasha Trethewey's forms of enclosure[J]. ELH, 2015, 82 (2): 407-429.

[30] KENNEDY D and Meek R. Ekphrastic encounters: new interdisciplinary essays on literature and the visual arts [M]. Manchester: Univ. Manc. Press, 2019.

[31] LEFEBVREL H. The production of space [M]. NICHOLSON-SMITH D, trans. Oxford: Blackwell, 1991.

[32] MAKHUBELA M S. Exposure to domestic violence and identity development among adolescent university students in South Africa[J]. Psychol rep, 2012, 110 (3): 791-800.

[33] MARX K, ENGELS F. Manifesto of the Communist Party

[M]. New York: International Publishers, 1948.

[34] MCHANEY P A. Natasha Trethewey's triptych: the bodies of history in Bellocq's Ophelia, Native Guard, and Thrall [J]. Southern quarterly, 2013, 50(4): 153-172.

[35] MCVEY C. Reclaiming the past: Michael Ondaatje and the body of history [J]. Journal of modern literature, 2014, 37 (2): 141-160.

[36] MILLICHAP J. "Love and knowledge": daughters and father in Natasha Trethewey's Thrall [J]. The southern quarterly, 2013, 50(4): 189-207.

[37] MULLINS K L. "My body is history": embodying the past, present, and future in Dionne Brand's Sans Souci and other stories [J]. Ariel: a review of international English literature, 2012, 42(2): 5-22.

[38] NUWER D S. Gambling in Mississippi: its early history [EB/OL]. [2024-08-20]. http://mshistorynow.mdah.state.ms.us/articles/80/gambling-in-mississippi-its-early-history.

[39] PEREIRA M. Re-reading Trethewey through mixed race studies[J]. The southern quarterly, 2013, 50(4): 123-152.

[40] PFEFFERLE W. T. Poets on place: tales and interviews from the road[M]. Logan, Utah: Univ. Utah. Stat. Press, 2005.

[41] POUND E. A few don'ts by an imagiste[J]. Poetry, 1913, 1(6): 200-206.

[42] RAMEY L. A history of African American poetry[M]. New York: Univ. Camb. Press, 2019.

[43] RAMSEY W M. Terrance Hayes and Natasha Trethewey: contemporary black chroniclers of the imagined south [J]. The southern literary journal, 2012, 4(2): 122-135.

[44] RUSSELL R R. The black and green Atlantic: violence, history, and memory in Natasha Trethewey's 'south' and Seamus

Heaney's 'north' [J]. The southern literary journal, 2014, 46(2): 155-172.

[45] SCOTT G F. Selected letters of John Keats (revised version) [M]. London: Univ. Camb. Press, 2002.

[46] SMITHE J D. Black soldiers in blue: African American troops in the Civil War era [M]. Chapel Hill: Univ. Nort. Carol. Press, 2002.

[47] SOJA E W. Thirdspace: journeys to Los Angeles and other real-and-imagined places [M]. Oxford: Blackwell Publishers, 1996.

[48] SONTAG S. On photography [M]. New York: Rosetta Books, 2005.

[49] SULLIVAN J F. Baraka drops 'racism' for socialism of Marx [EB/OL]. (1974-12-27) [2024-08-20]. https://www.nytimes.com/1974/12/27/archives/barka-drops-racism-for-socialism-of-marx-special-to-the-new-york.html.

[50] TRETHEWEY N. Bellocq's Ophelia [M]. Minneapolis: Graywolf Press, 2002.

[51] TRETHEWEY N. Beyond Katrina: a meditation on the Mississippi gulf coast (poetry, essays, and letters) [M]. Jackson: Univ. Geor. Press, 2010.

[52] TRETHEWEY N. Congregation [M]. Cape Town: Willam Meredith Foundation/Dryad Press, 2014.

[53] TRETHEWEY N. Domestic work [M]. Minneapolis: Graywolf Press, 2000.

[54] TRETHEWEY N. Memorial drive: a daughter's memoir. New York: Harper Collins Publishers, 2020.

[55] TRETHEWEY N Monument: poems new and selected [M]. Bosto: Houghton Mifflin Harcourt, 2018.

[56] TRETHEWEY N Native guard [M]. Boston: Houghton Mifflin Harcourt, 2006.

[57] TRETHEWEY N Thrall [M]. Boston: Houghton Mifflin Harcourt, 2012.

[58] TURNER D C. Lyric dissections: rendering blood memory in Natasha Trethewey's and Yusef Komunyakaa's poetry of the black diaspora[J]. Southern quarterly, 2013, 50(4): 99-121.

[59] VRANA L. Writing transgressions: prestige, publishing, and black women's poetic performance, 1980-2019. [2020-04-29]. Unpublished book manuscript excerpt.

[60] WALLACE-SANDERS K. 'Your eyes returning my own gaze': distortion and photography as meta-narrative in Trethewey's poetry[J]. Southern quarterly, 2013, 50(4): 173-188.

[61] WARD J, Jr, Historicizing hurricanes—Beyond Katrina: a meditation on the Mississippi gulf coast [J]. The southern quarterly, 2011, 49(1).

[62] WARD J, Jr.. Representation and Natasha Trethewey's poetry[J]. Foreign literature studies, 2013, 35(2): 20-26.

[63] WARREN N. History, memory, and nostalgia in the works of Natasha Trethewey [J]. The southern quarterly, 2013, 50(4): 75-98.

[64] Young K. Review: domestic work[J]. Ploughshares, 2000/2001, 26(4): 205-207.

[65] 爱德华·W·萨义德. 东方学 [M]. 王宇根，译. 北京：生活·读书·新知三联书店，1999.

[66] 安德森，多莫什，派尔，等. 文化地理学手册 [M]. 李蕾蕾，张景秋，译. 北京：商务印书馆，2009.

[67] 布鲁姆. 西方正典 [M]. 江宁康，译. 南京：译林出版社，2020.

[68] 陈虹波. 论娜塔莎·特雷瑟维诗歌中个体叙事的历史化 [J]. 外国语文研究，2021 (2)：30-37.

[69] 陈后亮. "一个另类种群"：《雾都孤儿》中的犯罪阶级想象

[J]. 外国文学评论，2017（3）：141-156.

[70] 陈榕. 恐怖及其观众：论伯克崇高论中的情感、政治与伦理 [J]. 外国文学，2020（6）：130-143.

[71] 陈寅初. 娜塔莎·特里瑟维诗歌中的历史书写 [D]. 济南：山东师范大学，2022.

[72] 程昕. 《家庭工作》：娜塔莎·特蕾瑟威历史书写中的时间与空间 [D]. 武汉：华中师范大学，2014.

[73] 德波. 景观社会 [M]. 王昭风，译. 南京：南京大学出版社，2006.

[74] 福柯. 规训与惩罚 [M]. 刘北成，杨远婴，译. 北京：生活·读书·新知三联书店，2012.

[75] 傅守祥，等. 外国文学经典生成与传播研究（第一卷）[M]. 吴笛，总主编. 北京：北京大学出版社，2019.

[76] 何成洲. 表演性理论：文学与艺术研究的新方向 [M]. 上海：生活·读书·新知三联书店，2022.

[77] 黄继锋. 日常生活与马克思主义：列斐伏尔的日常生活批判 [J]. 教学与研究，2006（3）：53-58.

[78] 李涛. 论娜塔莎·特雷瑟维诗歌中的历史记忆书写 [J]. 当代外国文学，2019（4）：53-59.

[79] 吕国庆. 论自由间接引语与乔伊斯的小说构造 [J]. 外国文学评论，2010（3）：72-83.

[80] 陆扬. 析索亚“第三空间”理论 [J]. 天津社会科学，2005（2）：32-37.

[81] 罗良功. 美国非裔文学：2000—2016 [J]. 社会科学研究，2017（6）：168-176.

[82] 罗良功. 诗歌是语言的艺术吗？——英语诗歌文本初论 [J]，山东外语教学，2017（3）：62-69.

[83] 罗良功. 美国非裔诗歌中的声音诗学 [J]. 外国文学研究，2015（1）：60-70.

[84] 马克思，恩格斯. 马克思恩格斯文集（第一卷）[M]. 章

安祺，编订. 北京：人民出版社，2009.

[85] 缪灵珠. 缪灵珠美学译文集（第一卷）[M]. 章安琪，编订. 北京：中国人民大学出版社，1998.

[86] 欧荣，等. 语词博物馆：欧美艺术诗学研究 [M]. 北京：北京大学出版社，2022.

[87] 斯道雷. 文化理论与大众文化导论 [M]. 2 版. 常江，译. 北京：北京大学出版社，2019.

[88] 谭惠娟，罗良功. 美国非裔作家论 [M]. 上海：上海外语教育出版社，2016.

[89] 王福民. 论马克思主义哲学的日常生活维度及其当代价值 [J]. 教学与研究，2008（5）：28-35.

[90] 王福民. 历史唯物主义对日常生活的关注 [J]. 哲学研究，2010（8）：30-33.

[91] 王丽亚. "元小说"与"元叙述"之差异及其对阐释的影响 [J]. 外国文学评论，2008（2）：35-44.

[92] 张德明. 沉默的暴力：20 世纪西方文学/文化与凝视 [J]. 外国文学研究，2004（4）：114-121.

[93] 张松建. 艾略特"非个性化"理论溯源 [J]. 外国文学评论，1999（3）：57-63.

[94] 赵元. 西方文论关键词：十四行诗 [J]. 外国文学，2020（5）：116-123.

后　　记

本书以美国当代重要诗人娜塔莎·特雷瑟维的诗歌作为研究对象，梳理了特雷瑟维以诗歌进行美国非裔历史书写的艺术手法和艺术策略，在此基础上提炼了诗人的诗学与社会理想。全书共六章，主体为中间四章。

第一章重点对特雷瑟维诗歌的跨媒介艺术进行了解释与界定。诗歌的“元视觉艺术”一方面揭示了西方主流视觉艺术作品对白人权力的强化，另一方面试图消解对国家与民族历史进行掌控的白人权力。第二章主要对特雷瑟维诗歌中历史的个人化写作艺术进行了提炼与分析。诗人通过个人视角的日常生活书写对国家官方的公共历史进行了重构。第三章对特雷瑟维诗歌中空间化历史书写艺术进行了探究。诗人从物理空间、心理空间、社会空间及其交互等层面暗示了美国非裔个体进行自我救赎和主体性重建的过程。第四章以特雷瑟维诗歌的“非个性化”文体特征为切入点，演绎了其所传递的诗人的文化诉求和理想。全书主体部分的四章在逻辑上遵循“解构—建构”的顺序，虽然主体各章均以诗歌历史书写的艺术特征入手，但论述的落脚点有所不同。第一章主要对美国视觉化历史中的白人权力进行了解构，后三章则更注重探讨诗歌的历史书写对美国国家历史、美国非裔个体主体性和非裔族群文化身份的重构与重塑。

该书的修改过程并不如我预期的顺利。一是，对特雷瑟维研究的进一步思考让我意识到书稿有诸多有待深入之处。在不改变主要框架的前提下，须尽可能地进行修补与调整。二是，各种工作和家庭事务的涌入使科研时间变得碎片化。我不断摸索调整，试图找到一条有效的整合精力的路径，至今仍在探索之中。本书有不尽之处，敬请读者包涵。

感谢教育部人文社科基金对本课题研究的支持，感谢我的工作单位湖北大学对书稿出版的资助，感谢华中师范大学外国语学院对我多年的培养，感谢我的导师罗良功教授的悉心教导和关爱。学术研究是一场马拉松，该书的出版可作为一个小小的里程碑，激励自己思考不息、前进不止。

陈虹波

2024 年 7 月 9 日于武汉